本书由上海文化发展基金会图书出版专项基金资助出版

严　锋 著

跨媒体的诗学

The Crossover of Literature

復旦大學出版社

学术顾问：乐黛云　杨慧林　谢天振
陈思和　陈跃红
主　　编：张　辉　宋炳辉

的时候，风格单纯，里面的脏话都那么单纯，到了《兄弟》里面的脏话[illegible]

[illegible]我对音乐的特殊期待，是从音乐的角度的认同。我一直[illegible]现代人的[illegible]性的东西[illegible]天上。生活也被[illegible]同化，没有了[illegible]的[illegible]感。所以文学[illegible]

[illegible]

[illegible]文学[illegible]音乐更近一点，真正伟大的[illegible]

[illegible]音乐家[illegible]的乐[illegible]大大[illegible]

中国文学[illegible]音乐本来结合很紧的，但自宋代以后，词与曲分离[illegible]，一直到近现代，这个问题好像更加严重，像[illegible]到了80年代[illegible]作家集体补音乐课，据说[illegible]

[illegible]什么都喜欢，我听音乐是速成的[illegible]

[illegible]，可是对绘画始终入不了门。上次去[illegible]，卢浮宫太大了[illegible]

[illegible]你的音乐[illegible]非常[illegible]的[illegible]

[illegible]但音乐的节奏还是很强的，这需要[illegible]音乐[illegible]死亡的[illegible]

[illegible]会有好处的[illegible]节奏[illegible]

[illegible]的感觉，这种不断[illegible]的声音也可以称为[illegible]

[illegible]的节[illegible]的[illegible]的回[illegible]

[illegible]

[illegible]的时候[illegible]

比较文学与世界文学学术文库总序

“比较文学与世界文学学术文库”第一辑即将与读者见面。从动议编辑这套文库到今天，转眼已三年。

“风雨如晦，鸡鸣不已”，这是“中生代”比较文学学人一次小小的集结；“虽不能至，然心向往之”，这是我们献给自己师长们一份迟交的作业；“嘤其鸣矣，求其友声”，这又是我们给各位同仁乃至更年轻同行们发出的对话与批评的邀请。

三年的酝酿筹划、三年的协同努力，使我们逐步将自己的工作与更深远而广大的时间和空间背景联系了起来，并开始慢慢融入其中。作为从20世纪80年代开始接受系统学术训练的“新一代”比较文学学人，我们深深知道，自己的每一点成长与进步，都受惠于祖国的开放改革，受惠于师长们的谆谆教诲，受惠于同辈间的切磋琢磨。我们是这十五年、三十年乃至更长时段文化积淀的受益者，也是一批如饥似渴的学习者和无比幸运的历史见证者。我们也许注定是行色匆匆的“过客”，但我们却也应是承先启后的“桥梁”，必须发出属于我们自己的“声音”。这里记录的正是我们探索行进的脚印，也是我们对自己所从事的学科一点微末的贡献。

百年中国文学“走向(进)世界”的历程，给了我们思考过去、筹划未来的“底气”；新时期中国比较文学的复兴与发展，为我们准备了难能可贵的学术资源和不可或缺的学科建制。我们将这套丛书命名为“比较文学与世界文学学术文库”，以之与我们所属的学科名称相呼应，因为我们有一个共同的默契：打破界限、超越语言与文化的限制，乃是我们比较文学学人的使命乃至宿命。是的，我们无疑拥有不同的学术爱好、志趣和观点，但至少有一个基本的共识把我们联系在了一起——那就是，我们必须在世界的语境中，以比较的眼光，从多学科的视阈，面对并尝试回答我们所浸润其中的文学与文化问题。

“道不孤，必有邻。”非常幸运的是，我们身处富于活力和学术追求的知识与精神共同体之中。我们的工作得到了中国比较文学学会许多老师和朋友的无私帮助，也得到了具有远见卓识的上海文化发展基金会以及复旦大学出版社的大力支持。在这里，要送上我们衷心的谢意。

同样值得高兴的是，与这套“文库”相呼应，《比较文学与世界文学》辑刊、“比较文学与世界文学讲座系列”等姊妹项目也已陆续启动。

在“文库”第一辑即将面世的这个特殊时刻，先贤们的声音似乎又一次在我们的耳畔响起。鲁迅先生说，中国文化的发展应“内之弗失既有之血脉，外之仍不后于世界之思潮，取今复古，别立新宗”；而陈寅恪先生则说，华夏文化的崛起须“取塞外野蛮精悍之血，注入中原文化颓废之躯，旧染既出，新机重启，扩大恢张，遂能别创空前之世局”。响应先贤的号召，集结这八本著作，仅是我们的第一次尝试。希望有更多的朋友加入到这“取今复古”、“扩大恢张”的行列中，贡献他们的智慧与力量；希望以后各辑不久将与读者见面。

是所望也，谨为序。

编　者

2013 年 5 月

目　录

第一编　文学外的文学

第二编　文学的旅行

第三编　文学的对话

第一编

文学外的文学

- 超文本和跨媒休的文学
- 变形的政治：对《大话西游》热的跨艺术解读
- 感觉的世界谱系：重新发现莫言的现代性
- 张炜的诗、音乐和神话
- 创世与灭寂：刘慈欣的宇宙诗学
- 走向网络的文学
- 零敲牛皮糖：文学的数字化生存策略
- 数码复制的知识
- 阅读50年代

超文本和跨媒体的文学

就是最迟钝的人也不难发现,文学正在发生翻天覆地的变化。电脑网络和多媒体技术极大地改变了文学的写作方式、存在方式和消费方式。在这方面,近年来所谓的网络文学的勃兴,就是一个最明显的例证。仅仅一个"榕树下"网络文学站点,成立四年来,发表原创作品达 1 554 090 篇,这恐怕已经超过了建国以来在传统媒体上发表的所有文学作品的总和。在一个影视文化和商业化写作越来越占主导地位的时代,新的文学载体会重新激发文学的活力,把它从日复一日的颓靡没落中拯救出来吗?

从前网络文学刚刚起步的时候,我欢呼过它的诞生,热情地憧憬过网络时代文学新的可能性。那时候,我最倾心的网络文学的优势之一就是作者和读者的解放。传统印刷术保证了书写活动至高无上的特权地位,也保证了出版发行和各种权力对作者和读者的强力控制。在网络时代,似乎我们终于可以随心所欲地自由选择自己要写和要读的东西。作者与读者之间的距离似乎正在变得越来越小,甚至这两者正在变得越来越具有同一性。网络文学给我们带来的最大的梦想,就是把阅读化为写作,把每一个人都变成作家。从另一个更具有根本意义的角度来讲,互联网是一种非常特殊的存在物,它同我们所熟悉的传统的现实世界相比,更具有一种"精神"和"想象"的特点。说得夸张一些,互联网是人类新的幻想空间,它也是人类现实世界中的欲望、情感以及各种社会关系的折射。所以,从最根本的意义上来说,互联网的实践本身就具有文学艺术的特点,而且这还更是一种现代主义或后现代主义的文学艺术。

非中心化(decentralization)是网络最大的特点之一。网络上的文本不再是我们熟悉的那些相对封闭自足的白纸黑字。在网络上，人们永远在通过高亮度的链接进行无穷无尽的跳转，各式各样的声音和图像在文字之中星罗棋布，文本和文本相互镶嵌、叠套和指涉，以至于它们之间的界限变得越来越模糊。这种超文本性(hypertextuality)正是每一个主页的不可或缺的特质。而当文学作品迁移到网络上来以后，也立刻呈现出强烈的超文本性。超文本小说(hypertext fiction)在20世纪80年代中叶的出现，可以说是这种超文本性的突出标志。什么是超文本的小说？简言之，超文本小说就是读者通过小说中大量的超文本链接，对阅读的进程、方向和结果拥有大量选择性的小说。这是一种可以有多种读法、彻底打乱传统的阅读顺序的复调小说。如果说，传统的小说相当于电脑的"只读存储器"(ROM)的话，超文本小说就是电脑的"随机存储器"(RAM)。读超文本小说就像是看一幅地图或是一幅画，你可以从这点看到那点，也可以从那点看到这点。没有绝对的起点，也没有绝对的终点。

1996年，马修·米勒在互联网上发表了一部名为《旅程》的小说，这部作品后来被认为是超文本小说的典范。它本身就是一幅美国地图，上面有纵横交错的公路和地名的标志。随着故事的展开，主人公将走遍美国，为两个不是自己子女的孩子寻找他们的母亲。这旅程该怎么走呢？那可就完全是读者的事了。你可以用鼠标从地图上48个州的随便哪一个图标点起。在故事的进程中，你可以常常选择改变自己的行动方向。读者很难知道自己已经把这部小说读完了多少，因为根本就不知道结尾在哪里。阅读的时候有乐趣吗？当然有乐趣。读者必须为自己的选择负责，这就像是读者和作者合作一起做一场游戏。

这些超文本小说在文学上大部分都很粗糙，缺乏机智闪光的笔触，人物就像木偶一样机械单调，情节也难以引人入胜。有时候，莫名其妙的链接会把读者搞得晕头转向，无所适从。这是超文本小说的先天不足吗？有一点可以肯定，迄今为止还没有大腕作家插足超文本小说。这些小说的作者绝大多数都是文学爱好者，也就是说，他们是原先的读者。在读者们纷纷摇身一变而化为作者的年代,文学本身幸焉,不幸焉?

合作小说(collaborative fiction)也是互联网上常见的文学样式。当然,在《新民晚报》上我们也可以见到《1997年的爱情》这样的合作小说,几十个上海作家每人每星期接着别人结束的地方写一段。但是,只有在互联网上,读者才有希望成为合作小说的真正作者,因为互联网是一个消灭作者和读者差别的地方。一般来说这些合作小说比超文本小说还要差。因为作者队伍的水平更加参差不齐,作品更加杂然无序,缺乏完整的结构。但是我们更应重视这种合作透露给我们的信息,它泄露了我们这个时代的重大特征:我们都只不过是一个巨大的、交织在一起的、由集体的想象汇聚而成的网络的一分子而已。有一部叫做《企业医师》的合作小说,倒是展露了合作小说的潜能。创意者(这已经不是传统意义上的作者了)克里斯托弗和奥尔加设计了一个叫做查尔斯·巴里斯的主人公,其职业是精神病医生,他负责处理三藩市一家大电脑公司职员的精神健康问题。合作者则写出巴里斯医生的一个个病例:病人们的日记、书信、隐私等。由于一开始的整体结构设计得很好,这些病例可以既相对独立又相互作用,并随着时间的推移和写作的进展会不断膨胀,构成相互间联系和冲突。读者总是可以在某个病例中读到一些有趣的东西,如果他实在觉得这部小说写得不好的话,他可以自己赤膊上阵,设计自己的病人并以此来影响整个情节的进程。

2002年6月,中国最大的网上书店"当当"(www.dangdang.com)推出了中文网络交互小说大接龙活动,向所有的网民发出邀请,让大家来共同参加一部叫作《e情战事》的网络小说的写作。小说设定了一个大致的框架:一位四年级的大学女生迷上了网络,毕业工作后,她多次跳槽,在新兴的网络业中不断沉浮。在网络和现实中,她接触的各式各样的"新新人类"和"快乐e代",自身的命运也随着网络文化的兴起不断地发生着变化。《e情战事》的操作模式是,当当网上书店在推出故事框架并抛出龙头后,故事情节发展交给网友继续以接龙的方式完成。故事有三条发展线路：悲剧形式、喜剧形式以及不可预料形式。参与者只需在网站上阅读当日的龙尾，续上你所创作的情节，即可将其贴放在当当专门为此设立的 BBS 专区上。当当的特约主持人将每天进行筛选，选出当天最佳的一篇创作稿件作为当日的龙尾，并拿出当天较好的十篇作品供网民阅读评价。

这部"小说"有一个非常白领化的开头："为了不让自己哭出来，为了那个未曾谋面的网络恋人，mm 小姐跳了一夜的舞。"数以万计的网民参加了这部号称有史以来最大的中文网络交互小说的写作。在一开始的时候，网民的热情非常高涨，在 BBS(电子布告栏系统，又作"论坛")上贴文非常踊跃。然而，随着时间的流逝，投稿量不断下降，以致到了几乎难以为继的程度，最后不得不虎头蛇尾地收场。一方面，小说的情节支离破碎，甚至可以说根本就没有什么情节，更没有一个发展的方向。每一个作者与其说是讲述着主人公梅一以贯之的故事，还不如说是在那里抒发着各自的心情。另一方面，小说又不断地重复着同样的场景和对话：聊天室里的调情和身份变换，办公室的日常图景，酒吧里无休止的聊天，对往日大学校园生活的追怀。最后，故事的框架变成了一个巨大的废纸篓，什么样的杂物都可以往里面扔。

超文本小说反映了人们古已有之的一个永恒的欲望，即超越那不可超越的时间隧道，在同一时间把脚踩进不同的河流。从这个意义上来说，超文本小说可以看成是这个漫长的欲望在新世纪的最新载体。迄今为止，在真实的世界中，人们还没有找到一种改变时间进程的方式。但是，文学作品的最根本性的功能之一，就是要改写真实的物理时间，去探索乃至创造时间的可能形态。在传统文学中，时空相对稳定，具有不可逆性。这集中地体现为情节发展方向的固定化和结局的唯一性。这种形态的文学对读者的参与有着最大程度的扼制。在古典时代，当同一部作品容纳不下不同的观念意识时，读者会推举他们的代表(多半是某一个续貂的作者)来实现他们的欲望，这几乎是他们唯一的途径了。例如，《红楼梦》之后大量续书的出现，即可被视为读者"交互性"渴望的古典形态。但是这种交互性受到了文学形式和居于支配地位的作者的最大程度的限制。

一个很有意思的现象是，在网络时代，这种古典形态的读者交互性呈现出疯长的趋势，出现了对文学经典空前规模的续写和改写活动。网络文学很大程度上是一种戏拟的文学，突出地表现为所谓的“大话体”文学。“大话体”风格来源于周星驰的电影《大话西游》。这部电影以一种“无厘头”的方式彻底颠覆了中国传统小说《西游记》，它原先可以说是寂寂无闻，是网络生活方式在中国的普及把它变得大红大紫，成为新一代网民的文化圣经，指引着他们说话和行为的风格样式。网上的戏拟活动已经到了这样的地步，本身是对传统经典文本的模仿戏拟的《大话西游》已经成为网络时代的经典了，它不断地被模仿、改写、续作，甚至连对它的戏拟之作也在被经典化。《西游记》、《三国演义》、《水浒传》、《红楼梦》这四大名著是最大的戏拟对象。如果说《大话西游》是对《西游记》的戏拟的话，网络中出现了大量的对《大话西游》的模仿和戏拟的作品，其中最著名的是今何在的《悟空传》，而《悟空传》又被立刻变成大量的改写和续写的对象。这是一个通过寄生的方式无限繁殖的过程，电脑网络为这种自我繁殖提供了最佳的载体和管道。在电脑网络的寄生性的写作过程中，对经典的解构会立刻变成一种新的经典，新的经典又在不断地变成新一轮解构的资源。

其实网络文学中不断出现的十百个被改写的孙悟空的形象正是网络集体欲望的绝妙缩影。在网络空间中，人们犹如那个可以变化万千的猴子一样，可以有无限的活动空间，无限的身份，与现实生存相比，人可以同时出现在许多空间中，可以跨越遥远的物理距离。这种行为的背后就有追求无限的欲望支配着。网络从根本上来说就是一个非历史化的幻想空间。网络文学的寄生性与幻想性和网络本身的“越界”是分不开的。武侠、科幻、神魔、鬼怪类的创作在网上大行其道也绝非偶然。当文学在声光像等多种媒体承载的艺术的挤压和进逼下节节败退、危机四伏的时候，网络好像又给文学带来了新的春天。人们惊喜地发现，在一个图像和声音的时代，文字又回来了。可这是一种新的文字，一种“越界”的文字。在这种文字中，文学与非文学的界限在不断被打破，文字和非文字之间的界限也在不断被打破。这当然也是我们时代的特征。我们面对着一个越界的世纪，人们都不安其位，都渴望突破到另外一个领域中去，全球化就是人类越界行为的一个终极象征。但现在我们真的有必要重新思考越界的问题，我们是不是要守住某种界限？追求无限是人类的本能，网络给人提供了这种幻想，好像人类追求无限的时代就要到来了。以前由于条件的限制，我们不得不生活在种种界限之中，后来我们有了汽车、飞机，还有了宇宙飞船，现在又有了互联网，人类越界的心理欲望再一次膨胀起来，网络文学就是这种心理的表征，它的体裁和形式也变得前所未有地动荡不定。

若把以交互性为特征的文学越界行为放在更大的文学史背景上看，文学其实一直在朝着超文本的方向发展。但传统的文学作为印刷技术的产品，无疑给交互性划定了难以逾越的界限。传统的文学作品一旦制作完成，其物理形态便固定了下来，这是一个一次性的创造过程，而读者的阅读过程也不得不呈现出线性的特征。尽管如此，在文学发展的过程中，读者一直是最具推动性的因素，他们总是在不断试图超越这种被动接受的状态。到了现代，文学面向读者的运作过程变得越来越明显，文学批评中也出现了读者反应批评、接受美学、阐释学等理论，文学的重心开始从作者向读者转移。因此，在文学史的框架中，也存在着一个交互性逐渐活跃和不断被释放的过程。特别是现代主义出现以后的文学，它更多是一种读者的创造，作者在文本中留下了很多空白的、游移不定的点，读者的阅读本身也就变成了一种游戏。

在现代主义文学中，传统的时空完全被打破，出现了一种全新的组合，过去被看作是势不两立的事物开始溶解、混杂并结合起来。这种并置确实很类似人们在梦中所见到的风马牛相及的情景，使我们的世界蒙上了一层梦幻的色彩。在现实中，来自不同空间的多元文化与多种生活方式的相互激荡，使原先单向单线的、统一的、均匀的理性的时空观趋于解体。对此，人们早已有丰富的认识，并以“共时性”、“时间的空间化”、“零散化”等术语来描述之。在西方现代文艺中,时间的因素逐渐减弱、分裂乃至消失,而空间的因素则不断增长。甚至可以说整个西方文化都在越来越变成一种空间的文化。小说中意识流的兴起便是这种空间化发展趋势的经典表征。弗里德曼指出:“意识流小说的各节并不是以人物的进展连接起来,倒是凭着象征和形象的不断交相照应连接起来,而这些象征和形象相互间只能在空间上产生联系。这类小说的形式通常是意象和言语相互交织的结果,与时间的次序没有关系。”①在意识流小说中,时间线索的直线性消失了,因为人的深层意识的流动和自由联想的原则都不是线性的。传统的小说中所表现的常常是在同一个时间同一个地方出现不同的人。而意识流小说却能在同一个时间不同的地方出现不同的人,某一时刻的意识或是思想可以和另一时间的意识或者思想相叠加。我们完全可以把这种非线性的空间化手法视为超文本性的雏形。

西方文艺中的空间化倾向的背后隐藏着本世纪日渐滋长的对历史的逃避,对历史决定论的怀疑和否定。就中国而言,这种历史决定论在“文革”中恰恰以一种抽象的形式发展到极致,历史完全变成了一根预先就被打制好的环环相扣的具有唯一性的铁链,人被绑在这线性的历史因果链上动弹不得。从中外文学关系史的角度来看,“文革”后对西方现代派的接受(象征、意识流),其矛头正指向了“文革”文学及其背后的观念意识。最早借鉴西方现代派的那几个人,如王蒙、高行健、李陀等一致把西方现代派的空间化倾向理解为“非情节化”,并认为西方现代派“不注意讲故事或情节性不强的小说,是小说的一种进步和发展”②。因此他们首先致力于用种种方法来打破故事与情节,这成为初期借鉴中最引人注目的倾向。到了寻根文学,非历史化的运动进而呈现为一种“寻找历史”的面目。在寻根文学中,中国作家达成了一种共识:原来一个人(个别的事件)可以隐含着代表

① M·弗里德曼:《“意识流”概述》,朱绶荃译,载《文艺理论译丛》1983年第1期。
② 李陀:《论“各式各样”的小说》,载《十月》1982年第6期。

整个文化、整个历史，于是历史凝固为一个点、一个人、一个空间化的象征；时间上的每一瞬间、每一固定的点，都可以包含全部时间流程的所有信息。从寻根文学以后，新时期作家越来越习惯于将属于不同历史时期的人与事件在同一个空间中并置，或者让叙述人穿行于不同历史时期，以达到对线性历史观的消解。从这个意义上来说，新一代网络文学的兴起及其所代表的超文本写作，正是这个非历史化过程的最新一个环节。当我们把视野进一步放大，以一种历史化的方式来审视这个非历史化的过程的时候，就能更好地看出书写媒体的革命性转移、本土化逻辑与全球化之间的共生合谋关系。

在人们丧失时间感之后，20 世纪可以说是成了一个"看"的世纪。电影、电视、广告把我们置于层层叠叠的影像之中。萨特、福柯等人更是把人与人的关系归结为一种"看—被看"的权力关系。如果说时间是人的行为的标记，而我们现在已经丧失了行为的能力，沦为看客了，而"看"从根本上来讲，是空间的。时间给人以真实感，而"看"则是虚幻的。毫无疑问，"看"已经成了我们的基本生存方式，而且具有反讽意味的是，尽管"看"具有这样那样的虚幻性，我们却不得不依赖它来给我们提供现实感。如果过去有过一个"我思故我在"的时代的话，现在则是"我看故我在"。这远远不仅是所谓的后现代的产物，也是从鲁迅笔下的杀头场面以来的一贯倾向。

超文本文学正是一种有关"观看"的文学，视觉性是其最根本的特性。像前面提到的《旅途》，一开头就以一幅地图的形式呈现在读者的面前。阅读通过对链接的不断的点击而展开，而这些链接则是各式各样的图标、箭头和各种地域性的标志，指引着读者完成迷宫式的行走。著名科幻小说作家威廉·吉布森在 1992 年为悼念他死去的父亲发表了一首长诗，名为 Agrippa(《死者之书》)[①]。该诗的非凡之处不在于其内容，而在于其形式。它不是印刷在传统的纸张上，而

---

① 吉布森的原诗应该是阅读过后即"死亡"的，但有解密者将被阅读(摧毁)的原诗起死回生，这可以视为超文本写作/阅读非线性的又一例证。

是以一张软盘为载体发行。该诗必须在电脑屏幕上才能观看。更绝的是,这首诗又是一个电脑程序,它被设计为每当人们读完一行的时候,这一行就自动解体消失。与该诗软盘一起发行的还有一本画册,里面的画用特殊的药水处理过,当在空气中暴露过一段时间后,也会自行消失。吉布森的这首诗可以说是新时代文学的一个缩影。一方面,它是对语言的指涉和提喻功能的一次精心设计的摧毁行动。这首诗哀悼的其实不仅是作者的父亲,也是旧的写作方式。另一方面,它通过对语言的这种摧毁达到和创生了一种新的空间性的语言功能:视觉性、表演性和游戏性。

交互式小说(interactive fiction)的历史从另一个侧面证明了这种语言空间性的发展过程。1976年6月,在MIT(麻省理工学院)的实验室中诞生了一个用MDL语言编写的叫做Zork(《魔域帝国》)的电脑游戏。游戏的开发者后来成立Infocom公司,并把Zork移植到Apple、TRS80、IBM、Amiga等各种平台上。Zork可以说是最早的电脑冒险游戏,它讲述的是在一个幻想的Zork世界里,人、神、魔之间无尽的争斗。早期的Zork游戏是没有任何图像的,全部内容都是文字,实际上就是屏幕上的小说。但这是一种特殊的小说,它先给定一个故事的场景和情境,然后需要游戏者不断地输入各种句子来进行下去。经典的Zork的"游戏/阅读/写作"方式是这样的:

欢迎来到Zork世界。

这个版本是12月8日创造的。

在屋子的西面。

你站在一所白色的巨大房屋西边的空地。

门。

门口有一个小小的邮箱。

〉到屋子的北面去。

屋子的北面

你面对着白屋的北面。这一面没有门,所有的窗户都装了栅栏。

〉到东面去。

你来到了屋子的后面。在一个角落上有一扇小小的窗子，微微地开启着。

〉打开窗户。

你费力地把窗户开大到足以挤进去。

〉进屋子。

你来到了厨房。

“〉”记号后面的文字都是读者自己输进去的，你可以输入任何句子，不同的动词和名词组合会导致故事的不同流向，当然那些“不合理”的句子不会对故事产生任何影响。Infocom 公司把 Zork 系列称为“交互式小说”，把它们推向市场，在 20 世纪 80 年代初取得了巨大的成功。到了 80 年代中期，新起的 Origin(起源)、Sierra(雪乐山)、LucarsArt(卢卡斯艺术)等公司借鉴 Zork 系列的模式，推出了各自的电脑冒险游戏，并随着电脑技术的发展，不断地开始在文字以外加入越来越多的图像性的内容，最终发展成电脑游戏中的重要样式：图形冒险游戏。读者不需要再用键盘无休止地输入各种文字来推动游戏的发展了，所有的操纵改为用鼠标来实现，通过鼠标点击电脑屏幕上的人物和各种物品来完成对话、行走、使用物品、实施魔法、战斗等各种行为，这种点击和超文本写作中的点击有一种强烈的可比性，甚至可以说它就是一种图像化了的超文本。

到了 90 年代，随着 3D(三维)图形和影像合成技术的完善，电脑游戏进一步向“虚拟现实”的概念靠拢。1994 年 11 月，Origin 公司把他们新推出的游戏《银河飞将 3 代》冠以“交互式电影”(interactive movie)的美称。而同期 Sierra 等公司推出的《幽魂》、《加百利骑士 2》等冒险游戏中的所有角色也均由好莱坞职业演员出演。

电脑游戏和文学的这种共生同源的现象非常值得关注。电脑游戏从诞生起，就不断地从传统文学那里借取题材和表现手法，大量的文学经典名著，如《三国演义》、《红楼梦》、《水浒传》、《浮士德》等在源源不断地被反复改编成电脑游戏。而很多电脑游戏，如《陆空战将》、《家园》、《时空之轮》等，除了软件本身外，还会附带赠送一本精美的手册，这手册本身就是一部以游戏为背景的小说。一个最新的发展趋势是，出现了根据游戏改编的小说和电影。像2001年非常走红的数码电影《最终幻想》，就是根据同名游戏改编而成。《银河飞将》被拍摄成电影，改编而成的系列小说已经出了六部。最近的两部《星球大战》，在电影进入院线的同时，同名的小说和游戏也同步上市，预示着新时代一个艺术品以多种媒体形式同时呈现的前景。除了这些职业性的创作以外，网络上出现了很多网友自己创作的以同名电脑游戏为背景的文学作品，这正在成为网络文学中的一大类别。例如网上流传很广的《帝国时代纯情版》就是佚名的中国网友以微软出品的策略游戏《帝国时代》中的一个小兵为视角，讲述了一个哀婉动人的爱情故事。这篇短短的小说有多种版本，而且前后风格极不统一，显然出自多人之手，具有网络小说"合作化"的特点。

当我们从文学的角度看游戏，又从游戏的角度看文学，再考察它们之间的分合与同异，就能够对新时代文学乃至文化的超文本性获得进一步的观照和理解。我们早就在王蒙的小说《来劲》中读到这样的句子：

> 您可以将我们的小说的主人公叫做向明，或者项铭、响鸣、香茗、乡名、湘冥、祥命或者向明向铭向鸣向茗向名向冥向命……以此类推。三天以前，也就是五天以前一年以前两个月以后，他也就是她它得了颈椎病也就是脊椎病、龋齿病、拉痢疾、白癜风、乳腺癌也就是身体健康益寿延年什么病也没有。

其实，这已经是一种空间化和非线性的写作了。当我们的视线一个个地滑过向明、项铭、响鸣、香茗、乡名……这些语言学上称之为聚合关系的词类的时候，我们所做的事情同在Zork游戏里面用各种各样的动词和名词在同一个游戏场所不断试验的行为其实是一模一样的。或者说，在读《来劲》的时候，我们的眼睛已经偷偷地变成了一只鼠标，在不断地点击一个个高亮度的链接。我们文学的重心，正在从组合关系走向聚合关系，从时间坐标走向空间坐标。

从前，在其他艺术领域（特别是小说）中，由于物质和技术（例如文字和纸张）的限制而受到阻扼的意志和欲望，如今随着高科技的发展，可以畅通无阻地宣泄出来了。反过来，在对这种酣畅淋漓的宣泄进行观照之后，我们又可以对它们以往在传统艺术样式中受阻扼和限制的形态有更深切的认识。当“身体写作”大行其道，私人化的写作变成窥视行为，当写作活动变成行为艺术，文字变成表演的时候，难道文学不正在变成另一种意义上的交互性的游戏吗？

我们看到，在纯粹的情节的交互性上，目前所有号称“交互式”的小说、电影、游戏都是有限的，这当然是受到了人力和物质技术条件的限制。我们只能在作者给定的框架中进行有限的选择。在《旅程》这样的超文本小说中，情节依然是由作家炮制出来，无法用计算机自动生成。一开始你就只能在美国的48个州内选择你旅行的起点。在某一关键时刻，出现了情节的分支，但是你只能在给定的两到三种可能性中进行选择，作者的创造力和精力毕竟是有限的。但是，在真实的生活中，我们面对的是无穷的可能性。按萨特的说法，存在就是选择，而且这种选择在任何时刻都是无限的。从文学艺术的发展史来看，读者经历了从不能选择，到变相选择，再到有限选择的过程。这也差不多就是一个从不自由，到争取自由，再到有限的自由的过程。那么，读者会沿着这个方向进入一个无限自由的时代么？

在网络时代，似乎我们终于可以随心所欲地自由选择自己要读的东西，可就在这时我们突然发现，其实我们根本就没有办法选择，或者说情况比过去还要糟糕。当一个读者面对数以百万计的文本的时候，他不得不把自己交给一个新的权威，把自己纳入一个新的权力体制，这个体制可以是新浪的读书沙龙，网易的原创排行榜，“榕树下”的网络文学大赛，也可以是各个文学站点的阅读导航和佳作推荐。在网络时代，我们更加深切地体会到一个绝对自由的阅读主体的乌托邦性质。对作者来说也是如此。当我们面对网络上的大量文化垃圾的时候，似乎又会缅怀传统文学体制下那种严酷的审稿退稿机制。如果每个人从一开始就能毫无障碍地发表任何作品，想怎么写就怎么写，想什么时候发就什么时候发，这样的文学大锅饭能够给我们带来美味吗？事实上那样的忧虑在很大程度上似乎是多余的。传统的审稿退稿机制看上去在网络时代无处容身，其实只是换了一个面孔，改变了一下存在方式。像《e情战事》的写作，表面上读者可以有无限自由的参与，每个人都可以改变故事的结局，可实际上每天只能从来稿中选出一篇作为当日的“龙尾”，为此当当书店还聘请了三位知名人士作为评审员，来进行最后的仲裁。在超文本的写作中，我们依然看到了权力的永恒的、无所不在的眼睛。

如果说小说受到物质条件的限制，在通往无限自由的道路上继续遭遇着极大的困难的话，那么电脑游戏是否以其与生俱来的媒体特点具有通往无限交互性的可能呢？像《来劲》这样的实验小说，一问世就成为人们激烈批评的对象，至今也似乎只有文学理论上的意义。当词语的排列聚合阻隔了小说时间的自然流程的时候，人们立刻就会产生强烈的厌倦情绪。而同样的空间化的手法，在游戏那里情形似乎就要好得多。为了解决一个谜题，游戏者可以在同一场景不厌其烦地把各种物件进行无穷的组合，以试探出一种推进游戏的方式。但我们马上就会在这里遇到非常吊诡的逻辑：推动游戏者耐心地在空间配置上进行不断探索的动力，恰恰来自对进入下一段情节的渴望，也就是说，来自对时间性的发展变化的渴望。这就又回到了对传统的有限的线性情节的依赖。

冒险类游戏其实正是电脑游戏中最接近传统小说的样式。它表面上看有众多的情节分支和多种可能的结局，造成一种读者拥有无限自由的假象，其实最终还需依照有限的事先写定的脚本来展开。同一场景中物件之间的组合关系也是有限的。更令人沮丧的是，从20世纪90年代中期以来，冒险类游戏正在急剧地走着下坡路，精美的3D图像和好莱坞职业演员也似乎难以挽救它的命运。这是个颇有点意味深长的文化现象，其意义也应该到游戏以外去寻找。这固然是受到了更为后起的动作游戏、策略游戏和网络游戏的强烈挤压。这后三类游戏可以说是把非线性化推向了一个新的高峰，向人们展现了真正的交互性的雏形：无限的可玩性和可能性，玩家的高度参与、自由发挥与即兴创造。

这些代表着无限自由的新的游戏样式给人带来的是“极乐”的感受。而“极乐”(jouissance)也正是罗兰·巴特对“可写的文本”的期许。在那种吸毒般的快感背后隐藏的是精神分裂和人格谵妄吗？虚拟的电子空间正在向我们布置一个真正后现代的舞台。在这个空间中，传统意义上的忠贞、正义、真理、成规等统统受到解构。历史被颠过来倒过去地进行无穷次的改写。所有的界限都变得动荡和模糊不清。我们唯一看到的是欲望的汹涌澎湃，对无限的可能性的渴望，无止境的选择，跨历史的狂欢。以往拥挤在各种传统艺术形式的有限空间中的受到阻扼的欲望，如今仿佛从所罗门的瓶子里全部释放出来一般，一股脑儿冲进了虚拟的电脑游戏和网络空间。这种渴望，一言以蔽之，就是读者、观众、游戏者们要做上帝。

在新时代人类这种无限超越自我的游戏冲动中会诞生新的精神性吗？这里的前景似乎并不令人乐观。如果说，在包含了大量语言的冒险类游戏中我们还能见到某些思想的闪光，在新一代的动作游戏中，我们就只剩下了大量的暴力和杀戮。语言被压缩到最低的限度。无限的参与和交互性也就是无数转眼即逝的瞬间和支离破碎的画面。游戏是如此，网络中的超文本写作又何尝不如此呢？在网络时代，书写好像成千上万倍地增加了，但文化垃圾也成千上万倍地增加了，它会不会把真正有价值的书写淹没呢？超文本就犹如无穷闪烁的电脑游戏画面一样，它永远在那里不断地跳动，很难使人有一种持久的专注。它在使人痴迷的同时令人精神涣散，思想麻痹。当交互性铺天盖地而来之时，就是历史性遭遇重大危机的时刻。在一个充斥了大量幻觉和虚拟现实的时代，正在被人遗忘的文学的除幻功能是否应该重新唤回我们严肃的关注呢？

变形的政治：对《大话西游》热的跨艺术解读

周星驰的偶像电影《大话西游》(《月光宝盒》与《仙履奇缘》在中国内地的通称)在青年文化圈中的走红,构成了世纪末中国的一道文化奇观。其中的意义,论者多有分析,“大话热”被看成是一场“粉红色的革命”,代表了小资文化的兴起,以及后极权精神真空中对戏拟的渴望①。我的研究将侧重于艺术媒介的转换在《大话西游》的接受中的美学、文化和政治意义。

《大话西游》是对中国古典小说《西游记》的大胆拆解和重构,加入了浪漫爱情、无厘头幽默、时空旅行、对香港电影的戏拟等现代/后现代元素。该片 1994 年在香港上映时票房不佳。1995 年进入内地影院,上座率也相当惨淡,在北京地区只有二十万元的票房收入②。对《大话西游》的惊人热情要滞后几年才出现,在此过程中,艺术与娱乐的承载媒介起到了巨大的推动作用,并呈现出鲜明的中国特色。首先是盗版 VCD 的出现推动了《大话西游》的传播。VCD 廉价、便携,易租借,可无限重播,对青年学生而言堪称天赐良媒(介)。而随后互联网的勃兴则进一步把《大话西游》推到了神话的地位,周星驰也因之而成为新一代的喜剧之王。年轻的网民们在各种场合大量引用《大话西游》中的台词,作为自己的口头禅和相互交往中的联系纽带,使之成为“进入新世纪的通行证”③。网络中亦出现了众多对《大

---

① 见朱大可:《大话革命与小资复兴》,载《二十一世纪》2001 年 12 月。

② 张李宪等编:《大话西游宝典》,北京:现代出版社 2000 年版,第 91 页。

③ 张闳:《大话文化的游击战术》,载《二十一世纪》2001 年 12 月。

话西游》的仿作，其中最著名的有今何在的网络小说《悟空传》，而《悟空传》又被《八戒日记》、《沙僧日记》等网络作品再度模仿。这里面有着无尽的复制和变形的链条。

在互联网一统天下的年代，文化产品的网络兼容性在很大程度上决定着其成功与否。《大话西游》的网络亲和性何在？一个简单的回答是它们都具有模仿、拼贴和可重复性。《大话西游》是对经典的戏拟，是对一个重生和变形的故事的变形。其中，从文字到影像的转换有着特殊的意义。

"好书难成好电影。"[①]文学经典电影化的困难堪称有目共睹。中国内地投入巨资将"四大名著"改编成影视作品，招致众多的非议。这条关于经典文学的改编失败定律甚至也适用于金庸的武侠小说。困难很大程度上来自读者长期以来阅读经典小说时在头脑中形成的人物形象与屏幕上的视觉形象严重不符。现在，《大话西游》则采用了完全不同的一套改编策略。它不是努力试图缩小文字与影像的鸿沟，而是利用和进一步凸显这些鸿沟，以此来造成效果。

在影片的开端，至尊宝(孙悟空)是一个斗鸡眼的匪帮首领，被观音贬入凡尘，肮脏、落魄、怪异、可笑，这个形象中混合了日本武士、卡通漫画和周星驰其他电影中的造型，与传统的孙悟空看似毫无共通之处。这一形象让老一辈观众很难接受，却对新生代的青少年产生了巨大引力。如果我们进一步探讨原小说中"真实"的孙悟空的"真正"的形象的话，就会马上发现一个很有意思的逻辑。猴子(孙悟空)的天性难道不就是任性无常、灵活善变吗？这里的机制会让人想起周蕾对翻译的解构性的阐释："翻译主要是一个叠加的过程。这个过程向人们展示，所谓的'原作'，也是一个被叠加出来的东西。"[②]

当我们说屏幕上的影像既是对原作文字的背叛，又是对文字的

---

① Kamilla Elliott, *Rethinking the Novel/Film Debate* (Cambridge: Cambridge University Press, 2003), p. 12.

② Rey Chow, *Primitive Passions* (New York: Columbia University Press, 1995), p. 185.

进一步揭示时，我们也就引入了不同媒介之间的差异与联系问题。在这一领域，德国批评家莱辛(Gotthold Ephraim Lessing)所提出的命题至今仍具有启示性的意义。莱辛问道：为什么希腊雕塑拉奥孔(Laokoon)不像维吉尔(Virgil)同题材的诗中那样张嘴尖叫？对此他的回答是直截了当的："当嘴巴大张时——姑且不论这会猛烈而令人不快地扭曲面容的其他部分——在绘画中会形成一个黑点，在雕塑中会形成一个空洞，产生最令人厌恶的效果。"[①]由此他从媒介的角度圈定了诗与画的界线。莱辛认为，艺术家应该遵循美的法则，充分考虑艺术媒介(在雕塑拉奥孔的例子中是石头)的限制，不要随意跨越这些界线。绘画和雕塑是空间艺术，长于表现空间中物体的配置；而诗歌是时间艺术，更长于表现时间中事件的延续。

莱辛的诗画之分在以后的世纪里不断引起争议。中国学者钱锺书先生也曾对此提出过深具中国特色的回应。钱先生认为艺术家可以跨越边界，从其他艺术形式中借取手段。例如，莱辛提出"富于包孕的时刻"这一概念，指事件将到未到顶点之际的一种状态，是绘画中常用的一种手段，而《水浒传》这样的中国古典小说也能找到类似的表现手法。但是对钱先生而言，这种界线的跨越是暂时和单向的。确切地说，应该是从绘画到文学，从空间到时间，而不是相反。在这样的跨越之中，钱先生并非想摧毁莱辛描绘的界线，而是要努力证明文学(时间)相比较绘画(空间)而言，具有更大的重要性和灵活性。在他们对时间优于空间的共同执迷上，钱先生可以说是比莱辛还要莱辛："莱辛承认诗歌和绘画各有独到，而诗歌的表现面比绘画的'愈加广阔'。假如上面提出的两点有些道理，那末诗歌的表现面比莱辛所想的还要广阔一些。当然，也许并非诗歌广阔，而是我自己偏狭，偏袒、偏向着它。"[②]

---

① Gotthold Ephraim Lessing, A. Hamann ed., *Laokoon* (Oxford: Clarendon, 1901), p. 21.

② 钱锺书：《七缀集》，上海：上海古籍出版社1994年版，第78页。

钱先生从中西艺术史中挖出许多例子，来说明许多场景在绘画中难以达到，而在诗歌中轻而易举。他引证狄德罗(Diderot)说，诗歌可以描写一个人被丘比特射中，而在绘画中则只能画成丘比特张弓欲射，否则那人会看上去真的像身体受伤，因为丘比特的箭只是一个比喻。在此我们可以看到时间艺术/空间艺术的分界，及其与传统的物质/精神、身体/灵魂、看得见的/看不见的之类的二元对立的关系。随着艺术新媒介的到来，旧的艺术疆界不断被打破，在一个越来越视觉化的文化中，如"张大的嘴巴"这样的艺术早已屡见不鲜。对《大话西游》的崇拜者而言，一个经典的意象诞生于备受推崇的"心脏场景"。至尊宝的意中人紫霞为了弄明白他的真心，一头扎进至尊宝的胸腔，对一颗包围着软组织、纤维和血管的巨大的心脏进行实地考察。对这一场景，相信莱辛和钱锺书先生一定会厌恶地闭上他们的眼睛，掉头而去。精神和象征意义上的心脏，从前是神圣得离我们的视觉越远越好，如今却在新的电影特技的帮助下，活色生香地向我们夸示着视觉与物质性的胜利。

在现代主义小说中，也不乏类似的"心脏场景"，它们代表着对真相的重大揭示。例如在约瑟夫·海勒(Joseph Heller)的《第二十二条军规》中，主人公尤瑟林试图去救治在空战中负伤的战友斯诺登，结果却发现斯诺登的内脏都流了出来，其景令尤瑟林震撼并遭受精神创伤，他由此认识到与全书主题密切相关的一个关键性的秘密："人是物质，这就是斯诺登的秘密。把他扔出窗外，他就会掉下去。朝他放把火，他就会燃烧。把他埋了，他就会烂掉，像其他种类一样…… 精神已灭，人是垃圾。"[①]对人体内脏栩栩如生的精细描写也是 1980 年代中国先锋派小说家热衷的做法[②]。值得注意的是，类似的场景，从先锋文学阴暗可怕的"人之死"的后人文主义题旨，到大众影像文化的欢乐嬉戏，其中经历了怎样的转型和"翻译"。而新媒介

① Joseph Heller, *Catch-22* (London: Jonathan Cape, 1962), pp. 429-430.

② 例如余华的《现实一种》、莫言的《红高粱》、杨争光的《黑风景》等。

的兴起，显然在这样的变迁中起了非常关键的作用。存在主义式的荒谬转换成了无厘头的调侃和释放，就如至尊宝所说的那样："我吐啊吐就习惯了。"

我们也许可以把莱辛和钱锺书先生叫回来，让他们再看一眼《大话西游》中的那颗巨大的心脏，它其实看上去并不那么真实，而更像一只大椰子，还会自己说话。卡通式的造型和滑稽的声音减少了它的生理特征，也使它不那么令人烦恼了：

紫霞：哇！你的心怎么像椰子一样？

心：小姐，不可否认我长得很丑，可是我很温柔，而且永远不会说谎。

紫霞：那你老实告诉我，他跟他娘子是不是很恩爱？

值得注意的是心的回答故意被悬置了，好似造就了一个莱辛意义上的"富于包孕的时刻"。在后面一个类似的场景中，白骨精(孙悟空的老情人)也钻进至尊宝的肚子里问同样一个问题，而回答同样被悬置了，我们要到更后面才知道白骨精在心上面发现了一滴眼泪，从而得知心的真正归属。在被蜘蛛精杀掉以前，至尊宝恳求她用最快的速度把自己的胸膛剖开，这样他能在死之前看一看自己的心上面到底是不是有一滴眼泪。当然剖胸开膛的过程还是为观众省略了，也许他们还没有为这样的可视性做好心理准备，这样他们最终也就还是没有能看到那滴被反复谈论的眼泪。在此我们可以看见对拉奥孔法则的挑战和服从同时并举，看到对界线的跨越，以及这种跨越的限度。

电影是现代艺术媒介通过鲜活逼真的视觉化达到直接身临现场效果的代表。这是一种对媒介的非媒介性(直接性)日渐增长的渴望，源自于因真实感的丧失而带来的对"真实"的进一步迷恋。《大话西游》中的"心脏场景"可以被视为现代人以一种图像的或"直接的"方式对真相的追求。图像接管了语言原先的领域，把语言挤压到边缘。《大话西游》中的对话也呈现出类似于视觉的"直接性"。紫霞对至尊宝吐露真情的一段话堪称新世纪的经典告白，被无数青年大量引用和模仿：

紫霞：让我们立刻开始这段感情吧。

这个恳求中表露的直接和坦率，就如那个"心脏场景"一般，强烈地抓住了年轻一代的心。与这种直接性相对立的，是唐僧的无休无止的废话和饶舌。正是他的喋喋不休令孙悟空难以忍受，以致要杀掉他。人们很容易就会把唐僧视为传统的或权威的声音的象征，语言是其压制的手段。同样，也很容易把至尊宝和紫霞看作在视觉文化中成长起来的年轻的一代，他们不想再多听废话，而要直接进入彼此的心扉。

作为一部电影，《大话西游》走红之日，正是中国文学在文化市场式微之时。其他艺术媒介，尤其是视觉艺术，正是挤压文学走向边缘化的因素之一。但是《大话西游》却又带来了新一轮的文字生产的热潮，而这又是借助于互联网这一新媒介来实现的。是网络，把《大话西游》热推向了顶峰。另一方面，《大话西游》又为中国互联网上的话语方式定下了一些基调，"大话体"是其特征之一。犹如古人将《诗经》作为社会交往的工具，内地年轻的网民也把《大话西游》作为彼此沟通的纽带，使之成为新时代的文化辞典和时尚圣经。在充斥网络的"大话体"写作中，今何在的《悟空传》以其清晰而优美的语体独树一帜，也更接近传统意义上的小说，但是它的"大话"特质依然鲜明。小说以悟空与唐僧的对话开头：

"悟空，我饿了，找些吃的来。"唐僧往石头上大模大样一坐，说道。

"我正忙着，你不会自己去找？……又不是没有腿。"孙悟空拄着棒子说。

"你忙？忙什么？"

"你不觉得这晚霞很美吗？"孙悟空说，眼睛还望着天边，"我只有看看这个，才能每天坚持向西走下去啊。"

"你可以一边看一边找啊，只要不撞到大树上就行。"

“我看晚霞的时候不做任何事！”[①]

诸如此类毫无方向感的无厘头对话充斥全书。如同《大话西游》和《大话西游》影响下的网络话语实践一样，它们是非线性和非对话性的。它们以语言学的聚合（paradigmatic）方式生长，而不是组合（syntagmatic）的方式。不仅语言如此，《悟空传》的结构也呈现出非线性的碎片样态，这一点对一部在写作过程中充满即兴性的网络小说来说也是并不奇怪的[②]。正如《大话西游》一样，《悟空传》大玩时空倒转的游戏。孙悟空不断地回到过去，目睹他的前身与命运搏斗。在故事的某个阶段他分裂成两个化身，一个过去的他，一个现在的他，二者为真实的身份彼此相斗。这一过去与现在在同一空间共存的手法令人想起约瑟夫·弗兰克关于小说的空间化的概念。在其深具影响的《现代文学的空间形式》一文中，弗兰克认为现代小说不断朝一种“空间形式”发展，倾向于“瓦解语言的内在连续性，挫败读者习以为常的对次序的期待，迫使他们以空间配置、而不是时间上的展开的方式，来感受诗歌的要素”[③]。当然弗兰克的洞见可以视为莱辛对媒介的古典分界在现代的变奏，而在一个全面可视化的世纪，分界的重心却转向了空间性。历史与因果律的铁的链条已被打破，取而代之的是破碎的、被公众快乐的窥视目光所穿透的私人空间。《大话西游》的开头和结尾都出现了公众围观主人公冒险、遭罪、亲吻的象征性场景，应非偶然。至尊宝对菩提抱怨那些隐形而又无所不在的咸湿目光总是围绕着他。在电影中出现的这种集体性的偷窥，恰恰是被电影这种新的媒介所催生，在今天又被互联网的出现推到了一个新的高度。在这一点上，《大话西游》预示了一个新的偷窥世纪的到来，这种更大规模的偷窥活动在论坛（BBS）、博客（Blog）和各种讨

---

① 今何在：《悟空传》，北京：光明日报出版社 2001 年版，第 5 页。

② 今何在：《我的西游记》，载《北京青年报》2001 年 11 月 19 日。

③ Joseph Frank, “Spatial Form in Modern Literature”, in Michael McKeon ed., *Theory of the Novel: A Historical Approach* (Baltimore: John Hopkins University Press, 2000), p. 788.

论板上以其即时性和互动性达到了一个新的高度和灵活性。

空间性的转向也是权力向读者/观看者的转移，而空间化的结构为他们提供了自由创造的主体性空间。在《大话西游》的所有台词中，人们最津津乐道也引用最多的是至尊宝的爱情告白："曾经有一份真诚的爱情放在我面前，我没有珍惜，等我失去的时候我才后悔莫及，人世间最痛苦的事莫过于此。"这句台词本身就是对王家卫的《重庆森林》中的经典句子的戏拟，在网上它又被戏拟于各种场合，甚至成了一种万能的表达遗憾的套语："曾经有一XX放在我面前，我没有XX，等我失去的时候我才后悔莫及……"这类似于一种填词游戏，而读者变成了某种程度上的作者和玩家。

在《悟空传》中，有一段玉皇大帝与太白金星的搞笑对话。玉帝问他天蓬元帅勾结妖魔，该当何罪。太白金星以一种"大话"的方式回答了他："这勾结妖魔，可轻可重，可处以升官，大赦，流放，极刑。"① 我们可以从另一个文化历史的角度来审视这种语言游戏。在1980年代中后期的中国现代主义的文学热潮中，作家王蒙发表了一篇名为《来劲》的短篇小说。小说通篇是令读者作无穷选择的文字游戏：

> 您可以将我们的小说的主人公叫做向明，或者项铭、响鸣、香茗、乡名、湘冥、祥命或者向明向铭向鸣向茗向名向冥向命……以此类推。三天以前，也就是五天以前一年以前两个月以后，他也就是她它得了颈椎病也就是脊椎病、龋齿病、拉痢疾、白癜风、乳腺癌也就是身体健康益寿延年什么病也没有。十一月四十二号也就是十四月十一二号突发旋转性晕眩，然后照了片子做了B超脑电流图脑血流图确诊。然后挂不上号找不着熟人也就没看病也就不晕了也就打球了游泳了喝酒了做报告了看电视连续剧了也就根本没有什么颈椎病干脆说就是没有颈椎了。亲友们同事们对立面们都说都什么也没说你这么年轻你这

① 今何在：《悟空传》，北京：光明日报出版社2001年版，第112页。

么大岁数你这么结实你这么衰弱哪能会有哪能没有病去！说得他她它哈哈大笑呜呜大哭哼哼嗯嗯默不做声。[1]

这篇故事被视为对中国改革开放含混不清而令人困惑的现实和话语的一个寓言，现在我们也可以把它看作《大话西游》和大话风格的前驱和接受的土壤。《来劲》在它发表的时候，以其极端的文学试验受到了批评，但是它预告了一个读者占主导性的时代的来临。敏锐的作者已经感受到了危机和困难，他们再也不能一手遮天地维护其主导性和权威性，因而开始把更多的选择权交给读者。

上面提到的《大话西游》的结尾场景也可被视为这种读者/观众主导的交互性的一个象征。城墙下面的旁观者象征了读者/观众的期待和权力，在孙悟空的推动下，至尊宝和紫霞的转世化身屈从于这种权力，终于相互拥吻。在电影和小说中我们都可以看到读者/观众日渐增长的要发出自己的声音并控制局势的欲望，于是我们就立刻面临着一个至关重大的问题：像电影和文学这样的传统艺术形式是否能够提供足够的空间，来容纳对交互性的日渐增长的渴望？这种渴望似乎在更新的媒介，例如交互性电视、多媒体艺术、电脑游戏中更容易得到释放和实现。对此问题的回答难以单一化，但是越来越多超越边界的跨媒介实践已经在改变我们的文化外观，而《大话西游》和《悟空传》，随着它们在网络中的播撒，提供了一个典型的范例，向我们展示了这股交互的、读者导向的、集体的、合作的新世纪写作实践的威力。

由此我们开始触及变形的政治。孙悟空，这个可以随心变化和穿越时空的怪物，这个伟大的前人类、超人类和后人类的混合体，正是新生代中国青年最新的（同时又是古老而陈旧的）化身，这些青年在新的媒介（例如互联网）中找到了他们的自由意志的想象性的实现方式。在《悟空传》中唐僧大声呼叫："我要这天，再遮不住我眼，要这

① 王蒙：《来劲》，载《小说选刊》1987年4月。

地,再埋不了我心,要这众生,都明白我意,要那诸佛,都烟消云散!"[1]有趣的是,在这宣言式的呐喊中,我们可以看到1980年代中国启蒙运动的一丝残迹,甚至还可以看到改革前毛泽东时代反叛的革命的孙悟空形象的点滴踪影。但是在社会主义文学中,革命的孙悟空与反革命的白骨精势同水火的对抗已经融化为甜蜜、悲伤而又滑稽的后现代罗曼司,见证了一部关于变形的古典中国小说在现代中国从反人道主义,到人道主义,再到后人道主义的变形。这是一种双重的变形:历史与政治意义上的改革(reform)和媒介意义上的改形(re-form),两者交相作用,互为前提。

《大话西游》和《悟空传》还可以被视为从1980年代开始的以王蒙和王朔为代表的文化世俗主义潮流的后继者,并呈现出更大的狂欢化倾向,以及对历史和自我认同的更加灵活的姿态。当中国青年在超越时空的网络中畅游的时候,他们像挑战权威的孙悟空那样,感觉到了前所未有的解放感和自由的快乐。网络给他们提供了多样的身份、发泄的空间和无限的可能,也提供了对现实的逃避手段。在此政治与新媒介的共谋之上,还有全球化在不遗余力地催生"一种把时间的空间化作为愿景的商业文化,它承诺一切都唾手可得,所有欲望的对象都如在眼前"[2]。把这些因素都加起来,我们就看到一幅后威权社会的政治保守主义、文化虚无主义与无所不在的商业主义共生的图景,而所有这一切都由新媒介的空间化力量连接起来。

从1990年代以来,人们开始谈论在新媒介的攻击下的文学的式微。令人惊奇的是,文学在新媒介的帮助下又回来了,虽然已经被新媒介改变得不成样子。与文学一起回归的是被大肆模仿和戏拟的过去的鬼魂和精灵。《大话西游》和《悟空传》引领着新一波的网络幻想文学,可以被视为古老神话在新的媒介中的复活,而这个新的媒介本

---

① 今何在:《悟空传》,北京:光明日报出版社2001年版,第55页。

② Patrick O'Donnell, *Latent Destinies: Cultural Paranoia and Contemporary U. S. Narrative* (Durham: Duke University Press, 2000), p. 8.

身就是我们这个时代最大的神话。前现代与后现代共存于一个跨越一切界线的非历史的空间。现在我们只剩下一个问题有待回答：美猴王头上的金箍今天在哪里，他能跳得出如来佛的手掌心吗？

感觉的世界谱系：重新发现莫言的现代性

瑞典诺贝尔委员会宣布2012年诺贝尔文学奖获得者为莫言。诺贝尔委员会给其的颁奖词称：莫言“将魔幻现实主义(hallucinatory realism)与民间故事、历史与当代社会融合在一起”。其中的“hallucinatory”国内有翻译成“迷幻”或“幻觉”的，以区别于人们熟知的拉美魔幻现实主义(magic realism)，并凸显其主观心理的因素。无论怎么翻译，“hallucinatory realism”这个标签对莫言作品的把握都是非常精准的，确实很好地概括了其根本特质，即从感觉出发，对现实进行超越性把握。感觉在莫言的作品中有着极为特殊的意义，从一开始，人们就着迷于莫言式的感觉增强与放大，这是一种令人耳目一新的现实表达方式。许多年过去了，在莫言的作品越来越获得国际认同的今天，在人们的感官更加迅猛地被各种媒体和文化力量重塑的时代，我们有新的理由从世界性的角度再度走入莫言的感觉空间，重新审视其感觉的现代意义。

感觉的解放

一谈到莫言小说的世界性因素，人们就会本能地想起福克纳和马尔克斯这“两座灼热的高炉”，这是莫言最早对自己所受外来影响的表述，发表在1986年第3期《世界文学》上。莫言坦率地承认：“对我影响最大的两部著作是加西亚·马尔克斯的《百年孤独》和福克纳的《喧哗与骚动》。”[①]《百年孤独》颠倒时空秩序、交叉生命世界、极度

---

① 莫言：《两座灼热的高炉》，载《世界文学》1986年第3期。

渲染夸张的艺术手法令莫言震惊，福克纳执著于故乡的落寂而又骚动的灵魂令莫言动容。值得注意的是，莫言从一开始就提出艺术技巧的挪移只是一种表面的借鉴，他更重视的是两人的"哲学"。这是个背后有着多层语码的词，散发着浓郁的1980年代深度模式的气息。当时的中国作家喜欢用这个词代表对现实的超越和对生命精神的追求。他们看不起文学的物质层面，也就是技巧层面的借鉴，努力追求一种更高远的形而上的意义。这一方面体现出中国传统文化轻器重道的心迹，另一方面则清晰地传达出新时期中国作家超越传统现实主义的渴望。

许多年后，莫言在讲述福克纳和马尔克斯对自己的影响时，那种影响的焦虑淡了许多。他说："直到现在，我依然没有把马尔克斯的《百年孤独》读完，因为当时读了大概有十几页，特别冲动，第一反应就是小说原来可以这样写，就像当年马尔克斯在法国读了卡夫卡的小说的感觉一样。"[①]而福克纳的作品他只是看了李文俊先生为《喧哗与骚动》写的序言，正文只看到第4页[②]。"读到福克纳之后，我感到如梦初醒，原来小说可以这样地胡说八道，原来农村里发生的那些鸡毛蒜皮的小事也可以堂而皇之地写成小说：他的约克纳帕塔法县尤其让我明白了，一个作家，不但可以虚构人物，虚构故事，而且可以虚构地理——于是我就将他的书扔到了一边。"[③]这种"如梦初醒"的感觉，不是莫言所独有的，许多中国作家在接触当代世界文学后都表达过类似的启悟。对于余华来说，卡夫卡也有类似的启示作用："我在不久之后一个夜晚读到了《乡村医生》。那部短篇使我大吃一惊……《乡村医生》让我感到作家在面对形式时可以是自由自在的，形式似乎是'无政府主义'的，作家没有必要依赖一种直接的、既定的观念去理解形式。在某种意义上说，作家完全可以依据自己心情是否愉快

① 莫言：《先锋　民间　底层》，载《南方文坛》2007年第2期。

② 莫言：《说说福克纳这个老头儿》，载《当代作家评论》1992年第5期。

③ 莫言：《美国演讲两篇》，载《小说界》2000年第5期。

来决定形式是否愉悦。在我想像力和情绪力日益枯竭的时候，卡夫卡解放了我，使我三年多时间建立起来的一套写作法则在一夜之间成了一堆破烂。”①

今天再重新审视这种“如梦初醒”的状态，我们完全可以体会到这是一种双重的震惊：一是从封闭的文化沙漠中走出时，面对琳琅满目的文学宝藏的震撼；一是从既有的文学思维中跳出，进入更自由灵活的世界的惊喜。正因如此，20世纪80年代的文学接受具有一种狼吞虎咽的“速食”性质。这不是一种深思熟虑的渐进学习过程，中国作家们迫不及待地“拿来”，飞快地“消化”，迅速地“跟上”。批评者谓之生吞活剥，但这种浅尝辄止的接受却也未尝不可理解为一种更为灵活的姿态：中国作家们飞速地从壮观的世界文学之廊掠过，不时发出惊鸿一瞥的赞叹，却不在某一处迷人的风景过多地停留。在前面提到的传统文学心态下，这种姿态更容易使他们想象自己弃形得神，羚羊挂角，无迹可求。

对莫言来说，马尔克斯和福克纳与其说代表了种种具体而微的技巧，不如说是更宽泛意义上的文学的自由和解放的象征。他们就像是化学反应中的触媒，能够催化反应的发生，但本身并不直接变成反应的结果。莫言犹如蓄势待发的反应体系，两座“高炉”激活了他多年的生活经验，引爆了绵绵不绝的连锁反应。

使莫言一举成名，成为他作品的标志性特质的，是灿烂辉煌的感觉世界，这无疑是莫言独有的，但打开这个世界，马尔克斯与福克纳功不可没。他们向莫言展示了感觉在文学上的神奇力量，强化了莫言在探索感觉世界时的勇气和信念。他后来说：“马尔克斯小说《百年孤独》中的人物，放出的臭屁能把花朵熏得枯萎，能够在黑暗的夜晚，凭借着嗅觉，拐弯抹角地找到自己喜欢的女人。福克纳的小说《喧哗与骚动》里的一个人物，能嗅到寒冷的气味。”②“一种对世界的

① 余华：《川端康成和卡夫卡的遗产》，载《外国文学评论》1990年第2期。

② 莫言：《用耳朵阅读》，载《天涯》2002年第2期。

奇妙感觉方式诞生了。而那时我已经写出了中篇小说《透明的红萝卜》,其中有个小黑孩能听到头发落地的声音,我正为这种打破常规忐忑不安呢,福克纳鼓励我:就这样干!让他们全晕了吧,把旧世界打个落花流水,让鲜红的太阳照遍全球。”[①]莫言对气味也有一种持之以恒的执著,在他几乎所有作品中都有对各式各样气味的近乎迷恋的描写。《丰乳肥臀》中,“母亲把脸凑到八姐的手边,让她的柔若无骨的手指在自己脸上抚摸。母亲嗅到女儿的手指上有一股潮湿腥冷的气味”。在这里,气味超越了常规的感觉,进入主观的领域,成为死亡的象征。

莫言认为,在有了录音机、录像机、互联网的今天,小说的状物写景、描图画色的功能已经受到了严峻的挑战。作家的文笔无论如何优美准确,也写不过摄像机的镜头了。但唯有气味,摄像机还没法子表现出来。这是当代小说家最后的领地,弥足珍惜。有独特气味的小说是好的小说,能让自己的书充满独特气味的作家是好的作家。在这里,气味已经成为一种从文字中弥漫出来的,朝向感官的召唤。它源于文字又超越文字,指向世界又超越具体事物,成为文学独特性和不可替代性的捍卫者。

气味仅仅是莫言的感觉世界中的要素之一,他的作品是整合了包括味觉、视觉、听觉、触觉在内的全部感官的盛宴。在此过程中,他更发挥了自己的想象力,创造出了许多奇异的感觉,努力以感觉的再造来重塑生命世界。

色彩的乌托邦

在莫言的感觉世界中,色彩与画面是极为重要的元素。莫言谈到自己的作品与绘画的关系时,特别推崇梵高,这为我们探索他的视觉构成提供了非常重要的线索:“我当年在军艺的时候,写过一些小

---

① 莫言:《说说福克纳这个老头儿》,载《当代作家评论》1992 年第 5 期。

说，像《爆炸》、《红高粱》这些小说，里面都有浓重的色彩，有大段大段的浓得化不开的风景描写。有的人认为我受马尔克斯或者福克纳的影响，但是他们恰恰没有注意到画家对我的影响。对我当时产生了最大影响的，恰恰是像梵高、高庚这一批现代派的画家……这么一种强烈的变形的艺术，就变成了一种非常强的情绪，间接地影响了我的小说写作。"①在这里，莫言提到了梵高绘画中强烈的色彩感，艺术的变形，画面与情绪的关系，这些在他的小说中都有突出的呈现。尤其是他在 1990 年代以前的作品，包含大量单纯鲜明的色彩对比，画面激情而夸张，充满张力与动感。像《枯河》里的这段文字，简直可以视为文学版的梵高画："一轮巨大的水淋淋的鲜红月亮从村东边暮色苍茫的原野上升起来时，村子里弥漫的烟雾愈加浓重，并且似乎都染上了月亮那种凄艳的红色。这时太阳刚刚落下，地平线上还留着一大道长长的紫云。"这是一种超现实的风景。许多读者、研究者和翻译家为莫言的作品所吸引，到高密东北乡去看他小说中描写过的那些东西，结果全都大失所望，那里什么也没有，只有一片荒凉的平原，和平原上的一些毫无特色的村子。真实的高密东北乡没有山、沙漠、沼泽、森林、湖泊、狮子、老虎……这些都是莫言给它编造出来的。他的家乡也没有辉煌浓郁的色调，所有的浓油重彩，都是主观性的再造，或者说是一种补偿。

梵高的色彩也是一种补偿。在他的画布上，树木、原野、星空仿佛在燃烧爆炸(以莫言的《爆炸》里的方式!)，突破了原有的形体，幻化成迷乱的色块。他一生都在追求一种更高的现实，更真实的表达，用艺术去重组一个分崩离析的世界，以及他同样分崩离析的自我。事实上，他离他心目中的真实越近，离传统意义上的真实就越远。著名马克思主义批评家詹明信问过这样的问题：梵高笔下那种梦幻般的颜色组合究竟从何而来？他认为这是一个乌托邦的感应模式。梵高之所以能够把乡村现实激烈地转化成为色彩缤纷的艺术世界，是

① 莫言：《文学与时代》，载《解放军艺术学院学报》2012 年第 2 期。

出于一种乌托邦式观物态度。艺术家以创作为终极的补偿方法，创造一个完整的、全新的感官世界。而海德格尔在《艺术作品的起源》里的有关论述则为此提供了另一个视角。海德格尔在分析梵高的作品时，提出"大地"和"人间"的观念，认为艺术品就是在两者之间的空隙裂缝中挣扎求存的。按照詹明信的看法，"大地"可以理解为大自然界及人所占据的物质领域，而"人间"则可视作那些具有深刻意义的历史境况及社会现实。梵高透过他那幅色泽鲜艳的《农民的鞋》，把早经隐没的客观世界完整地重新建立起来。把历史境况——生活的苦难真相——逐渐重现在观者眼前[①]。

从形式的这种补偿原则，我们也就开始进入莫言作品精神的核心：悲悯与救赎。感觉的放大恰恰对应于，或者说诞生于现实的匮乏，并且成为后者的救赎。无尽的苦难，不绝的饥荒，极度的贫困，乡村政治的残酷，历史的断裂与循环……这些反过来成为想象的诞生地和强化物。例如，莫言的许多作品都涉及饥饿，他自己也多次谈到童年的饥饿体验对他想象力的催化作用。在《丰乳肥臀》中，上官金童的饥饿记忆是这样的："我的眼前，只有两只宝葫芦一样饱满油滑、小鸽子一样活泼丰满、瓷花瓶一样润泽光洁的乳房。她们芬芳，她们美丽，她们自动地喷射着淡蓝色的甜蜜浆汁，灌满了我的肚腹，并把我的全身都浸泡起来。我搂抱着乳房，在乳汁里游泳……头上，是几百万、几千亿、几亿兆颗飞快旋转着的星斗。"这种精神分裂式的想象，与梵高的画有着同样的救赎性的乌托邦动力，但是其背后的历史意识形态却截然不同。

他者的声音

从一开始，莫言就是声音的迷恋者，而且他对声音的意识越来越

---

① 詹明信：《晚期资本主义的文化逻辑》，张旭东编，陈清侨等译，北京：三联书店1997年版，第436页。

强烈,探索越来越深入。在早期的《透明的红萝卜》中,黑孩能够听到别人听不到的声音:“逃逸的雾气碰撞着黄麻叶子和深红或是淡绿的茎秆,发出震耳欲聋的声响。蚂蚱剪动翅羽的声音像火车过铁桥。”《民间音乐》中,小瞎子的演奏代表了精神性的追求。《爆炸》中,父亲的一记耳光,“这声响初如圆球,紧接着便拉长变宽变淡,像一颗大彗星。我认为我确凿地看到那声音,它飞跃房屋和街道,跨过平川和河流,碰撞矮树高原,最后消融进初夏的乳汁般透明的大气里”。在一开始,莫言并不在意声音的结构,“我只管声音带给我什么,声音让我感受到什么”①。也就是说,他更着重于声音作用于感官的效果。与他在色彩和画面方面的追求相类似,这些声音都经过了放大和变形处理,使无声变有声,弱声变强声。

值得注意的是,这些被强化或者说得到补偿的,都是被压抑的异质之声。黑孩听到的,是在一个时代喧嚣单调的政治强音掩盖下的另一个世界的声音。那个世界仿佛悄然沉寂,其实万物潜滋暗长,生机悄然萌发,是喑哑无声的黑孩的抚慰和救赎。小瞎子作为被无视被损害的另类,其音乐恰恰是麻木无魂的乡村生活的飞升。父亲的耳光,凸显的是父子关系异化的一面。

声音同样也是福克纳作品中的重要元素。福克纳在他的小说中贯穿了自觉而强烈的音乐意识:“音乐不仅给福克纳带来美学的愉悦,而且是他写作的一种工具。福克纳曾经对来访者说,在写作《圣殿》的时候,他聆听了三种不同版本的格什温作曲的《蓝色狂想曲》,为的是寻找相应的节奏和爵士音调。”②《喧哗与骚动》等作品中的复调结构早已为研究者所熟知。更值得注意的是,福克纳同样把声音作为异质文化的象征。埃伦·邦兹(Ellen Bonds)认为,在《落日》中,叙事者昆丁把被侮辱和被损害的黑人妇女南茜说话和哭泣的古怪声

---

① 莫言:《声音带给我的》,载《音乐爱好者》1992 年第 2 期。

② Robert W. Hamblin, Charles A. Peek ed., *A William Faulkner Encyclopedia* (London: Greenwood Press, 1999), p. 261.

调形容成“动物般的哼叫”以及“黑人的声音”,意在揭示一种“他者”的形象的构成过程①。

从文学史的角度来看,对声音的开拓有着特殊的意义。唐小兵在《不息的震颤:论二十世纪诗歌的一个主题》中,以中国现当代文学中一系列关于声音的体验作为分析对象。他认为现代新诗一开始便具有“狂叫”和“呐喊” 的主题,之后经过多重变奏,体现出个体主体与象征秩序的相互召唤,呈现出复杂的走势②。诗人“嘶哑的声音”融入“真理的叫喊”,而郭沫若那著名的“留声机”的比喻,也为文学成为时代精神的传声筒埋下伏笔。这是一个同质化的过程。从某种意义上说,“文革”后的文学,既重新发现和复活以往的声音,更致力于创造喧哗的新声,并以自己的声音加入世界的合唱。莫言作品中的诸多声调,为这一过程增添了丰富的织体。

莫言早期作品中的声音都还只是单声部的独奏,到了《红高粱》,声音越来越丰富多样,而且呈现出多声部的特征。“我奶奶”出嫁经过高粱地的一段,已成为文学经典,而其中对声音的描述功不可没。其中有高粱叶子与花轿摩擦的声音,吹鼓手的凄凉喇叭声,轿夫的粗野笑声。在这些声音之上,最令人难忘的,是奶奶“悠扬的哭声”。这可能是中国文学史上“悠扬”与“哭声”的第一次组合,难怪当时令人耳目一新。今天从声音的角度重回《红高粱》的现场,可以进一步发现其中多元异质的组合。“悠扬”与“哭声”构成了和声意义上的不谐和弦,而“哭声”又与其他声音构成复调。这不是偶然的,在同一时期的寻根作家,如王安忆、韩少功、阿城的作品中,都出现了各种形式的对多元化声音的探索和挖掘,这可以视为对以鲁迅的“呐喊”和“恶声”为代表的“五四”文学声音的悠久回响、呼应和变奏。

从《天堂蒜薹之歌》和《酒国》开始,莫言作品中的声音进一步演

---

① Ellen Bonds, “An ‘Other’ Look at William Faulkner's ‘That Evening Sun’”, in *Studies in Short Fiction*, Vol. 37, Issue 1, Winter 2012.

② 唐小兵:《不息的震颤:论二十世纪诗歌的一个主题》,载《文学评论》2007 年第 5 期。

化为更加形式化的叙事模式。在这以后的作品中，他不断试炼福克纳式的多重视角叙事，将之与现实情境、历史记忆、民间声音进行令人眼花缭乱的结合，最终在《檀香刑》、《生死疲劳》和《蛙》中达到炉火纯青的境地，形成了既具有现代意义，又充满中国特色的莫言式复调。

陈思和老师认为，20 世纪 90 年代开始，当一大批优秀作家的创作里呈现出明显的民间化倾向时，莫言开始对自己的艺术世界中含有的民间性作了自觉探索，其民间文化形态从不纯熟到纯熟，正是这些民间因素吸引了包括西方世界在内的大量读者[①]。这无疑是有力的洞见。另一方面，在这一走向民间、回归传统说唱形式的过程中，莫言并未完全摈弃西方现代小说的影响，而是将两者进行了更完美的融合。莫言自己说过，从《檀香刑》开始，他找到了自己的语感，也就是个人化的语言节奏和语言形式。而这种对叙事故事的预感的意识，是受到了阿根廷作家科塔萨尔的《南方高速公路》和美国作家麦卡勒斯的《伤心咖啡馆之歌》的启发[②]。

在莫言的作品中，声音的极致表现是《檀香刑》中的猫腔，这原本是流传在高密一带的地方小戏，婉转凄切，荡气回肠。莫言将其发展为贯穿作品的叙事语调。小说中还有一种火车的声音，节奏分明，铿铿锵锵，充满了力量。这两种象征传统与现代文明的声音相互对立又相互纠缠，成为非常鲜明的复调。而猫腔又细分成不同的旋律，与不同的叙事角度相对应，幻化为“眉娘浪语”、“赵甲狂言”、“小甲傻话”、“钱丁恨声”，最终成为各种异质声音的极为复杂的多重奏。

与西方多声部音乐传统相比，古代中国音乐以单声部和齐奏为主，多声部音乐相当薄弱，只有片断的复调因素。从“五四”时期以来，如何建设中国音乐的复调性，也是现代中国音乐的未完成的主

---

① 陈思和：《莫言近年小说创作的民间叙述》，见孔范今、施占军编：《莫言研究资料》，济南：山东文艺出版社 2006 年版，第 277 页。

② 莫言：《小说是越来越难写了》，载《南方文坛》2004 年第 1 期。

题。从某种意义上来说,莫言既回归传统又拓展声部的实践,也是从文学与世界的角度,对一个更为巨大的中国文化复调性的问题进行跨媒体的回应。

现实的增强

从 1980 年代中期的《透明的红萝卜》、《球状闪电》、《爆炸》等作品开始,莫言即被视为魔幻现实主义在中国的代言人。他的作品充满各种超现实的元素,想象如天马行空,奔放不羁,无拘无束。这不是偶然的,可以视为对历史和现实的重新编码,以获得新的视域与可能性。与他同时期的其他中国作家,也以各自的方式在进行这样的实验。新时期文学渴望的是那些"内含的、比喻的、魔术般的"[①]词汇。这是一种对坚硬的现实与日渐苍白的现实主义的补偿和救赎:世界各处的作家们不约而同地发现了一种重新注入活力的方法:把现实"魔幻化",把平常的事物拔高、疏异和升级到象征的高度。

在生活日益零散化的时代,文学的精神指引功能虽然遇到重大困难,却并未消失殆尽,它通过转变自身的形态而继续存在下来。新时期文学一方面同化于日常生活的巨大物质性,一方面仍然孜孜不倦地寻找着重建乃至超越真实性的各种可能途径。在此,西方现代主义的启示是十分明显的。寻根派作家郑万隆认为:"从本世纪 20 年代起,或者说是从福克纳他们那样一批作家开始,他们想追求事物背后某种'超感觉'的东西,也就是那些理想的内容与本质上的意义。我暂且还说不清这些东西是否实在。但他们认为,这是支配着现象世界更高的真实。"[②]在这样一种启示下,新时期作家对"真实"获得了更加灵活的态度,对世界和文本的"复数性"有了新的体认。他们从

---

① 罗布-格里耶:《未来小说的道路》,见朱立元、李钧主编:《二十世纪西方文论选》,北京:高等教育出版社 2002 年版,第 539 页。

② 郑万隆:《生命的图腾》,北京:中国文联出版社 1986 年版,第 5 页。

以往的狭隘的真实观中挣脱出来，努力用文学去开拓另一种真实性，也即无限的可能性。

在莫言的早期作品中，就有割下来蹦跳的耳朵、会说话的刺猬、长着羽毛的老人这些奇幻元素。但是他很快就不满足于这种对魔幻现实主义的简单模仿，开始寻求更为内在、更为本土化的超越。他在回顾这段历程的时候说："二十年来，当代作家或多或少地受到魔幻现实主义的影响，我们也写过很多类似的小说。但魔幻是西方的资源，佛教是东方的魔幻资源，六道轮回是中国的魔幻资源，我们应该写一部有中国特色的魔幻小说。"[①]《生死疲劳》便是具有强烈中国特色的魔幻小说。其中的叙事者一次次地死而复生，变身为牛、驴、猪、狗、猴、人，上天入地，穿越时空，讲述中国农村翻天覆地的巨变。佛教的轮回，民间的想象，加上现实的复杂循环，使这个千年婴儿成为具有强烈象征意味的不死怪胎，成为中国文学中前所未有的奇观。

莫言与其他中国作家最终发现，精神的自由首先意味着形式的自由。于是，新的世界观、真实观变成了对新的文学形式的追寻。而形式又首先体现为叙事模式。在《红高粱》中，莫言最得意的是"发明"了"我爷爷"、"我奶奶"这个独特的视角，打通了历史与现代之间的障碍，也可以说是开启了一扇通往过去的时空之门。

在莫言和他们的同伴开始试验以文学形式挣脱历史的锁链的1980年代，中国文学还依然是传统现实主义一统天下。但是到了今天，在以网络为代表的新媒体中，幻想文学已经成为汹涌的主流。网络文学中，各种奇幻、神魔、修仙、穿越大行其道，成为次时代青年心理的投射空间。是否可以说，当年寻根文学与先锋文学的超现实性与今日网络文学的幻想性之间，有一种隐秘的承接关系？事实上，鬼怪、灵异、变形、穿越等时下奇幻文学中的基本要素，在莫言小说中一应俱全，它们都是对欲望的表达，对界限的跨越，对现实的补偿与逃离。

---

① 莫言：《向古典小说致敬》，载《当代作家评论》2006年第2期。

莫言盛赞科幻作家刘慈欣的《赡养上帝》利用深厚的科学知识作为想象力的基础，把人间生活与想象的生活融合在一起①。比较一下这两位看似截然不同的作家，我们会发现一些有意义的契合点，并对中国当代不同文学样式之间的关联获得新的认识：他们的成名作都以超现实描写"文革"（《透明的红萝卜》与《三体》），他们都写过穿越（《生死疲劳》与《命运》），他们都写过《球状闪电》，他们都爱以幻想观照现实……把这两个领域迥异的作家连接起来的，是这块神奇的土地：现实在我们不知不觉的时候，早已具有一种超现实性；另一方面，当人们以一种超现实的眼光来打量现实的时候，能够获得更为真实全面的认知。

当 1980 年代的中国作家从传统现实主义走向神话与超现实的时候，他们是文化领域先知水暖的鸭子。但是由于某些原因，这种先锋性的姿态与实验到了 1990 年代基本流失了。反讽的是，到了新世纪，这个超现实的走向又重新复活，而这次是由奇幻文学、科幻文学和网络文学这些传统眼中的"俗"文学来承担了。但是在"雅"和"俗"之间，在新旧世纪之间，也还有少数"严肃"作家坚持不懈地游走于现实与超现实之间，成为贯通两者的桥梁。莫言就是其中最重要的一员。

在这种转型的背后，除了政治文化的因素外，还有媒体转换的力量。当文学向网络空间迁移的时候，当文学承载的传统功能被各种新媒体所接管的时候，文学自身的形态也被推动着在悄悄地发生着变化。从前面的论述可以看出，莫言是一个对艺术的媒体性有着自觉意识的作家。他深知文学在与其他媒体艺术竞争时的优势与缺陷，明白应该怎样才能扬长避短，并把媒体性与历史民间进行深度的整合。在这个过程中，他找到了自己的颜色，自己的声音，最重要的是，自己的感觉。

这不是一种普通的感觉，而是一种超常的感觉，源于对现实的增

① 莫言：《我永远知道自己是从哪里来的》，载《中华读书报》2012 年 10 月 10 日。

强。奇妙的是,以网络和游戏为代表的新艺术媒体从一开始就孜孜以求的目标,与莫言的长期努力简直如出一辙,那就是感觉的强化,而这又是与现实的虚拟分不开的。新媒体中的艺术走向幻想是必然的,由其媒体性所决定。更有意思的是,虚拟现实技术已经从传统的封闭式虚拟走向开放式虚拟。新一代的虚拟现实被称为“增强现实”(augmented reality),它正努力实现虚拟与现实的融合,即通过电脑等高科技设备,把虚拟信息与现实环境进行叠加,改变并增强人们对现实的感知,使之进入既虚拟又现实的情境[①]。

改变并增强人们对现实的感知,使之进入既虚拟又现实的情境,这也是对莫言作品的最好概括。

---

① http://en.wikipedia.org/wiki/Augmented_reality.

张炜的诗、音乐和神话

张炜全部小说的核心可以用一个字来概括，那就是诗。不从这个角度出发，就没有办法理解张炜。说到诗，我们必须十分小心，正如张炜自己所说："当我们极力去理解诗和诗意的时候，倒往往离它的本质愈来愈远。"[①]我们难道不是生活在一个诗意日渐干涸的世纪吗？在文学和新兴消费娱乐文化的遭遇战中，诗歌难道不是最早遭受劫难的吗？更何况这是一个早已被太多地污染和歪曲了的字眼。可是张炜偏偏要反其道而行之，在这个对诗极其不利的年代，他走向了诗，而且走向了诗的最原初、最纯洁的状态，那就是歌唱。

这种歌唱中透露的生命之弦的震颤必须用非常音乐的耳朵才能充分地捕捉和深切地理解，可以说，声音和节奏在张炜的作品中有着非常特殊的意义。我们可以一直追溯到张炜在1982年写的一篇小说，它的标题就叫《声音》。撇开技巧和语言上的拙稚，在这篇灵气十足的小说中到处可见真正的天才的火花。一个农村的女孩子，清晨独自在树林子里割草，割着割着，心里一热，不知怎的脱口喊了一声："大刀咪，小刀咪。"二兰子这声看似没头没脑的呼喊，可以说是为未来张炜作品定下了一种声音的基调。她为什么呼喊？按照张炜自己的说法，她的喊声是一种"无标题音乐"，喊了什么不重要，重要的是她喊了，呼唤声里传达的是一种情绪，这是劳作和生命之声，里面有欢乐和嬉戏，有委屈和寂寞，也有询问和对回声的渴望。张炜曾经解释说："我仿佛又看到那些不足二十岁的姑娘在奔跑了、欢笑了。而她们的秀美的肩膀上，仍旧只是勾着一把镰刀；她们漂亮的身段，仍

① 张炜：《随笔精选》，济南：山东友谊书社1993年版，第98页。

旧穿了式样过时、又旧又皱的衣服。一种愤懑和不安、一种走向田野的舒适和喜悦,交织在了一起。我回顾了那些数不清的委屈人的日子、回顾了她们踩得发亮的林中小路,觉得该让她们的声音震颤林间了。在这个时刻里,她不得不喊,不能不喊。"[1]

二兰子和罗锅儿的唱和应答在张炜的作品中开创了"呼喊—回声"这样一种音乐性的结构。这种回声模式在音乐作品结构的各个层面都是非常普遍的。呼喊和回声,召唤和应答,倾诉和聆听,问题和答案,这些成为张炜作品的基本构型。在《古船》中,河边上老磨呜隆呜隆的声音无处不在,成为反复出现的音型。隋抱朴思想大于行动,是个哈姆雷特式的人物。他年复一年地在昏暗的老磨屋里谛听着这历史的回声,向老隋家的祖先,向《共产党宣言》,也向他自己发出了无数的"天问"。如果说抱朴代表了无穷无尽的呼喊和疑虑,那么他的弟弟见素就是对此的回答,而这种回答带着相当分明的 20 世纪 80 年代的启蒙主义的印记。抱朴其实最终也没能走出那种历史的循环,见素则在老磨的呜咽之外还听到了一种新的声音:可以通向海洋的河水的声音。应该指出,抱朴和见素之间的这种"问—答"结构是不平衡的,作者真实的道德立场更加倾向于"柔弱"的抱朴的自省那一边,见素的答案更像是外加上去的时代的声音,而不是作者出自本心的选择。这一点在张炜以后小说的发展取舍中可以看得更加清楚。

《九月寓言》中的"呼喊—回声"结构具有更加丰富的内容。金祥讲古,或者说是讲"苦",是中国文学中最集中的一次苦难诉说,这种诉说是以一种民谣般的歌唱方式来进行的,每到一段苦难的高潮处,"苦啊! 苦啊!"满场的人连连呼叫,犹如希腊悲剧中的合唱队的唱和呼应之声。不过,在这部杰作中,诉说和呼告的更为本质性的倾听者和回应者是大地。如果说《古船》中老磨的声音还具有某种反思性的"寻根"意味的话,《九月寓言》则是向素朴的大地之歌的全面回归:

---

① 张炜:《随笔精选》,济南:山东友谊书社 1993 年版,第 165 页。

“在这冰凉的秋夜里，万千野物一齐歌唱，连茅草也发出了和声。大碾盘在阵阵歌声中开始了悠悠转动，宛如一张黑色唱片。她是磁针，探寻着密纹间的坎坷。她听到了一部完整的乡村音乐：劳作、喘息、责骂、嬉笑和哭泣，最后是雷鸣电闪、地底的轰响、房屋倒塌、人群奔跑……所有的声息被如数拾起，再也不会遗落田野。”这是野地、植物、动物、人的歌唱的合响。“夜的声息繁复无边，我在其间想象；在它的启示之下，我甚至又一次探寻起词语的奥秘。我试过将音节和发声模拟野地上的事物、并同时传递出它的内在神采。如小鸟的‘啾啾’，不仅拟声极准，‘啾’字竟是让我神往的秋、秋天秋野；口、嘴巴歌喉——它们组成的。”[①]叙述者不再使用那种高昂的启蒙音调，而是用谦卑的姿态侧耳细聆秋夜和大地的各种声音，并努力地要把自己的声音混同其间，化成自然之声。他听到了什么？大地的脉搏，万物在诞生那一刻的痛苦嘶叫，人们在田野上的奔跑、呼号、跳跃、追逐，这是舞蹈，也是音乐。这种音乐有着浓厚的中国民乐的特色，它生生不息地流动，但是这种流动是一种循环往复，完全不同于西方音乐中常见的那种时间性的展开。也可以说，它看上去是流动的，但实际上也是静止的。在流动中保持静止，在变化中寻找永恒，《九月寓言》就是用这种方式确立了张炜式的保守主义的基质。

全部的《柏慧》都是声音，而它那清晰的“A—B—A”结构也相当接近音乐曲式中的奏鸣曲或大三段体。全书分三章，相应于奏鸣曲呈示部的是第一章“柏慧”，由主部主题（葡萄园）和副部主题（回忆和倾诉）构成，这两者构成鲜明的对比，犹如传统奏鸣曲中主部和副部各自建立在主调和属调上的对立。展开部是第二章“老胡师”，倾诉的对象转为“我”的精神导师，原呈示部中的回忆主题（其中很多内容是难以对柏慧诉说的）得到充分的扩充和展开。而葡萄园主题表面上消失了，实则以变形和隐含的方式在积蓄力量。再现部是第三章

---

① 张炜：《融入野地（代后记）》，见张炜：《九月寓言》，上海：上海文艺出版社 1993 年版，第 350 页。

"柏慧",呈示部中的主部主题和副部主题得到了再现,葡萄园主题和回忆主题有了进一步的沟通:梅子来到了葡萄园,柏慧离开了小提琴手,这好像是音乐奏鸣曲再现部中的副部从原先的属调回到了主部的主调,最终使呈示部的主题得到了强化。

《柏慧》提出了这样一个问题:在一个越来越混乱嘈杂喧嚣的噪音时代,我们应该怎么办呢?答案是:倾听并坚守住自己的乐音。"我"成了一个潜伏的写歌者,一面收集整理残缺不全的古歌,一面不断试图写出自己的歌。"一连几天涂抹,转眼写满了又一个本子。我记下的都是自己隐秘的声音,我把只有自己才能够识别和捕捉的声息尽收其中。你过去曾嘲笑我一心想成个'行吟诗人'——那时我大言不惭地领受了这个称号,骄傲着它所赋予的一切意义;而今我有点胆怯了。我懂得那顶桂冠可不能随便往头上戴。我只配称作歌手——更多的时候是一个自言自语的'歌手',一个倾诉不停、用歌声迎送时光的人,一个足踏大地的流浪者,这样总可以了吧。"

《柏慧》的"呼喊—回声"结构有一个值得注意的变化,或者说发生了重要的倾斜。"我"的吟诵和倾诉有一个潜在的听者,那是柏慧,"我"从前的女友。这是一个奇特的倾听者,她和我并非源自同一精神家族谱系,但又不能说完全不是。她对"我"有过出卖和背叛的行为,尽管那可能并非出自本心。她真的在听吗?她能听得见吗?她是一个称职的倾听者吗?这里只有无尽的倾诉,却似乎听不到回应,这使得滔滔不绝的倾诉更像是独白和喃喃自语。过去的爱人成为虚化了的倾听者,成为屈原式的香草美人那样的寄托,成为自我投射的一个变体。于是"呼喊—回声"变得越来越像是"呼喊—倾听"。在呼喊的同时,"我"变得越来越注意倾听,听海浪的拍击,听露水的滴落,听火苗的噼啪,听丁香花的开放,听《二泉映月》,甚至倾听沉默,最终在倾听中独守和静悟。

张炜自己把《柏慧》称为声音,把同时期创作的《家族》称为"历史与现实的岩壁"。其实这两部作品之间的差别并不那么绝对,《家族》同样具有强烈的歌唱性。"我"甚至连选择地质学作为自己的职业,也是出于一种诗的天性，因为那里有浪漫的寻找和固执的叩问。在宁、曲两家的历史记忆和03所的现实情境之间，作者藐视文学常规地不断插入大段的吟哦性的段落。有人批评在历史叙事中反复穿插的这些抒情咏叹的章节割裂了整个小说自然流动的过程，这种批评太拘泥于传统的小说法则了。其实如果我们换一个评判尺度，把这部小说看成一种类似音乐中的回旋曲式的结构，就更能在那种A—B—A—C—A—D……的节奏中看到回旋往复的文气走向。历史和现实（回旋曲中B、C、D的部分）变幻纷纭，而心灵的歌唱（回旋曲中A的部分）则重复再现，具有永恒的意义："……小心地绷紧这根弦，它细如纤发。日夜听它鸣响，听枯叶和风扫过时的震颤。铮铮之后是沉沉余音，消逝在夜海里。……你告诉我，只要守住那根弦，我就会再生。命系在弦上，系在后来人的心弦上。当它能够时常发出铮铮脆响时，你就会踏着它的节奏归来。"在这些诗的段落中，也有一个呼唤和诉说的对象"你"，这个"你"比柏慧更加空幻迷离。"你"像是母亲和恋人，又像是大地和祖先，有的时候甚至是一只小小的羔羊。也许我们把这个"你"归入一种梦幻会更加合适。

到了《外省书》，"呼喊—回声"仿佛变得越来越微弱。其实它们绝没有消失，原先峻扬的音调变得沉着，迅急的音流放慢了速度，奔涌的激情受到了克制，那些呼唤的声音正在沉潜下来。这使得《外省书》成为一部非常精致的作品，那种晶莹剔透的纯美的风格更加让人想到音乐。全书结构严整均衡，很像音乐中的变奏曲式。整部小说11章以11个主要人物命名，令人想起英国作曲家艾尔加的《谜语变奏曲》。这部著名的音乐作品有14段变奏，每段描写他的一个朋友。这种变奏曲式既统摄于一个严谨的主题，其主题又在不同的段落中不断变化展开，各段之间相互引申钩联，累累如贯珠，又像片片花瓣在慢慢地开放。

主部主题应该是史珂，那个躯体羸弱的老人，他以一种逃避的姿态，从热闹的中心退缩到"外省"的海滨故居，掩上自己的双耳，拒听那时代的喧嚣（"这世界上，多么吵啊！"）。书中的其他主要人物可以看成史珂主题的变奏,也是一些呼应、补充和对照。他们都以某种自己的方式偏颇着,逃避着。比如说,那个异常美好的姑娘师辉被时刻觊觎她的粗暴的男性世界所包围,她以一种惊人的固执和顽强抗拒着来自那个世界的侵袭,坚守着自己的贞洁。她拒绝给这个世界传宗接代:"生得太多了,到处都在繁殖,生,一刻不停地生……不能再生了。"这是一种真正的"说不"。还有那个贾宝玉式的革命老战士"鲈鱼",让人想起六祖坛经里的那句话:"淫性即是佛性。"鲈鱼在一个禁欲主义的年代遍洒爱的甘霖,看似和史珂截然相反,其实都是生错了年代,都是一样的不合时宜,因此才有他们之间同声共气的理解。

在《外省书》中,张炜的作品里第一次出现了许多可以称之为"谐谑曲"的段落,像史珂遭遇吴妈,"鲈鱼"的"老房东时期",这些"谐谑曲"使得作者的声音与人物的声音开始出现一定的距离。这种相对化的手法使得作品中的感情和理念具有更多的弹性,也使作品呈现出更多的复调意义。史珂一生都在追求京城的儿化音和卷舌音,到老了却费尽心力想把它们都剪除掉,回复自己的乡音。但作者显然并不认同这种"京腔—乡音"的二元对立。同样的京腔,在师辉那里是如此优美动人;同样的乡音,在吴妈那里却又如此滑稽可笑。我们古代的嵇康早就提出过"声无哀乐"的音乐理论,那么声音的意义终究都是人自己附加上去的吗?

在《外省书》之前,张炜小说中的人物往往都具有一种"坚硬"的性格,在他们身上,张炜自己的声音清晰可辨,他们甚至在某种意义上就是张炜的代言人。从《外省书》开始,像史珂、"鲈鱼"这样的人物越来越以他们独立于作者的声音说话。到了《能不忆蜀葵》,这种独立性进一步发展到了足以令评论家们不知所措的地步。这是一个关于艺术家的故事。在一个混乱而荒芜的年代,有两个热爱绘画的天才少年,一个根正苗红,一个是监禁者的后代。他们在一切方面都很悬殊,可是烂漫美丽的蜀葵却把他们拉在了一起,为了一种神秘的感应和万丈雄心,订立了终生的契约。二十多年以后,两个少年都成为画家,人世间的一切却都已经发生了前所未有的巨变。他们怎样去实现少年时的约定,他们还能践约吗?

在一个人物形象稀缺的年代,张炜又向我们奉献了一个独特而难忘的形象:淳于阳立。表面上看起来,这个人和《外省书》中的“鲈鱼”有一些相似之处,一个是“革命的情种”,一个是“艺术的情种”,但淳于的复杂性显然要大大超过“鲈鱼”。这是一个天马行空般的人物,具有极其旺盛的精力和情欲,激情澎湃,智力超群,又有过人的艺术天赋,很容易成为一个小群体的精神领袖。同时,这个超人般的天才又沉溺在一种没完没了的自恋自大自闭之中,用一种幻想的方式构造着世界和自我,其骚动不息的精神世界呈现出一种极为混乱的状态。

这个淳于和我们时代的关系也是微妙而复杂的。一方面,他和现时的世界格格不入,对整个商业时代艺术和精神的萎靡堕落极为愤怒,乃至宣布要告别艺术,“带领一群最为优秀的艺术家,开始这半个世纪以来艺术史上最激动人心的一次胜利大逃亡”。另一方面他又渴望成功,把反抗理解为征服,在征服世界的过程中反而为世界所征服。他因为在百万富翁老同学面前感悟了巨大的自卑,愤然投身商海,却又梦想用赚取的金钱把他扎根的海岛开发成一个乌托邦。他的天才和痴迷,他的冲动和欲望,他的狂躁和骚乱,他的蛮横和粗鄙,无不深深地打上了我们这个时代最深切的矛盾冲突的印记。

和这之前张炜那些富有音乐性的小说相比,《能不忆蜀葵》具有许多绘画性的特点:富于光影变幻的象征,浓油重彩的人物性格,绘画艺术的大量涉及。但是那些声音性的内容依然没有消失。淳于是个画家,也是一个诗人,这倒不在于他常常整夜地吟颂唐诗,而更在于他那种滔滔不绝的话语风格。他永远在冲动,感叹,哭泣,倾诉,发泄,批评,咒骂,倾诉。他是那种“恶魔诗人”,精气弥满,生命力旺盛,又呈现出儿童型的人格。

淳于这样的人物在张炜以往的作品中也是一直有着隐隐约约的影子的。例如《蘑菇七种》中的场长老丁,“这个人年事虽高,但气血旺盛,欲望像火焰一样熊熊燃烧,新异的想法一串串从鼓鼓的脑壳生出。老家伙曾经爱上的女人也很多,而每一个都伴有激动人心的故事”。还有《家族》中的许予明和《外省书》中的“鲈鱼”这样的“革命的情种”。淳于是这类形象的集大成者和最新的变体。他们有着共同的素朴的特点,都让自己听从自然的召唤,去追逐生命的永不停息的流动。我们可以把他们称为张炜小说中的“大地型人物”。和他们相对应的另一类人物,像隋抱朴、宁珂、史珂、桤明,他们更多地具有沉思、自省和忏悔的性格,他们可以归类到“天空型人物”中去。这两大类人物和他们之间的关系,在张炜的小说中具有非同寻常的意义,昭示着张炜小说中的一个重要的神话结构和谱系。

当我们追踪张炜小说的诗性和音乐性的时候,同时也就是在展开它们的神话结构。诗、音乐、神话,这三者在许多方面可以视为同一。我们完全有理由把张炜的许多小说理解为一种神话,这方面已经有论者作过精彩的论述[①]。张炜是当代中国最执著于人物谱系结构的一位作家。我们可以在张炜的小说中还原出下面三种最基本的神话人物原型:

1. 英雄族。如隋抱朴、宁珂、曲予、宁伽、老胡师、朱亚、史珂、师麟、桤明、淳于阳立。

2. 穷人族。如闹闹、茴子、肥、赶鹦、鼓额、拐子四哥夫妇、狒狒、老妈。

3. 魔鬼族。如赵多多、瓷眼、黄湘、柏老、殷弓、鹰眼、小胡子炊事员、副校长。

英雄族是张炜小说中的主角,《家族》中那匹从历史深处奔驰而来的“飞扬的红马”就是他们的族徽。张炜构造英雄的方式和新时期以来所有其他的作家都不相同。在他笔下,我们既看不到“典型环境中的典型人物”,也看不到性格的消解。他的人物有一种诗性的明朗和单纯。

---

① 参见陈思和:《还原民间:谈张炜〈九月寓言〉》,载《文学评论家》1992 年第 6 期;南帆:《历史与神话》,载《文学评论家》1992 年第 6 期。

英雄族都是天生的,遗传的,命定的。他们注定了要去漂泊,流浪,冒险,寻找,解救,受难。他们的漫游成长也就是发现自己的血脉的旅程,这血脉是他们精神的动力,也是他们受难的根源,其力量是如此强大,以至于他们永远无法逃脱,无法改变。穷人族是张炜小说中最善良质朴的家族,他们是大地和动植物的化身。他们身上也印着一些清晰可见的家族徽记,比如说,那些泥土中生长着的美丽女子,她们几乎统统拥有一个圆突突的"鼓额"。这鼓额正是大地的标志,因为张炜也常常把大地描绘成这样的形状。穷人族常有动植物的身形、姿态和表情。张炜经常描绘的一种穷人族的表情是"羞愧",宛如受到惊吓的弱小动物的神情。魔鬼族是邪恶和黑暗的化身。他们残忍、狡猾、淫恶而又卑怯。他们的额头上同样也印有他们自己的族徽,例如他们常常梳一个背头。张炜从来没有想要在魔鬼族身上寻找那些温情脉脉的东西,或者是所谓的性格多元组合的复杂性,就如同新时期很多作家趋之若鹜的那样。那不是张炜要做的工作。对张炜来说,善就是善,恶就是恶,这里面有一些绝对的、无可争辩的东西,任何一种要把它们混为一谈的努力,无论多么冠冕堂皇,无论拥有多少"合理性",其实正是我们这个时代的可耻的借口和表征。

在一个后启蒙的时代,张炜要如此甘冒天下之大不韪,回到某种形式的先天的血统论,这无论如何需要极大的勇气。张炜的神话谱系正是一种要在礼崩乐坏的混乱世界里重建价值体系的工作。他很可能意识到,这种重建如果不从某个绝对的、先天的原点出发,那就无法从根本上确立主体,最终必将再度堕入黑暗。张炜的神话原点是一种精神的血系,维持这种精神血系的,就是张炜在《家族》里反复强调的那个细如纤发的琴弦,就是诗和音乐,吟咏和歌唱。"由于我们在荒唐的沉睡中松弛了它——那根弦,从此失却了响彻大地之声,一切都疲软消沉,最黑的夜笼罩了天际。恶魔趁机而出,它在母亲般的沃土上切割,让脉管和筋骨生生分离。"[①]由于诗性的丧失,黑暗降

① 张炜:《家族》,上海:上海文艺出版社 1995 年版,第 230 页。

临大地，魔鬼族横行肆虐。诗和音乐是英雄族和魔鬼族斗争的唯一武器，这也是英雄族处于永远的弱势地位的根本原因，但他们别无选择。他们用歌唱呼唤同类，但是在现实环境的压迫下，他们常常只有偷偷地独自歌唱，用一种类似暗号切口的方式来辨识同类。例如《家族》中的"我"一直在秘密地"写歌"，无意中发现朱亚也是一个"写歌者"，立刻产生精神上的巨大共鸣。张炜在描写这些同族人的共鸣时倾注了最大的热情，也为中国当代文学贡献了一种别的作家很少描写的朋友模式。这些朋友关系不是建立在社会关系和利害冲突的基础上，从根本上来说，他们之间的关系是一种血缘关系。

在张炜的神话世界里，英雄族是光明的使者，穷人族的守卫者，也是魔鬼族的天敌。斗争是极其严酷的，令人绝望的，他们的歌唱遇到了巨大的困难。张炜从一开始就不是一个盲目的乐观主义者，早在李芒和隋抱朴那里，他们就经历了败走和遁逃。《柏慧》中的"我"也没有能够保护小鼓额免受恶狼的伤害。英雄族的失败在晚近的两部小说中更呈现出一种新的趋势。《外省书》中的史珂过去不仅没有能保护自己的妻子，甚至也可以说是加入了迫害凌辱她的行列。老来忏悔自省，可是京音不愿说，乡音又说不好，几近失声，什么东西也写不出来，已经没有办法歌唱了。《能不忆蜀葵》中的淳于为了还债，竟然大量炮制伪画，发出的是虚假的歌唱。我们还可以看到英雄族中产生分裂的状态。这种分裂起源于我们前面提到的"大地型人物"和"天空型人物"之间的差异。他们同属英雄族，但是"大地型人物"偏向肉体、感性和行动，在起源上更接近"穷人族"，同后者有着天然的联系和同一性，这种联系也可以让我们更好地理解"鲈鱼"的"老房东时期"那种"鱼水情"的深切含义，他后来不断地想回归这种"鱼水情"，而这正是他一生悲剧的根源。"天空型人物"偏于内省、沉思和逃避，更接近我们通常意义上的知识分子。这两类人物本是同族中互补的同志和战友，可是他们的精神世界竟然也在发生隔绝。《外省书》里的史珂对"鲈鱼"的行为有诸多的不满，对他的道德发生猜疑。《能不忆蜀葵》中的淳于更是对桤明嫉恨有加，大肆中伤攻击。张炜的神话谱系在瓦解吗？恰恰相反,张炜一点也没有改变他的基本世界观,家族的自我分裂状态只不过是他的笔触进一步向内延伸的标志。张炜20世纪90年代中期以前的小说着眼点是对三大神话家族之间的关系的宏观把握,其着眼点是传承、守护和对抗。从《外省书》开始,英雄族内部的差异、矛盾、冲突获得了更深一层的检讨。精神血脉的传承依然是贯穿一切的主线,但是作者更加小心翼翼地关注这精神血脉发展的走向。它是坚强的,但也是脆弱的,它会迷失和堕落吗,会畸变吗？它如何分裂,能否统一？这些刻不容缓的问题都在《能不忆蜀葵》中变得越来越尖锐。淳于最后一个人出走了,他最终还是带上了他的蜀葵画,带走了桤明他们对他的思念和期待。希望依然寄托在旅途之中。

人们常常把张炜称为保守主义者。从诗、音乐和神话的角度来看,他无愧于这一称号,这一称号也无愧于他。弗雷泽的《金枝》在神话中找到了四季变化的结构。文学也正是四季永恒的重复轮回的象征。现代人正在拼命地破坏四季的节奏,破坏日夜的更替,破坏江河的运行,破坏时间,破坏历史。他们也在破坏文学艺术的节奏。所谓的文化“空间化”运动正在成为时尚。到处都是铺天盖地的、活色生香的影像和图画。在一个“视觉霸权”的新世纪里,我们的作家、我们的文字工作者可以做些什么呢？是追随时势,甚至推波助澜吗？确实有这样那样的写作,愈来愈追求 种感性的、视觉性的、身体性的、“空间化”的写作,明显是受当代图像文化挤压后的趋时附势之举。可是也有张炜这样的作家,他们相信诗是永远不死的,他们在自己的小说中秉承了诗歌的“遗志”,要振作士气,重上战场。诗化和音乐化是晚近中国小说中不可忽略的新质。

我愿意坚守一种保守的观点：文学是一种声音艺术,是一种时间的艺术,也是抵抗当代文化空间化的重大堡垒。要捍卫文学,我们必须重新审视语言的本原：声音和节奏,时间的绵延。时间的核心是节奏,节奏的本质是重复。对文学来说,那不是简单的重复,而是一种诗意的重复,一种生生不息的流动,无穷无尽的奔跑追逐的过程。叶芝说过:“韵律的目的在于延续沉思的时刻,即我们似睡似醒的时刻,那是创造的时刻,它用迷人的单调使我们安睡,同时又用变化使我们保持清醒,使我们处于也许是真正入迷的状态之中,在这种状态中从意志的压力下解放出来的心灵表现成为象征。”[①]叶芝的话再好不过地道出了节奏、重复与生命创造之间的秘密。不过,如果我们把张炜的家族逻辑贯彻到底的话,世界上也许只有少数一部分同族人才能够理解这种诗意的真谛。

① 叶芝:《诗歌的象征主义》,见戴维·洛奇编选,葛林等译:《二十世纪文学评论》(上),上海:上海译文出版社 1987 年版,第 56 页。

创世与灭寂：刘慈欣的宇宙诗学

步入21世纪,中国文学呈现出多元重组的震荡格局。主流文学分化转向,世代断裂,而类型文学则遍地开花,蔚然成观。其中,科幻文学走势强劲,大有重现20世纪80年代辉煌之势。其领军人物,便是来自山西娘子关发电厂的刘慈欣。这位被粉丝们亲切地称为“大刘”的电脑工程师,连续八年获得中国科幻最高奖项“银河奖”,其最新作品《三体3·死神永生》更是一个月内销售突破十万册,打破了中国科幻小说的最高纪录。刘慈欣的世界,涵盖了从奇点到宇宙边际的所有尺度,跨越了从白垩纪到未来亿万年的漫长时光。他的作品既有惊人丰富的技术细节,又蕴涵着深切的现实观照与人文情怀。从文学语言与技巧手法上来看,刘慈欣是一个深具浪漫气质的古典主义者,但其思想却具有惊世骇俗的前卫性。如果我们把他的作品放到一个更大的谱系中来观照,会发现他与主流文学处于既延续又悖离的微妙复杂的关系中,而这些关系又恰恰对我们理解中国现代文学的特质、困境及其未来走向提供了重大的启示。

一、从启蒙到超启蒙

从一开始,刘慈欣就被人视为硬科幻的中国代表。这是一桩吃力不讨好的活,在微小化、朋克化和奇幻化的当今世界科坛,相当不与时俱进。但他仿佛是下定决心要为中国科幻补课一般,执著地用坚实的物理法则和潮水一般的细节为我们打造全新的世界。这些世界卓然成形,栩栩如生地向我们猛扑过来。

如果我们在刘慈欣全部的作品中寻找核心词汇的话,“宏”必是其中之一。这不仅是字面的，比如他创造了一些独有的名词：宏电子、宏原子、宏聚变、宏纪元，“宏”更代表了一种大尺度、大视野的宏大视域。刘慈欣偏爱巨大的物体、复杂的结构、全息的层次、大跨度的时间。从表面上看，这样的描写是为了制造“震惊”的效果，从心理上彻底征服读者。但是，在一个“躲避崇高”和消解宏大叙事的“小时代”，刘慈欣如何能够反其道而行之，重建崇高美学？在对传统的回归、对潮流的反动和对读者的迎合之外，他又注入了何种新质，提供了怎样的新视野？

最早吸引我的刘慈欣作品是他的中篇小说《乡村教师》，这也是刘慈欣自己最偏爱的作品之一。一个极度贫困山区的平凡的乡村教师到了肝癌的最后时刻，用微弱的生命的最后一点余烬，给小学生们上了最后一课，他想努力再塞给孩子们一点点数学知识，哪怕这些知识很可能对这些孩子的将来不会有一点点作用。这难道不就是刘醒龙《凤凰琴》的翻版吗？

突然，出现了这样的文字：

> 在距地球五万光年的远方，在银河系的中心，一场延续了两万年的星际战争已接近尾声。那里的太空中渐渐隐现出一个方形区域，仿佛灿烂的群星的背景被剪出一个方口，这个区域的边长约十万公里，区域的内部是一种比周围太空更黑的黑暗，让人感到一种虚空中的虚空。从这黑色的正方形中，开始浮现出一些实体，它们形状各异，都有月球大小，呈摧眼的银色。这些物体越来越多，并组成一个整齐的立方体方阵。这银色的方阵庄严地驶出黑色正方形，两者构成了一幅挂在宇宙永恒墙壁上的镶嵌画，这幅画以绝时黑体的正方形天鹅绒为衬底，由纯净的银光耀眼的白银小构件整齐地镶嵌而成。这又仿佛是一首宇宙交响乐的固化。渐渐地，黑色的正方形消溶在星空中，群星填补了它的位置，银色的方阵庄严地悬浮在群星之间。

这后面的转折绝对是大家难以想象的。这个乡村教师的最后一点徒劳而可悲的努力,最终拯救了人类。他那卑微的生命,融入了一个在时间和空间上都极为壮阔的太空史诗。而这个教师的意义,也被发挥到了一个广袤的宇宙的尺度,一个在非科幻文学作品中难以企及的尺度。

我们一眼能够看到这其中的启蒙主题。事实上,无论是“五四”的启蒙运动,还是“文革”后的“新启蒙”,科学都在其中扮演了重要的角色。这跨时代的两场启蒙都遭遇了危机与挫折。对前者而言,是“救亡压倒启蒙”。对后者来说,事情更加复杂:市场经济、消费文化、知识分子的边缘化,乃至西方知识界对启蒙的批判,都扮演了推手的角色。从 20 世纪 90 年代以来,中国文学作品中的启蒙主题逐渐隐去。在这样的背景下,刘慈欣再回启蒙现场,意义非同寻常。

当然,我们也可以说刘慈欣和那些消解启蒙的人一样,都是企图超越启蒙。不同的是,他的方向恰好相反,因为这不仅仅是老调重弹,更把启蒙的意义超拔到不可思议的高度。2007 年中国国际科幻·奇幻大会期间,在女诗人翟永明开办的“白夜”酒吧,刘慈欣和著名科学史家江晓原教授之间有一场十分精彩的论辩。刘慈欣的旗帜很鲜明:“我是一个疯狂的技术主义者,我个人坚信技术能解决一切问题。”[①]全世界敢这样直接亮出底牌的人不多,在中国就更少。刘慈欣举了一个例子:假设人类将面临巨大灾难,在这种情况下可否运用某种芯片技术来控制人的思想,从而更有效地将其组织起来,面对灾难?江晓原则认为在脑袋中植入芯片本身就是一个灾难,因为这会摧毁人的自由意志,带来人性的泯灭。所以科学不是万能的,不是至高无上的,更不能解决所有的人类问题。

其实类似的论辩在中国早就有了。1923 年 2 月 14 日,张君劢在清华园作“人生观”的演讲,认为人生观是“主观的、直觉的、综合的、自由意志的”[②],而科学是客观的、分析的,所以无论科学怎么发达,都

① 刘慈欣、江晓原:《为什么人类还值得拯救》,载《新发现》2007 年 11 月号。
② 张君劢:《张君劢集》,北京:群言出版社 1993 年版,第 96 页。

无法解决人生观的问题。此论一出，立刻遭到丁文江、陈独秀等人的迎头痛击。想那正是高举"赛先生"的时代，怎容得所谓"玄学鬼"的胡言乱语？从前看这段公案的时候，我对人单势弱的张君劢颇多同情，而对满口时代强势话语的丁、陈等人侧目以视。作为一个长期饱受人文主义思想熏陶的人，我也本应毫不犹豫地站在江晓原教授的一边，对刘慈欣的科学主义倾向大加挞伐。但是，刘慈欣看似极端的"科学至上"和"唯技术主义"的旧瓶子里面，其实已经装了很多的新酒。

刘慈欣所说的科学，是指一种更高级、更综合、更全面、更未来的科学。事实上，今日之科学，已非旧日之科学。近年来，随着脑科学、基因工程、进化心理学、量子物理学、宇宙学等尖端学科的进步，精神、人性、道德、信仰这些原先是哲学家、伦理学家、神学家、艺术家的专属论题，正日益受到科学家的强烈关注。彼携利器而来，科学会成为认识与解释世界的通用话语，乃至元话语吗？在一个碎片化的时代，传统的人文知识都在不断地分化消解，放弃全局性的视野，变得日益局部化。唯有科学，却开始呈现宏大叙事的渴望，或者说，正在走向总体性。

我认为，科幻小说在中国的再度复兴，与这股强势的科学话语有着密切的关系。几年前我在评价刘慈欣的小说时说："这个人单枪匹马，把中国科幻文学提升到了世界级的水平。"[①]现在我想进一步补充的是：他不是一个人在战斗，他的背后有一个强大的话语场域。启蒙式微之时，又恰逢科学强势之日，这种反讽式的情境，再融入一个对中国来说还未充分发展的文学类型——科幻小说，其间的张力，我以为恰恰是刘慈欣小说爆发式流行背后不容忽视的重大动因。他站在一个难得的位置上，从科学的角度审视人文，用人文的形式诠释科学。他超越了传统的道德主义，以惊人的冷静描写人类可能面临的空前的危机和灾难，提出了会被认为是极其残忍的各种解决方案，但

---

① 刘慈欣：《流浪地球》，武汉：长江文艺出版社2008年版，第3页。

是我们将理解他对人性的终极信念。

二、从英雄到超英雄

刘慈欣的宏大美学，落实到人物身上，就是他作品中的英雄群像。从《乡村教师》中的乡村教师，《球状闪电》中的林云，到《三体》三部曲中的持剑人，他们以舍己而救苍生的姿态出现，挺身反抗命运的暴虐，最终改写历史。这在晚近的中国文学中又堪称异数。在一个所谓的“后新时期”，凡人登场，英雄凋零，日常生活叙事渐成主流，英雄成为反讽与戏拟的对象，或蜕化为反英雄。主旋律文艺即使依然在力推传统英雄形象，但也流于空洞僵化。在这样的非英雄化的背景之下，他笔下的英雄形象却赢得了读者的广泛认同，这其中的契机为何？

刘慈欣的英雄是一种跨历史的奇异复合体。在他们的一些人身上，依稀可以看到传统革命英雄人物的特征气质。这其中表现得最为明显的是《三体 2 · 黑暗森林》中的章北海。这是一个具有钢铁意志的中国军人，他对未来具有深邃的洞察力，对自己的使命具有坚强的信念，为实现目标不屈不挠，甘愿牺牲。从这些方面来说，他是从卢嘉川、李玉和到杨子荣的一系列传统革命英雄在太空时代的变体。刘慈欣无疑是具有某种革命英雄主义情结的，他说：“在过去的时代，在严酷的革命战争中，有很多人面对痛苦和死亡表现出惊人的平静和从容，在我们今天这些见花落泪的新一代看来很是不可思议，他们的精神似乎是由核能驱动的。这种令人难以置信的精神力量可能来源于多个方面：对黑暗社会的痛恨、对某种主义的坚定信仰，以及强烈的责任心和使命感等等。但其中有一个因素是关键的：一个理想中的美好社会在激励着他们。”①

但是我们再仔细看一下，这种英雄的变体还是与传统革命英雄

① 刘慈欣：《理想之路——科幻和理想社会》，载《星云》2001 年第 1 期。

有关键性的差异，那就是刘慈欣提到的“平静和从容”。事实上，传统革命文学中的英雄并不那么淡定，他们往往语调激昂，情绪高亢，热血沸腾，而这些情感化的心态在刘慈欣那里几乎了无踪迹。他的英雄几乎都是冷酷英雄。章北海在判断人类在与三体人的战争中必然失败后，就开始精心策划他的太空逃跑计划。这种逃跑比正面抵抗更艰难，更需要坚忍不拔的毅力。在此过程中，他必须直面无边的黑暗，忍受绝顶的孤独。他还必须不动声色地除掉一切挡在前面的障碍，包括无辜的战友。

这种情感的零度，其实也是从 20 世纪 80 年代的寻根文学、先锋文学到 90 年代的新写实小说的核心叙事风格。像汪曾祺和阿城这样的作家，已经开始远离“五四”文学和革命文学中的激情，以平和克制的笔调展现人物的命运。在杨争光和余华的作品中，叙事者不动声色地展现残酷的人生，呈现出“无我”的境界。而刘震云和池莉等人的新写实小说，则是以看似麻木的态度，将生活中的死水微澜的状态冷静展现。

把刘慈欣放到“文革”后文学的这一冷酷叙事的脉络上，初看起来仿佛风马牛不相及。论者多认为刘慈欣深具古典主义和浪漫主义雄浑瑰丽的特质。他自己也认为深受俄罗斯文学的影响：“我整个语言风格，就是俄罗斯文学那种很沉甸甸的、很土里土气的，而且很粘滞的那种语言，追求一种质感。”①但是，在华丽的细节和繁复的铺陈造成的厚重感之上，依然有着刘式的精确、冷静与超然。在《三体 1》中，有一个骇人的屠杀场景，叛军乘坐的“末日审判号”被看不见的纳米线切割解体：

> 审判日号开始散成被切割的四十多片薄片，每一片的厚度是 0.5 米，从这个距离看去是一片片薄板，上部的薄片前冲速度最快，与下面的逐级错开来，这艘巨轮像一叠被向前推开的扑克

① 黄永明：《每一个文明都是带枪的猎手——专访科幻作家刘慈欣》，载《南方周末》2011 年 4 月 20 日。

牌，这四十多个巨大的薄片滑动时相互磨擦，发出一阵尖利的怪音，像无数只巨指在划玻璃。这令人无法忍受的声音消失后，审判日号已经化做一堆岸上的薄片，越向上前冲得越远，像从一个绊倒的服务生手中向前倾倒的一摞盘子。那些薄片看上去像布片般柔软，很快变形，形成了一堆复杂的形状，让人无法想像它曾是一艘巨轮。

刘慈欣的冷静与上面提到的其他新时期作家不同，更多地来自一种技术化的倾向。科学本身就是“零度”的，当冷静的科学理性与热烈的人文关怀叠加在一起的时候，它们并不相互取消，而是相互激荡，形成更为丰厚的复调之声，这也是刘氏美学的核心所在。

再回到“白夜”酒吧。在争论到白热化的时候，刘慈欣指着身边的《新发现》女记者，问江晓原：“假如人类世界只剩你我她了，我们三个携带着人类文明的一切。而咱俩必须吃了她才能生存下去，你吃吗？”[①]这是一个富有启示性的问题，也是刘慈欣作品中的英雄不断面临的抉择。刘慈欣几乎是“残忍”地把他们推到那些极端的场景，让他们面对世界的终极困境。在疯狂的“文革”中，人性是最沦丧的，我们可以向外星人发送信号，向他们求救吗？这是《三体1》中叶文洁面临的难题。在《三体2·黑暗森林》中，罗辑冒着毁灭人类的危险，在太阳周围布下足以发布三体星系坐标的大量核弹，以此威胁阻止三体人的入侵，这样做是道德的吗？我们看到，从这里开始，刘慈欣已经远离了传统的革命英雄主义，开始走向黑暗的宇宙之心，却依然可以听到遥远的革命精神的回响。因为，为了总体而牺牲个体，为了目标而不择手段，这依然可以视为过去的革命逻辑的极端展开。

也正是在这个意义上，英雄成为超英雄。他们必须具有超人的意志，超人的智商，超人的手腕。他们拯救的甚至不是一个国家，而是整个地球，甚至整个宇宙。如果说，狂人在中国文学中是从鲁迅那

---

① 刘慈欣、江晓原：《为什么人类还值得拯救》，载《新发现》2007年11月号。

里开始出现的，那么，超人则是从刘慈欣那里开始的。

这样的超英雄既不是天生的，也不是一次性完成的。在这些超英雄身上，也依然有着反英雄的影子。林云是个任性偏执的姑娘，罗辑是个不学无术的浪荡子，程心是个优柔寡断、菩萨心肠的琼瑶式人物。成为英雄甚至不是他们的本意，关键在于他们偶然被卷入世界的危机，危机背后是宇宙的逻辑。当宇宙在他们面前徐徐展开，人类一下子显得那么渺小，他们的悲欢离合那么地微不足道。

这是中国文学中罕见的视角。也正是在这个意义上，刘慈欣对被奉为金科玉律的"文学是人学"的说法提出了质疑："在文学史的大部分时间里，人类文学其实一直在描述人与大自然的关系，而不是人与人的关系。各民族古代神话中神的形象其实是宇宙的象征，而其中的人也不是真实历史意义上社会的人。文学成为人学，只描写社会意义上的人与人的关系，其实只是从文艺复兴以后开始的，这一阶段，在时间上只占全部文学史的十分之一左右。所以，传统文学给我的印象就是一场人类的超级自恋，文学需要超越自恋，最自觉做出这种努力的文学就是科幻文学，科幻文学描写的重点应该是人与大自然的关系，科幻给文学一个机会，可以让文学的目光再次宽阔起来。"①

从"五四"的感伤主义到革命的浪漫主义到 20 世纪 90 年代的新写实主义，这不也正是一个努力超越自恋的过程吗？刘慈欣带着他的宇宙视域，为这个趋向增添了独特的维度。

三、超 越 宗 教

当刘慈欣把目光投向宇宙深处，他同时也就引入了信仰的问题。他的作品中有丰富的宗教指涉与隐喻。他甚至直接使用"上帝"、"神"这样的字眼，但其意义却与传统的宗教有很大差别。刘慈欣是

---

① 刘慈欣：《重返伊甸园》，载《南方文坛》2010 年第 6 期。

一个坚定的无神论者,他所说的“神”,通常就是指文明层级高于人类的外星人。这些“神”掌握着人类难以企及的梦幻科技,可以穿越时空,操控物质,甚至生死而肉骨,仿佛具有神一样的能力。那么,这种“科学神”与传统的神有什么样的区别呢?

与基督教宣扬的“神爱世人”截然相反,这些“神”毫无爱人之心,他们视人类如草芥。在《吞食者》中,高等文明吞食帝国的使者大牙干脆毫不客气地把人类称为“小虫虫”,并计划把人类作为家畜圈养。他们也会给人类创造一个相对宽松的饲养环境,听听音乐,吟诗作画,但这只是为了确保人类肉质的鲜美。

这是一幅异常黑暗的宇宙图景。刘慈欣告诉我们,宇宙深处没有一丝一毫拯救的希望。在《三体2·黑暗森林》中,他别出心裁地设想了一门“宇宙社会学”,设定两条宇宙公理:“第一,生存是文明的第一需要;第二,文明不断增长和扩张,但宇宙中的物质总量保持不变。”这两条公理可以视为达尔文“物竞天择,适者生存”的进化理论的宇宙版本。在更加宏观的尺度上,在其展开过程中,就其淘汰的规模而言,宇宙进化论远比达尔文版更加惊心动魄。“神”那种“毁灭你,与你何干”的漫不经心的态度,直刺建立在长期的人类中心主义之上的自恋情绪,也呼应着“天地不仁,以万物为刍狗”的东方世界观。

刘慈欣小说中经常出现类似末日审判的场景,审判过后人类无一升入天堂,而是集体面临下地狱的命运。《赡养上帝》是他把“上帝”表现得最仁慈的作品了。“上帝”们在创造地球和生命之后,经过漫长的岁月,其文明也衰落老化,不得不降临地球,向人类乞求庇护和赡养:“我们是上帝,看在创造了这个世界的份儿上,给点儿吃的吧——”人类一开始还善待创造了自己的“上帝”,但发现他们毫无利用价值后,便数典忘祖,犹如虐待老人的不孝子孙,令“上帝”狼狈而伤感地离去。这部引人发噱的恶搞小说,充分体现了刘慈欣幽默的一面,但却更是以科幻的形式,用另类的上帝形象,呼应了尼采“上帝已死”的宣告。

那么，在刘慈欣的宇宙中，就留不出一丝信仰的空间了吗？并非如此。我们看到，在他的小说中，还有一种神的隐秘形象，那就是——人类自己！《三体3·黑暗森林》中的程心，是一个善良柔弱的普通女子，她被命运一次次推到力不从心的位置：替人类选择命运。不幸的是她一次次地没有能够保护人类，而促成她失败的原因，恰恰是她对人类的爱。因为她的失败，地球沦陷，人类惨遭三体人奴役，程心因伤心自责而双目失明，并自我放逐，作为赎罪。而正是在漫长的救赎中，程心不仅拯救了自己，也拯救了人类。小说明显地把程心塑造成某种意义上的圣母，而她怀抱婴儿的形象也强烈地暗示了这一点。但这个圣母，并非天定。程心自己说："我要对相信上帝存在的人们说，我不是它选定的；我也要对唯物主义者们说，我不是创造历史的人。我只是一个普通人，不幸的是没有能够走过一个普通人的生活道路。"

这是一条内在的超越之路，颇有些内圣外王的中国意味。但是刘慈欣并没有简单地把爱、善、责任视为包治百病的灵丹妙药，而是将其视为一个艰难曲折甚至是充满失败的过程。在这条道路上，只有经过炼狱的灵魂才能得到真正的拯救，这是人之上升的唯一途径。人性即神性，人是人自身的救主。

在外部的宇宙中刘慈欣也预留了信仰的空间，这不是某个人格化的"神"，而是宇宙本身。在《SF教——论科幻小说对宇宙的描写》中，刘慈欣写道："宏伟神秘的宇宙是科幻小说的上帝，SF教的教义如下：感受主的大，感受主的深，把这感觉写出来，给那些忙碌的人看，让他们和你有同样的感受，让他们也感受到主的大和深，那样的话，你、那些忙碌的人、中国科幻，都有福了。"[①]"SF"是科幻小说的英文简称，在这里，刘慈欣把科幻小说的意义推到了信仰的高度。在许多小说中，刘慈欣格外钟爱"流浪"这个意象。当然，他小说中的流浪

---

① 本文发表于网络：http://sfers.cn/forum.php?mod=viewthread&tid=55&page=1&authorid=1。

也是在宇宙的尺度上进行的。《流浪地球》是当地球人发现太阳即将爆发后，把整个地球改装成一艘巨型飞船，离开太阳系去寻找自己新的家园。在《赡养上帝》中，“上帝”劝告人类早日离开地球，否则难逃灭顶之灾。在《三体3·死神永生》中，程心更是流浪到宇宙与时间的尽头。在这里，流浪是向外寻找宇宙，从中发现与拓展人类生存的意义的核心象征。加上人的内在的自我完善，这正是一个宇宙版的内圣外王之路。再加上科幻小说这一本质上也是创造的诗学空间，我们就获得了一个刘慈欣式的三位一体。

当然，这只不过是幻想，只不过是神话。可是，说到神话，这难道不正是我们这个时代的奢侈品吗？系统性的史诗与神话一直是中国文学的弱项。在遭受后现代文化的洗礼之后，我们的作家更如获至宝，把缺失视为强项，鄙视宏大叙事，消解终极追问。我珍视刘慈欣的作品，也因为他逆流而上，发扬理性主义和人文精神，为中国文学注入了整体性的思维和超越性的视野。这种终极的关怀和追问，又是建立在科学的逻辑和逼真的细节之上，这就让浩瀚的幻想插上了坚实的翅膀。

当尼采向世界发出“上帝已死”的宣告，一些价值解体了，但另一些依然存在。旧的神话消失了，新的神话依然在不断诞生。人类从来没有停下追赶神话的脚步。我们惊奇地发现，在一个崭新的世纪，无尽的宇宙依然是无尽的神话的无尽的沃壤，而科学与技术已经悄然在这新神话中扮演了越来越重要的角色。刘慈欣对宇宙结构的想象，已经开始涉及时间的本质和创世的秘密，但看得出他是有意与西方的神话保持距离，走一条新的中国神话的道路。这是前所未有的工作。关于宇宙之始、之终、之真相，他猜了，他想了，他写了。至于这是否正确，这已经不重要了。虽说人类一思考，上帝就发笑，可人类如果不思考，上帝连发笑都不屑。

走向网络的文学

一、历史与现状

20世纪90年代末以来,在中国大陆出现了一股声势浩大的网络文学冲击波。在文学越来越疲惫冷寂的总体背景下,这股网络文学的热潮显得特别引人注目。文学仿佛突然间又起死回生,再度成为大众的宠儿和时尚的焦点。在这个奇怪的现象背后,确实包含了大量关于转型时期的中国文化的重要信息,值得研究者关注。

这里所说的网络文学,是指主要以网络为媒体进行传播和流通的文学作品。就中文世界而言,网络文学的起源可以一直追溯到最早的网络中文杂志《华夏文摘》,它是1991年为了方便分散在北美的中国学生互相联络而创办的,在那上面集中了很多网络作者的最初习作。1992年,Usenet(新闻组)上设立了"alt. Chinese. text",简称"ACT",这是第一个可以在网络上任意发表中文文章的新闻组,培养了一批后来非常活跃的网络写作者。1994年,留学美国的生物学博士方舟子创立了"新语丝"[①],这是中文世界里第一份完全面向文学的网络刊物,到今天一直发挥着重要的影响。

1995年,中国电信部门开始向普通老百姓开放网络业务。1996年,中国第一份网络文学刊物《无梦岛周报》由笨狸(Banly)创办,有"文学与杂感"和"电脑与网络"两个栏目。在此期间各大高校的BBS也有相当活跃的文学创作,其中最著名的是清华大学的"水木清华BBS"。中国网络文学真正井喷式的爆发是在1999年。这一年中国

---

① http://www.xys.org.

互联网的使用人数达到了400万，大量的文学网站开始涌现，其中最著名、规模最大的是“榕树下”[①]。这个网站开辟了小说、诗歌、散文等不同体裁的栏目，让文学爱好者可以自由发表自己的作品。网站成立不到一年，来访问的人数即已达到160万。到2002年8月，在“榕树下”发表的文章达到了惊人的1 554 090篇。“榕树下”采取了一系列的措施来宣传和推广网络文学，以此不断扩大自己的影响。编辑部从来稿中挑选出质量比较高的作品，付予一定数量的稿酬，并向传统的文学杂志推荐发表。同时，它和一些出版社合作，自行出版作品精选和“榕树下文学丛书”。“榕树下”很重视和传统作家的合作，开辟了王安忆、余华、王朔等人的专栏，还特别邀请了上海的著名作家陈村来做“看陈村看”频道的主持人，收到了很大的效果。“榕树下”经常和杂志、报纸、电台、电视台等传播媒体合作来举办各种活动，如网友的聚会、旅游，网友和著名作家的见面会，关于网络文学的学术讨论会等，其中影响最大的则是“网络原创作品奖”的评选活动。第一届“网络原创文学作品奖”从1999年11月开始，历时两月余，收到作品7 000余篇，其中散文5 000余篇，小说1 000余篇，约有5万名读者访问了评奖活动的主页。到2001年，“榕树下”共签约出版社37家，出版图书117本，发行图书235万册，签约电台46家，签约媒体521家。

1999年11月，台湾成功大学水利工程博士蔡智恒创作的网络小说《第一次的亲密接触》由知识出版社出版发行，引起很大轰动，销量达到20万册，这也是触发中国大陆网络文学热的一个重要事件。这部小说以一种轻松的笔调讲述了网民“轻舞飞扬”与“痞子蔡”的爱情故事。虽然情节非常简单，人物也很平面化，但是由于以网络中的男女交往为题材，同时大量地运用了流行的网络语言，结果引起了广大网民的强烈共鸣。该书的纯情主题和语言风格被以后的网络文学作品大量地借用，并产生了《第二次的亲密接触》、《无数次的亲密接触》这样的模拟作品。在《第一次的亲密接触》畅销热卖的鼓励下，许多出版社纷纷策划各种网

---

① http://www.rongshu.com.

络文学丛书、年度网络佳作精选，以及网络文学明星的个人专辑。据不完全统计，1999 年及 2000 年两年内出版的网络文学作品有近百部之多。

著名的《天涯》杂志早在 1998 年第 6 期就刊登了网络作家刑育森的作品《活得像个人样》，这篇小说引起很大反响。从那以后，传统的文学杂志也开始发表网络文学作品，并纷纷增设网络文学的专栏，如《北京文学》的“网络奇文”、《小说界》的“网上小说”、《芳草》杂志的“网上文学”、《中华文学选刊》的“网话文”。2000 年，大型文学期刊《当代》推出“网事随笔”栏目，2001 年第 1 期又将“网事随笔”更名为“网络文学”。有的刊物开办了网络文学专刊，如由《青年作家》杂志社出版的《精选网络文学》是一份专门的网络文学杂志，内容包括小说、诗歌、散文和网络人物专访等。2000 年 11 月 8 日，《网络文学》杂志正式发行，由长江文艺出版社出版。

在经历了 1999 年和 2000 年井喷式的爆发之后，2001 年的网络文学相对来说有些低调和沉寂。媒体不再对这个概念大肆炒作，出版界也失去了包装的兴趣。那些前两年一夜成名的网络作家们，或归入了传统文学的队伍，或改行转向，也有的继续坚守岗位，却不再有前两年的轰动效应。但这种情况并不表明网络文学已经迅速地泡沫化。事实上，随着网民人数持续高速增长，网络文学队伍仍然在不断扩大。老牌的文学网站继续维持着可观的客流量，而新的文学网站的不断涌现，也在悄悄地改变着网络文学的格局和模样。除了“榕树下”以外，人气非常旺盛的文学网站还有新浪网的“原创文学论坛”①，网易的“原创文学排行榜”②，天涯虚拟社区的“舞文弄墨”③、“文学视界”④、“清韵书院”⑤、“文学大讲堂”⑥、“橡皮网刊”⑦等。根据

---

① http://newbbs4.sina.com.cn/index.shtml? arts: literature.

② http://other.163.com/cultures/score/top/new.html.

③ http://www.tianyaclub.com.

④ http://www.white-collar.net.

⑤ http://www.qingyun.com.

⑥ http://wenxue.newyouth.beida-online.com.

⑦ http://www.xiangpi.net.

网络研究者欧阳友权的统计，到 2001 年为止，全球有中文文学网站 3 720 个；中国大陆有以“文学”命名的综合性文学网站约 300 个，以“网络文学”命名的文学网站 241 个，发表网络原创文学作品的文学网站 268 个，小说网站 486 个，诗歌网站 249 个，散文网站 358 个，发布剧本的 75 个，发布杂文的 31 个，发布影视作品的 529 个。其他各类非文学网站中设有文学平台或栏目的网站共有 3 000 多个[①]。

“天涯虚拟社区”在 2001 年人气爆发，成为最热门的文化网络社区，其中的“舞文弄墨”吸引了大量的文学爱好者，其声势甚至超过了“榕树下”。“舞文弄墨”成功的原因是版主(管理者)非常善于制造话题，挑起争论，并不断推出新的网络文学明星。其中最大的偶像制造运动无疑要数慕容雪村的《成都，今夜请将我遗忘》的爆炸性传播。这部作品从 2002 年 4 月 5 日在天涯社区首帖后，成为最热门的话题，短短数月内点击率达到几百万之多，一时间大量的转帖、续写、改写、仿作纷至沓来，无疑给网络文学注入了一针强心剂。

就后起的网络文学站点而言，特别值得一提的还有“橡皮文学网”和“文学大讲堂”，它们可以说是充分代表着上述网络文学的新走向。前者是由很有个性的一群文学同人主持的网站。这些人里面，像乌青、何小竹、杨黎、韩东等都是有名的地下或先锋派诗人。他们是最不拘形式、不拘雅俗的，却也是对自身的文学性最为自负的。他们的理念看上去有点反网络文学的味道，认为网络可以改变文学作品发表和传播的程序与形式，却不能改变一个基本的事实，即：文学永远是有其绝对的标准和评判尺度的。所以他们不承认那里的作品是“网络文学”，而称之为“文学在网络上”。“网络文学”也好，“文学在网络上”也好，这支生力军的杀入，进一步模糊了业余和专业文学写作的传统界限。在那里，文学青年、职业作家、编辑、出版商济济一堂，大家用玩文学的方式大俗大雅地捍卫着文学的先锋性。“文学大

---

① 欧阳友权：《互联网上的文学风景——我国网络文学现状调查与走势分析》，载《三峡大学学报》2001 年第 6 期。

讲堂”是北大在线“新青年”社区的一部分。“新青年”这个词本身就提示着该社区和那个遥远的“五四”在血统上的传承关系。这是非常年轻、极富朝气的一个写作群体,把青春的活泼和生命力的旺健融于对精神价值的无尽探求。那种兼容并包、自由讨论的热烈气氛也让人激动地感觉到一种北大精神的回归和复活——无论这种回归是多么地虚拟,多么地网络化。在纯文学全面溃败、商业化的文学写作(在传统出版界)取得绝对胜利的新世纪,先锋文学的阵地在不断失守,但又何尝不能说是在转移呢?

二、接受与反响

中国网络文学在发展壮大的同时,迅速地引发了广泛的争论。对于网络文学的意义、价值、未来的发展趋势,人们有着截然相对立的看法。对网络文学最激烈的批评来自一些传统的文学家。著名作家王安忆被邀请参加“网络原创文学作品奖”的评选活动,她对最后评出的结果并不满意,认为自己和网络文学作者在对文学的理解上存在较大差距。王安忆认为,目前大部分热衷于网络文学的写作者很大程度上类似于音响发烧友,发烧友和爱乐者的区别是前者对音乐技术和设备装置更有兴趣。网络文学的写作者常常沉溺于网络技术所带来的新的语言、题材和表达形式等。网络文学的特殊性被一再强调,这和他们对文学的肤浅理解有关系①。

莫言在被邀请参网易公司发起的中国网络文学奖的评奖活动之后说:“网络文学没有超出我想象的地方,也许真正的好作品没有选出来,这些网络文学也都是书上能看到的,没有新造出新的文学样式。”②当然他也认为网络文学是一个新生事物,在刚开始的时候,最好不要下结论。

---

① 邢晓芳:《网络没有改变文学的本质》,载《文汇报》2001 年 7 月 17 日。

② 《传统作家眼里的网络文学》,载《生活时报》2000 年 10 月 8 日。

张抗抗也是网易网络文学奖的评委。她说："进入评奖阅读之前，曾作了充分的心理准备，打算去迎候并接受网上任何稀奇古怪的另类文学样式。读完最后一篇稿时，似乎是有些小小的失望——准备了网上写作的恣意妄为，多数文本却是谨慎和规范的；准备了网上写作的网络文化特质，事实却是大海和江河淹没了渔网；准备了网上写作的极端个人化情感世界，许多文本仍然倾注着对于现实生活的关注和社会关怀；准备了网络世界特定的现代或后现代话语体系，而扑入视线的叙述语言却是古典与现代，虚拟与实在杂糅混合、兼收并蓄的。"[①]她认为网上和网下的作品没有什么质的区别。

另外一些传统作家对网络文学有着更加矛盾的心理。例如余华，一方面他认为网络文学并不成熟，可恰恰是因为这些并不成熟的文学作品在网上轰轰烈烈，使他更加认识到网络的意义和价值，"因为人们在网上阅读这些作品时，文学自身的价值已经被网络互动的价值所取代，网络打破了传统出版那种固定和封闭的模式，或者说取消了作者和读者之间的界线，网络开放的姿态使所有的人都成为了参与者，人人都是作家，或者说人人都将作者和读者集于一身，我相信这就是网上文学的意义，它提供了无限的空间和无限的自由，它应有尽有，而且它永远只是提供，源源不断地提供，它不会剥夺什么，如果它一定要剥夺的话，我想它可能会剥夺人们旁观者的身份"[②]。对网络文学的这样一种意义，余华既感到兴奋，又感到不安和恐惧，这种双重心理可以被看作是传统作家在新式媒体负载的文学面前感觉到沉重压力的表现。

王朔的态度和余华有一些相似之处，他一方面对网络文学进行戏谑和嘲弄，另一方面却坦言自已在网络文学的冲击波面前感受到很大的压力。王朔谈到自己被邀请参加"网络原创文学奖"的颁奖活动，当时台上泾渭分明，一边是"传统作家"一边是"网络作家"，老的老，小的小，"连穿的衣服都不一样"。对此他感受到一种强大的心理冲击和恐

① 张抗抗：《网络文学杂感》，载《中华读书报》2000 年 3 月 1 日。

② 余华：《网络和文学》，载《作家》2000 年 5 月。

惧:“过去我们的作家是一代取代一代,江山代有才人出,起码到我这一代,走的路是同一条路,只是各自走法不同,姿态不同,还是有章可循的,还是没脱了一小撮经过特殊训练,反复挑选过的人被特别授权发言。这之后一切将变,再也不会有人有权利挑选别人了,不管他叫编辑叫评论家还是叫出版商。我们面对的不是更年轻的作家,而是全体有书写能力的人民。什么叫人民战争的汪洋大海?这就是了。再过一些年,再也没有人因为会写字而被人格外另眼相看就可以混碗饭吃,因为这已经成了生理现象,就像大家都会说话一样。想当大师的人,苦了。”[①]

余华和王朔这样的作家,一方面对网络文学感到困惑和压力,另一方面则积极地把自己的活动领域扩展到网络上面。2000 年 5 月,“中文在线”[②]网站在北京成立,这是一个发表网络文学作品的网站。余华、余秋雨、巴金以其作品入股,成为“中文在线”的股东。王朔则加盟“文化在中国”[③]网站,担任文学频道策划人,并表示要把这个网站办成可与“美国在线”媲美的有影响的网站。

在传统作家中,陈村对网络文学持最积极肯定的态度。他发表了一系列的文章和言论,对网络文学进行大力的鼓吹和支持,认为它“前途无量”。陈村把网络文学称为“文学的卡拉 OK”,但他并不认为这是一种贬义的说法,因为在将来无论多么伟大的歌手都要从卡拉 OK 式的演唱开始他的演唱生涯[④]。陈村自己担任“榕树下”的艺术总监和“看陈村看”的频道主持人,成为“榕树下”的一块金字招牌。

网络文学在普通的民众眼中的地位又如何呢?2001 年 5 月网易公司进行了一项随机的网络文学的调查,活动举办者提出了三道选择题:

您认为网络文学是——

A. 网络时代一次短暂的文化热潮。是网络与文学的一次

---

① 王朔:《这之后一切将改变》,载《三联生活周刊》2000 年 1 月 30 日。

② http://www.chineseall.com.

③ http://www.cultureinchina.com.

④ 陈村:《网络两则》,载《作家》2000 年 5 月。

偶然相遇。参与者的业余身份和游戏态度是其致命弱点，它不会对文学形成多大冲击。

B. 一种非主流文学。就像地下绘画、地下音乐。它容忍叛逆，崇尚自由。参与者是一群不屑与传统文学为伍的文学至上者。它将以其独立创新的精神，挑战现有文学秩序。它将成为新文学的源头。

C. 一次从媒介到内容的彻底革命，它的参与者将是所有人。它将以其前所未有的开放性、自由性、参与性，对文学的发展产生不可估量的影响。

结果17.65%的人选择A，30.88%的人选择B，51.47%的人选择C，表明网络文学已经有了很大的认知度。

一个非常值得注意的倾向是，网络文学在低年龄的学生人群中最受欢迎，这和它的作者们大部分本身就很年轻是密切相关的。一项针对中学生接受网络文学影响的调查表明，有91%的中学生或多或少受到网络文学的影响，57.4%的中学生都认为，网络文学贴近生活，其语言、情节都是基于现实生活而提炼，其形象是现实人物的简缩。在接触了网络文学以后，同学们对自我的关注加深，自我意识增强，他们的作文更加贴近生活，更能真实地反映内心世界，语言自然生动，改变了过去学生作文的程式化和千人一面的状况[①]。在僵化的教育和考试体制下，青少年的思想、阅读和写作受到了很大的束缚和制约，而他们却正处于最渴望表达、渴望交流的年龄，可以说他们每一个人都是一个潜在的作者。网络的出现给他们提供了某种程度的自由阅读的可能性，也给他们提供了可以模拟的生动活泼的写作样本。网络文学正在悄悄地改变着学生们对文学的阅读和欣赏倾向，同时刺激着学生们以不同于正规的作文教育的方式进行写作，开拓了他们的个性和心灵的空间。

---

① 张萌：《网络文学对中学生的影响》，载《中国教育资讯报》2001年第1期。

三、风格特色

网络文学是如此杂乱无章、丰富多样，我们现在还很难规定它的性质，但是可以找出一些大致的倾向。

1. 民间性

网络文学在很大程度上是一种自娱的写作，很少有人使用自己的真名，绝大多数人都用自己的网名，具有一种匿名写作的性质。网络文学简单直白，口语性强，在创作的过程中往往能够得到读者的即时反馈，因此往往具有某种集体创作的特点。在网络中流行许多短语体的写作，它们五花八门，无所不包：童年回忆、身边琐事、笑话逸闻、校园趣事、民间歌谣，信手拈来，突发奇想，往往能爆发灵感的火花。这些最短只有一句话的写作当然很难用传统的文学体裁来归纳，作者也大多无名，却很可以视其为网络文学民间化的代表。

这种情况也就带来了对网络文学的一个最常见的批评，说网络文学粗糙简单，缺乏文学性，大多是日常情绪的随意发泄，没有什么技巧上的努力，作者写起来往往率性而为，随心所至，写到哪里算哪里。对于这一点，网络文学的作者们自己也毫不讳言，例如，李寻欢这样谈论他创作的非常受欢迎的小说《迷失在网络与现实之间的爱情》："这是一部爱情小说。那么，我到底想表达一种什么样的爱情？读完这部小说，你会发现，里面没有人物——除了一对相爱的男人和女人，没有任何辅助人物；也没有故事——里面只是记载了日常生活中很琐屑的小事，做家务，逛街，看电影，踢球，旅游……这再一次证实，我是一个凡人。就正如我在这里留下的文字，我一直回避把它叫做文学。文学一定是严肃的吧，作家们都说，写作是一种艰苦的劳动。而我只是作为一个凡人，在这里，讲我的故事。所以，我讲完的时候，我感觉不到写作的痛苦，我只感到表达的快意。"[①]一个有意思

① http: //www. white-collar. net/wx_hsz/net/aut/li_xunhuan/l35. htm.

的现象是，网络文学的作者往往不说自己是“作家”，而是把自己称为“写手”，以把自己同传统意义上的作家区分开来。在网络时代，伟大的文学经典几乎是不可想象的，大量存在的都是搞笑的短章、随心所欲的文字。但是，与其说这是文学的消亡和危机，还不如说是给文学提供了新的可能性和生长点。与其说这是“非文学化”的写作，还不如说是一种“泛文学化”的倾向。文学与非文学的界限在不断被打破。这当然也是我们时代的特征。我们面对着一个越界的世纪，旧的文学教条、框架、程式被破坏掉，人们又回到了快乐的胡涂乱抹的童年，一切都很幼稚，但是充满了自由的潜力。

在官方文学和商业化写作一统天下的情况下，网络文学是否会使我们重新回到个人随心歌唱的年代？文学来自民间，最终受制于政治和意识形态，它会重新回归民间吗？网络文学的兴起是否象征着一个新的全民写作的时代的来临？网络文学是免费和共享的，它确实具有某种反商业和非政治的意义。但是在这一点上，我们要非常小心。这里所说的网络“民间”，已经不再是过去自然生长的纯朴乡野。网络本身就是商业和高科技的产儿，是现代文明的标志。在中国，能够使用网络的仍然是少数受过较高程度教育的都市人。事实上，网络文学的走红在很大程度上是媒体和出版部门宣传炒作的结果。也许可以这样说，网络文学是一种新的“民间文学”，但却是都市化、科技化和媒体化了的民间文学。

2. 互动性

网络与传统媒体最大的不同点在于平等和互动性。读者越来越活跃，不再是被动的接受者，而是能与作者进行交流，甚至能够参与到写作的过程中去，自己变成作者。作者和读者之间的界限在不断被打破。

在网上可以见到一些合作小说(collaborative fiction)。例如前文提到网上书店“当当”2002 年 6 月推出的接龙小说《e 情战事》，网站先为小说设定一个大致的框架，然后由读者填补内容，决定故事的走向，以及人物的命运。

这种严格意义上的合作小说可以说都不太成功，专门经营合作小说的网站，如“E接龙”[①]也早已倒闭停办。但是在更广泛意义上，读者与作者之间的互动却正在改变文学作品的创作方式。《成都，今夜请将我遗忘》的成功模式就是一个非常有意义的案例，作者慕容雪村采用了在文学社区连载贴文的方式。表面上看，这接近于传统的报刊连载小说，我们甚至还可以联想到传统的说书，读者/听众被作者/说书人一次次的戛然而止吊足了胃口。但是《成都》不仅仅是在吊读者的胃口了，它直接把读者的胃口不断地融化到“下一章”中。作者谈到过自己的创作方式：刚开始动手写的时候，没有具体的想法，一边写，一边看网友的反应，但并不是直接套用网友的意见，而是朝与他们思路相反的方向发展。这种作者与读者之间的欲迎还拒，是两者之间双向互动的一种更为精妙的形态，正好泄露了网络中的作者和读者共生合谋的关系。在某种意义上，《成都，今夜请将我遗忘》可以称为广义的合作小说或集体性的写作，它的成功，可以说标志着网络写手们对交互性的理解和运用进入了一个崭新的阶段。

3. 幻想性

幻想风格的作品是网络文学中格外醒目的大类，这和网络本身的“越界”是分不开的。武侠、科幻、神魔类的创作在网上大行其道。在“榕树下”有一个栏目，叫“聊斋夜话”，专门登载各种童话、神话和鬼故事，非常受欢迎。网络本身就是一个非历史化的幻想空间。在网络中，人们在不同的空间中穿越，在不同的时间中旅行，在不同的身份中切换。这种行为的背后就有追求无限的欲望支配着。但所有这些幻想，说到底也还是人类现实世界中的欲望、情感以及各种社会关系的折射。马牛是这两年受到关注的一个富有原创精神的年轻作者。他创作的《神的循环》借用了一个天使/魔鬼的老套子，讲述了一个创世的神话，但却在这个神话框架中注入了惊人的细节和极度陌生化的逻辑，最终消解了天使/魔鬼的二元对立。然而，透过这些诡异的变形和梦幻化的

---

① http://www.ejielong.com.

手法,我们还是依稀能看到鲁迅经典的吃人主题在网络时代的朦胧的变奏。在汪建辉的《英雄的诞生》中也有一个创世的神话的原型,这也是一个关于起源的故事,却比以往的起源故事要残酷得多:世界不是在爱和美中诞生,而是在杀戮、吃人的过程中进化。这两个短篇都涉及了世界的原初状态及其生成过程,一个中国文学中历来稀缺的主题。中国文化中缺少系统的神话,传统的中国文学一直是入世的,网络中幻想风格的文学的大量出现,可以说正在弥补这一缺陷。

4. 模拟性

模拟是网络文学中常见的一种现象。一部小说走红了,立刻会有大量的仿作。《第一次的亲密接触》流行以后,出现了大量风格类似的描写网恋的小说,原作中两位主人公说的一些话也成为青年的流行语。前面所说的《成都,今夜请将我遗忘》出名了,很快就出现题材和语言都相似的《我的北京》(北京醉鱼)、《重庆孤男寡女》(玫瑰水手)等作品。

被模拟得最多的,还要数周星驰主演的香港电影《大话西游》。该电影用一种极为滑稽的方式颠覆和改写了传统小说《西游记》,把孙悟空塑造成一个嬉皮士(hippie)式的情种。它原先可以说是寂寂无闻,是网络生活方式在中国的普及把它变得大红大紫,可以说,这部电影已经成为中国青年在网络时代的文化圣经。在网络中,已经形成了一种"大话体",一个标准的句式是"曾经有一份 XXX 摆在我的面前,但是我没有珍惜",其中的 XXX 可以填入任意的词汇。

这种模拟也是一种戏拟(parody),文学的戏拟化本来和后现代文化关系密切,却也是在网络中才大规模地疯狂生长。这也是一种游戏性的体现。《西游记》、《三国演义》、《水浒传》、《红楼梦》这四大名著成为网络中最大的戏拟对象。戏拟已经成为网络的一种基本言说方式,这既是向传统表达敬意,又是对经典进行颠覆。经典只有通过被颠覆才能传续和新生,这一点在网络时代可以说是体现得淋漓尽致。

四、结　　语

最近一年网络文学似乎被冷落了,不再成为媒体关注的热点,这对网络文学来说反倒有可能是一件好事。2002 年最大的热点是宁肯创作的网络小说《蒙面之城》获得国家级的“第二届老舍文学奖”。按理来说,国家权威文学奖项授予一直被视为另类的网络文学,应该标志着后者登堂入室,其身份地位被正式认可,走向主流。但是网络文学界好像并没有受宠若惊的感觉,这是否意味着他们已经不需要这份迟来的荣幸?

另一方面,商业行为继续对网络文学进行入侵。2002 年,德国传媒巨头贝塔斯曼收购了中国最大的文学网站“榕树下”,现在“榕树下”已经完全变成商业网站了,如果不缴纳一定的费用,就不能使用到全部的功能。这两年“榕树下”的人气一直在急速下降,这是否要归咎于商业性呢?

中国的网络文学在发展的过程中始终面临着各种困难,这里有商业的干预、政治的压力,但更大的矛盾也许恰恰来自网络文学本身。表面上看,网络文学排除了文坛名利的诱惑,似乎可以走向一种自我的文学。但实际上,网络写手大都以自己的作品能够被传统媒体看中发表为荣。从更根本的一面来说,网络的交互性和即时性使得作者更加在乎读者的反应了。

我欢呼过网络文学的诞生,热情地憧憬过网络时代文学新的可能性,因为网络文学的一大优势就是作者和读者的解放,我认为它代表了一种去除一切矫饰的“裸体的文学”的兴起,最大程度地消融了文学与现实原有的距离,甚至认为在今天唯一能担负起直面生活的重担的,非网络文学莫属,因为传统文学背负着各式各样的技巧和意识形态的压力,早已和生活渐行渐远。但是现在看来,这种解放是否具有虚幻性和破坏性?这样的期待是否太高,是否又会成为网络文学不胜压力的重负?很多网络文学作品的“解放”在很大程度上来自文学性和思想性的缺席。因为不用顾虑既有的文学成规,网络文学仿佛是那个摘掉了金箍圈的孙猴子,觉得自己可以天马行空,率性而为了。在这一点上,我们遇到了一个奇妙的悖论:网络文学的活力,恰恰在于它对于文学的背离。在一个道德、信仰、思考等精神生活领域遭遇重大困难的时代,网络文学的“解放”既是一种普遍的极度的渴望,也是一种逃避的借口,它代表了那个沉重的肉身,又象征着一种轻盈飞翔的姿态。问题是:这个肉身真的飞起来了吗?

零敲牛皮糖：文学的数字化生存策略

在世界经济不景气、书价持续上涨、传统图书市场不断萎缩的压力下，全球最大的出版集团兰登书屋正在试验一种新的图书营销计划：把书拆成单章来卖。当然这要通过数字化来实现。已推出的图书包括畅销书《持之以恒：为什么有些想法永不褪色》[①]。在购书页面上，每一章节的简短介绍后面都有一个“购买”的小按钮，单章标价2.99美元，原书精装版的标价是24.95美元。另一个著名的奥莱理出版公司，也推出了按章出售的计划，所有图书的所有章节一律标价3.99美元。

图书领域出现的这种新的营销模式，当然是受到了在另一个媒体上已经发生的天翻地覆的革命的影响，那就是苹果公司的iPod播放器和iTunes网络音乐商店对传统CD的扫荡。2007年美国CD、磁带和密纹唱片的销售比上一年下降15%，但同期的数字音乐下载业务暴涨45%。而iTunes最主要的音乐销售单位，从一开始就不是传统的整张CD，而是单曲。相对于音乐发行的巨变而言，图书市场的变动是缓慢而保守的，可是明眼人都看得出来，最终谁也逃不了出版数字化的洗礼，为什么不试着分享一下姊妹媒体的战果呢？

说图书正在努力跟上音乐的脚步，恐怕也并不尽然。毕竟活字印刷已有上千年的历史，而音乐发行问世总共不过百年。就说这个按章拆卖吧，其实也不是什么新把戏。早在16世纪，英国就出现了所谓的“小书”(chapbook，董桥译为小本故事书)。小书是面向普通老百姓推出的，页码从8页到24页不等，定价2到6个便士，而当时

① http://www.randomhouse.com/madetostick.

一个英国农民的一天的收入约为12便士。

把小书市场发挥到登峰造极地步的是狄更斯,这位伟大的现实主义作家更是一个商业运作的天才。他的几乎每一本书都被拆成20章零卖,写好一章,出版一章,拿到一章的稿费,再接着写下一章。当然,在每一章的最后他都会设一个悬念(cliffhanger),保证读者按捺不住要买他的下一章。今天,起点网的孩子们把这叫"坑"。全部20章都出版以后,狄更斯有一个后续方案,那就是以一定的折扣,从读者那里把前面卖给他们的每一章都收回,然后装订成平装版的整书再卖给他们。今天的平装书这个概念,就是狄更斯发明的。这还没完,对于那些忠实的粉丝,狄更斯还有一个回报的方案,那就是过两年把平装书也赎回,装订一个精装的封面,再卖回给这些冤大头。

狄更斯是那个时代最大的畅销书作家,一生靠他的作品赚了6 500万美元。他的作品在伦敦和美国各大城市同步发行。《老古玩店》的最后一章随英国邮轮来到巴尔的摩的那一天,无数狄粉蜂拥到码头翘首等候,在拥挤推搡之中,有数人不幸落水淹死。

一百多年过去了,狄更斯的推销手法和辉煌业绩仍然是今天那些苦苦打拼的作家们艳羡和效仿的对象。1996年,斯蒂芬·金把他的《绿色奇迹》拆散成六章,每章单独出版。在序言中,金声称他是以这种模式在向伟大的前辈致敬。当然他也没有忘记像前辈那样一狗数吃,最后把各章集合在一起再卖给读者。《绿色奇迹》取得了巨大的成功,并被改编成同名奥斯卡奖电影,由汤姆·汉克斯主演。

按章拆卖这种模式,在我国出版史上也早就屡见不鲜。我清晰地记得,1986年,我到南京燕子矶旅游,在地摊上看到金庸的《笑傲江湖》被拆成20本零售,每本标价2元。当时一个普通工人一个月的收入也不过40元左右,如果谁贸然花一个月工资的二十分之一买了其中的第一本尝尝味道的话,估计他整个月的工资就不保了。

杂志连载小说也是整书零卖的一种变体。《明报》的崛起,在很大程度上得益于金庸武侠小说的连载。1979年,《武林》杂志连载金庸《射雕英雄传》,杂志销量超过百万。《玉娇龙》的连载,也使《今古传奇》这样的杂志销量创造了奇迹。即使是在今天,小说连载依然是一种常见的出版手段。2006 年,科幻作家刘慈欣的《三体》在《科幻世界》杂志连载,为后续实体书的出版打造了良好的接受基础。但是在欧美,除了《滚石》等极少数杂志以外,连载小说这种现象已经很难见到。这其中折射的中外文化的变迁和差异是值得我们思索的。

不过中国的出版业目前更热衷的不是零敲碎打,而是批发式的一揽子搭卖:套装、盒装、纪念版、礼品装。既然看书的人越来越少,反正书卖出去也不是给人读的,而是给人摆的,那就在体积、包装和气派上多下工夫吧。当然我也常常见到另一种基于完全相反理由的集成式图书销售,那是在夜幕下的街头和小巷,在小贩随时准备拉走的黄鱼车上。在那里你会看到多卷本的《鬼吹灯》、《诛仙》、《昆仑》、《鲁迅作品集》被奇妙地压缩成单本来历不明的极厚的超级大书。

看来出版上的情形比音乐发行要复杂得多。是零卖,还是批发;是整装,还是单售,不能一概而论。要考虑到书籍这个传统信息媒体的特点,要考虑到书籍这个媒体在数码化时代的转型,也要考虑到这个媒体在不同文化中的不同表现。就拿黄鱼车上的集成版《鬼吹灯》来说,它的前身以数码载体的形式首发于网络上,一章章地连载,与狄更斯当年的出版形式没有什么本质性的区别,挖"坑"是他们招揽回头客的共同手法。但是数字化的媒体仿佛是为连载零卖而生,在这方面有着与生俱来的优势。起点网随之探索出一条更为有效的连载模式,那就是免费阅读。读者几乎可以免费读到所有作品的所有内容,除了最新的章节!事实上,你要想读最新的章节,代价也非常小。1 元钱可以在起点网购买 100 点,而这 100 点足够你读很久。不要小看这 1 元钱的蝇头小利,起点网的用户号称有 3 000 万,足够把微利放大成暴利。

这样的出版模式,当然会对书籍本身的内容产生深远的影响。E·M·福斯特在《小说面面观》中认为狄更斯小说中充斥着"扁平人物",就是夸张的、漫画式的单一性格的人物。从连载小说的角度来看,这样的扁平化是必需的,因为你不把人物的性格放大和特征化,等到读者在下一次连载的时候再遇到这个人物，恐怕都已经把他忘个精光。同理，当“起点”模式遍布网络的时候，网民们不光是在小说中，甚至是在他们发的一个普通的帖子中，也要挖下一个个大大小小的“坑”。

有不少人恐怕会因此产生人心不古、精致艺术难以为继的悲叹。但是事情也有其另一面，且不说狄更斯是古今罕见的杰出小说家，所谓“扁平人物”，在福斯特那里也并不是一个贬义词。斯蒂芬·金谈到他对连载小说这种古老出版形式重新产生兴趣，并非出于商业上的动机，而是看到这为阅读提供了更有弹性的空间。这有点像电视剧播放的情形。美剧是分集播放的，通常每周一集，在等待下一集的间歇中，观众会热烈地讨论这一集的剧情、人物的命运，还有未来剧情的走势。这是一个许多议题持续反馈和发酵的空间，而网络新媒体恰恰为这种观众的主体性和交互性提供了巨大的便利。

再回到开头提到的兰登书屋的按章售书计划。这样的零卖，只可能借助网络媒体来实现，其灵活性固不待言。但是真正习惯在网络游荡的人，也许会提出更进一步的要求。全球最大的网络书店亚马逊，对购买其 Kindle(一种电子书阅读器)电子书的用户提供所有电子书籍第一章的免费阅读。再加上其他样章试读的部分，如此慷慨的免费大餐显然比兰登书屋小里小气的销售模式更加气派，更有诱惑力，也更接近我们国产的“起点”模式，虽然两家国际出版公司都远远不如我们小小的起点网大方。

图书的生产和销售正在发生深刻的变化，这种变化不是孤立的现象。在网络数码时代，不同载体的文化产品之间既相互竞争，又相互合作，它们的生存模式之间也在进行着不断的相互比照和借鉴，成为你中有我、我中有你的文化共同体。

数码复制的知识

20世纪30年代,犹太血统的德国人本雅明宣告了一个可怕的机械复制时代的来临,在他心目中,这也就是历史的终结、传统艺术的末日。其实,在本雅明的年代,最高级的复制手段也无非是唱片制作、电影拷贝而已。从那以后,复制技术日新月异,在各行各业全面开花,呈现出疯长的态势。复印机、激光照排、全息照相、数码录音、遗传密码破译、单细胞繁殖……所有这一切都围绕一个日趋完善普及的尖端技术:建立在二进制基础上的数码复制。

如果本雅明活到数码复制时代,一定会对复制这个命题的深刻性有进一步的认识。比起数码复制来,机械复制要有人情味得多。关于这一点,那些至今仍然坚守密纹唱片的少数老发烧友一定深有体会。机械复制还不是一种"完全"的复制,在制作过程中是有损耗的。例如一盘磁带(不是数码磁带),转录来转录去,声音就会不断地"堕落"下去。但是既然有"堕落",也就存在着差异和等级,也就能倒推出一个金光闪闪的最完美最"原初"的声音:唱片公司的母带、母盘,甚至还能再进一步推导出一个上帝。但是,对激光唱片来说,母盘实际上是不存在的,复制过程中毫无损耗,众生绝对平等。如果你敢花三万块钱买台盗版专用光盘刻录机,你手上的所有激光唱片都会当场立刻成为母盘。

设想你正在自己的多媒体电脑上观看一张叫做《伟大的艺术家》的光盘,屏幕上出现了康斯泰勃尔的名作《运干草的马车》。画面非常漂亮。拿一只高倍放大镜对准屏幕,你会发现情况开始糟糕起来:出现了很多小点,它们直径相同(在十四英寸的显示器上通常是0.28毫米)、数量有限(一共有307 200个)、色彩各异但是也有限(就这张光盘而言一共是256色)。放大镜无情地撕下了这幅乡村风景名作在电脑时代温情脉脉的面纱,而事情还远远没有结束。如果我们再沿着电子枪、视频接口、中央处理器一路追踪下去,这些彩色的小点就会被还原为面目狰狞的机器语言,而机器语言又可以被还原为二进制源代码。最终,一切美妙动人的声音、图像、文章都可以还原成两个最简单的数字:0和1。一切复制都在0和1(阴和阳?)的层面上绝对无损耗地进行着。惊奇吗?沮丧吗?

如果说,在机械复制时代,知识分子手中还有最后一张王牌——母带、原作、原稿、初版本等来作为分隔真/假、复制/被复制的手段的话,在数码复制时代,这些最后的壁垒正在灰飞烟灭。作者带着拷满数码化的文字的磁盘上出版社已经不是什么稀奇事,下一步就是用E-mail(电子邮件)往出版社传送了。当然,这边数码传进去,出版社那一端流出来的还是散发着油墨芬芳的书本,好比ADD(模拟录音、数码混音、数码制版)的激光唱片,并没有数码到底。但是请注意,甚至在我们中国,像《人民日报》、《中国日报》、《北京青年报》这样的报刊至少已经有部分内容呈现出非纸张的数码形式了[①]。在木材稀缺、纸张价格高涨的今天,你能担保将来《读书》不会以幽灵一般的全数码电子形式出现在网络上?

整个一部人类史,知识分子同负载知识的媒体的形式是休戚与共的。如果《读书》不再以纸张的形式出现,知识分子也绝不会以今天的面目呈现在世人的面前。有限的纸张资源、难以普及的印刷技术和被垄断的发行渠道保证了写作的特权地位,也保证了知识分子的特权地位。即使是在知识危机的今天,“我发了一篇文章!”“我出了一本书!”依然可以理解为一种欢乐自豪的呼喊,从这种呼喊中还很容易听出使命感和归宿感。但是,只有疯子才会为自己的名字和文章出现在网络上而欢呼,因为这实在是太容易了,完全不需要名

① 网站地址:《人民日报》,www.egis.com;《中国日报》,solar.rtd.utk.edu/china/cdaily/cdai.html;《北京青年报》,www.bta.net.cn/young。

气、才华，不需要“达到发表水平”，更不需要同编辑拉拉扯扯。你只需要一点点钱，甚至可以完全免费，当然也别指望得到什么报酬。

可以免费订阅的无纸化的学术杂志《后现代文化》(*Post-modern Culture*)在网上已经存在五年了[①]。它有一个部分叫做“后现代哞”(Post-modern Moo)。这与其说是杂志的一个专栏，倒不如说是一间人声喋喋的会议室。这间会议室的惊人之处在于，世界上的任何一个人，在任何一个时刻，都可以在里面(上面？)高谈阔论，并且可以立刻得到回应。想象一下，如果《读书》把所有的来稿、所有的读者来信全部登出来，效果如何？须知，Moo者，牛叫也。

数码复制的时代是一个高兴奋度、强刺激、玩心跳的时代，然而更是一个令人沮丧疲软、精神涣散、无所适从、麻木不仁的时代。如果卢浮宫[②]的名画能像自来水那样，龙头一开，就哗哗地(免费！)流进你家，你对艺术的态度会发生变化吗？1978年5月1日，粉碎“四人帮”后第一次发行解禁的《悲惨世界》、《欧也妮·葛朗台》、《契诃夫小说选》等世界名作，全国各地新华书店门前，人们排着长长的队伍，彻夜等候。那时候知识分子是何等地意气风发！为什么这种事情就再也没有发生？在数码复制时代，就更别指望会发生了！洛阳纸贵的美好传说连想都不用去想。签名售书这种雅事当然会绝迹——纸都没有了，名往何处签？德里达肯定会认为签名售书是一种“在场”的活动，那么，数码复制的空间真是理想的解构空间。当然会有数码化的电子签名，但那是可以无穷复制、人手一份，而且根本无所谓真假的。《围城》里那个热爱作家的某女士要欣喜若狂/意兴阑珊了，在电子数码签名的时代，她可以在自己的硬盘里很方便地拷下众多世界名作家的真的/假的签名，要多少有多少。

版本、校勘、考证……这些中国传统学术的精粹对数码写作来说几乎毫无意义。肯定有一批人要失业。数码写作是无所谓一稿二稿

---

① E-mail地址：PMC@NCSUVM. CC. NCSU. EDU。

② 卢浮宫网络地址：www. paris. org/Musees/Louvre。

三稿的。数码的时代是一个胡涂乱抹的时代，而且这种涂抹只有结果，没有过程，看不见一点点痕迹。最使初学WPS(文字编辑系统)和Word(文字处理应用程序)的作者们兴奋的就是这种随意涂改的乐趣，传统的稿纸变成了完美的儿童写字石板，大家好像又回到了乱涂乱画的童年。传统的修改是有时间性的，受到物质条件的限制，数码的修改则随时随地可以不费吹灰之力地进行，使得作者们对修改的兴趣越来越浓厚。电脑写作无须有序，反正光标移到哪，就插到哪、删到哪，还可以用定义块的方法搬来搬去。有人告诉我，从前他写文章总是胸有成竹，一挥而就；如今坐在电脑屏幕前，刚写下第一行就想去摁 Delete(删除)和 Insert(插入)键了。

知识分子胸中的“竹”是什么东西？道、记忆、逻各斯、理念世界、形而上学体系……一切“先在”的东西。在被电脑和高科技污染的知识生态环境中，这根竹子还长得起来吗？电脑写作是非历史化也无需依赖记忆的写作。有不少人真的抱怨自从使用电脑以来，记忆力大幅度下降。电脑写作是一种儿童化和精神分裂的写作，它只有一个不断涂抹、充满乐趣的“现在”。Corel(科亿尔)公司最新推出的文字处理系统 WordPerfect 7.0 结合了网络功能。当你半个屏幕写作、半个屏幕看网页的时候，难道还需要什么记忆力？网络就是你的记忆！在这样一个超级记忆的威力笼罩之下，我们敬畏、狂喜、自卑、麻木，对它越来越依恋(某种精神病的征兆)，自己则记忆力越来越衰退，大脑逐渐被掏空，或者说被逐渐换成了电脑。

我手头有一张光盘百科全书，叫做 Encarta 96(微软公司1995 年 8 月出品，售价 79.95 美元)。里面有三十大卷的文字，加上大量的图片、音乐、电影等多媒体材料，制作非常精美，令人眼花缭乱。有一次，我在上面查阅“小说”这个条目，发现内容相当丰富，本身就是一篇挺长的文章。在这篇文章中，有许多粉红色的关键词，例如“史诗”、“罗曼司”、“文艺复兴”、“薄伽丘”，等等，相当于传统书籍中需要加注的术语、人物、事件。但是，在 Encarta 96 中，注解并不出现在书的角落或结尾处。我用鼠标点一点“罗曼司”，发现自己就立刻跳转到了另外一篇文章，而且又有许多粉红色的词散布其间："中世纪"、"罗曼司语言"、"亚瑟王"、"圣杯"、"贵族之爱"。因为想搞清楚"贵族之爱"到底是怎么回事，更因为鼠标点起来实在又方便又好玩，我来到了"贵族之爱"这篇文章。从"贵族之爱"又跳到了"封建制"。"封建制"里面有一个奇怪的粉红色的词"Samurai"，忍不住又要用鼠标去点一下，于是知道那是"日本武士"的意思。在"Samurai"这篇文章里，又看到一个很有特色的词"Harakiri"，虽然心里已经猜到了八九分，但还是想证实一下，于是又点了一下。不错，正是"切腹自杀"。你看，从"小说"出发，最后却闹了个"切腹自杀"。我每次使用Encarta 96，都难以逃脱这样的厄运，它像一个极为健谈的人那样，总是离题万里，越扯越远。

Encarta 96把结构主义的"文本间性"(intertextuality)发挥到淋漓尽致的地步。文章与文章之间的界线被摧毁殆尽。在传统的篇章结构中，相对于正文而言，脚注、尾注这些东西只拥有仆从的、"边缘"的身份，德里达便曾经致力于对这种"中心—边缘"关系的颠覆。现在可好了，无需解构的操作，中心自动地烟消云散。脚注、尾注们摇身一变，升格为正文。在这样一种文本的乌托邦中，一切要素都平等地和平共处。我们像风一样自由地在无数的文本之间穿行，而过去则只能乘坐有固定的路线、固定的停靠站点的定班车。阅读不再是一种不可逆的线性的历史过程，而变成了交互指涉的快乐游戏。这种阅读具有一种非时间化的意识流的结构，仿佛电影里的蒙太奇镜头。这是一幅全面解构的图景。

当"小说"变成了"切腹自杀"，阅读变成了随风飘荡，知识分子是不是注定了要离开故园去流浪？他们还能辨认坐标吗？他们手上有地图和罗盘吗？他们有没有歇夜的地方？

互联网可以看成一部超级的Encarta 96，它摧毁的不仅是文章之间的界线，更是书与书之间的界线了。世界变成了一本连绵不绝而且又可以供我们自由复制的大书。我们这些研究者总是哀叹手头的资料陈旧，信息不畅。互联网的发展似乎为第三世界提供了把发达国家的知识在一夜之间全部复制过来的可能性。当我第一次上网的时候,真像饿汉来到了自助餐厅。但是,这场盛宴很快就把人撑得没有胃口了。在互联网上有很多“黄页”和检索引擎,可以帮助你把所需要的知识进行定位。其中最好的一个检索引擎叫做 Altavista,可以进行关键词组合查询①。有一天,我想知道那个后现代主义理论家利奥塔同计算机究竟有些什么关系,就让 Altavista 去查网上所有包含了“利奥塔”和“计算机”这两个词的文章。两三秒钟以后,结果出来了,Altavista 给了我一千个地址。

这一千个地址(人生苦短,恕不一一列出)中本身又包含了无数可供跳转的高亮度的关键词,也就是新的地址,用网络的术语来说叫做节点。地址中有地址,地址的地址中有地址……这是一个无限庞大而自由的文本空间。坦率地说,在它面前我感到抑制不住的沮丧。我想,任何一个手持鼠标在这些无穷的地址间漫游的知识分子都会感到精神涣散,无所适从,看见自己的渺小。

这就是所谓的“超文本”(hypertext),文本中的文本,无穷指涉的文本。在超文本的时代,我们只不过是超文本中的一个节点而已。一个个节点相当于传统意义上的一篇篇文章或一本本书。这些节点没有等级,没有高下,没有谁拥有特权的地位,也没有谁能一眼望到超文本的边缘。超文本是没有地平线的,有的只是节点与节点之间的无穷链接。这些节点是由作者自己创造和维护的,只要他愿意,随时都可以改变节点的内容,删除旧的节点,增加新的节点。想象一下,一本书,刚写完(甚至还没有写完),全世界任何一个上网的人都已经有可能(可能!)看到它了。等到了第二天,作者心血来潮地进行了一番修改,于是这本书又立刻像妖怪似地变了模样。超文本是一部永远也写不完的大书,是罗兰·巴特所说的群星闪烁的能指的海洋,是后现代主义者从前的梦想所化成的现实。

在超文本的海洋里,恐怕很难游出一位能够进行宏大构思、总体

① 网络地址:www. altavista. digital. com。

把握的巨儒硕师。超文本的世界中只有维护一个个节点的“工程师”。知识的进步变成了节点的新增、嵌入、蔓延和复制。知识体系变成了网络数据库。奇妙的是,当网络与人脑进行德里达意义上的“嫁接”之后,一个个庸庸碌碌的凡夫俗子又能够当场与世界知识宝库合而为一。电脑网络变成了人脑的直接延伸,变成了虚拟的人脑,于是凡人在瞬间成为饱学之士,他们“拥有”的知识足以令文艺复兴时代的巨人们羞愧。但这种“拥有”具有多少内在化的成分?人脑与数据库的嫁接能够产生新的智慧吗?看来,在数码复制时代,人越是“拥有”(拥有=检索+复制)知识,知识就越外在于他。我越来越不需要也无力对事物进行消化,只要把它们作为节点增加进来就可以了。我不需要把它们放进头脑,只需要把它们放进我的硬盘里,或者说只要在我与网络之间加一个电子书签,这是每一个网络浏览器都具备的功能。

这是知识最丰富的时代,也是知识最贫困的时代;这是人最聪明的时代,又是人最“傻瓜”的时代。在20世纪80年代的时候,中国大陆的电脑文字处理几乎一律使用的是Wordstar(字星)和五笔字型,那时需要记住许多繁复奇特的指令和天书般的口诀,于是文字处理变成了一门学问。学问是需要教材和学习班的,学习班需要老师,老师可以借此养家糊口。学问又需要靠考试和证书来确认,于是又有了考试委员会、初级中级高级证书……你看得出来吧,学问是很能养活一大批人的。到了90年代,WPS出现了。比起Wordstar来,这是一个飞跃,不须死记硬背了,只消摁一下键盘左上角的ESC(退出)键,就会出现所有命令的菜单。但是,甚至在WPS把Wordstar完全逐出历史舞台的时候,全国初级程序员考试仍然把Wordstar作为考试内容,这里的奥妙,我们也能猜出几分吧。到了视窗下的Word,一切就更加傻瓜化了,你几乎什么都不用学,甚至连指令都可以根本不管,工具条上有非常形象化的按钮:“剪切”就是用鼠标去点一下一把剪刀的图形,“打印”就是用鼠标去点一下打印机的图形。如果还想了解进一步的操作,摁一下“F1”键,就会以超文本形式出现详细的说明,这是所有视窗程序的标准特征。Word 95 傻瓜化到了这样的地步,如果你在输入英文的时候不小心打了一个“teh”,程序会自动帮你把它改正为“the”。从 Wordstar 到 WPS 到 Word,冷冰冰的程序变得越来越漂亮、友善和“人性化”。视窗平台上的程序越来越把教学的内容包含进自身,或者干脆就取消了教学的必要性。

当你使用的程序本身就在不断地教你(或者用不着教你)的时候,还用得着传统意义上的老师吗？当全世界的知识都可以声色俱全地通过电话线或者电缆像自来水一样廉价和方便地流进你家的时候,你还用得着辛辛苦苦地去买书交学费上学堂吗？作为老师,我忍不住要打一个寒噤。学校是知识分子最终的家园,老师是知识分子最正统的形象。难道这最后一个据点也会最终失守吗？一个幽灵一般的电子数码老师和一个肉身的老师都能传授知识,但只有后者才能传授知识以外的东西,比如说道统。

阿西莫夫写过一篇很有意思的科幻小说,叫做《他们有过的乐趣》。小姑娘梅姬闷闷不乐地走进教室,教室就在她的卧室隔壁。一个电子味道的声音让她把昨天的作业塞进一只机器的槽里。小姑娘想着她爷爷的爷爷的爷爷曾经有过的乐趣:小朋友们在学校里嬉戏、欢闹、一起回家,多美好啊……

本雅明说:“在机械复制时代萎谢的东西是艺术作品的韵味。”那么在数码复制时代萎谢的是什么呢？是价值。人从来都追求价值和无限,但是至少有一种无限会摧毁价值,那就是无限的复制。

阅读 50 年代

一

1974 年的时候，我在江苏省南通县五窑公社中心小学读三年级。有一次学校里组织我们去公社礼堂看京剧电影《智取威虎山》，散场以后，有个章姓的同学拉住我的衣角说，他家里有本书，也有讲到威虎山的故事，可是比电影好看太多。章同学的父母是公社医院的医生，从大城市下放来的，见多识广，我对他很佩服，当下向他索看。章同学说，看可以，但是千万不能让老师知道，因为这本书是毒草，很黄很反动的。

书拿到手，我立刻理解了“很黄”的含义：暗黄色的纸张，卷曲的书角，残缺的页码，无不散发着诱人的神秘气息。乔伊斯《阿拉比》中的少年，在他家房客的遗物中找到司各特的小说《修道院》，非常喜欢，因为“书页是黄的”，这样的心情，我很容易理解。比较一下吧，我父亲当时在公社的砖瓦厂里兼做图书室的管理员，我近水楼台，把 1970 年代前半段出版的小说都读了，那些都是崭新的，白白的，光光的，在品相上就毫无“毒草”的那种魅力。从这本书开始，我后来遭遇了无数的“毒草”，无不是这副面貌。

章同学偷偷借给我的是 1957 年出版的《林海雪原》，没有封面和封底，前面缺了三十多页，直接从少剑波领导的解放军小分队攻打奶头山许大马棒匪帮开始。没有关系，里面的人物有一半我早就熟到腻烦，可是突然发现这些耳熟能详的名字背后还有更加精彩丰富的故事，那种感觉实在无与伦比。也许这就是黑格尔所说的“熟悉的陌生人”的妙用吧。

当时最崇拜的书中的人物,并非《智取威虎山》中的绝对主角杨子荣,而是小分队领导少剑波。几个看过小说的同学聊起来都是同样的感觉。究其原因,可能因为我们当时正和今天追星的孩子们处在同样的年龄,有着同样的以貌取人的倾向。相比较屏幕上那个威猛阳刚的杨子荣,剑波“精悍俏爽、健美英俊”,“英勇俊俏、多才多谋”。在爱慕他的女卫生员白茹的眼里,“剑波那对明亮的眼睛,不单单是美丽,而且里面蕴藏着无限的智慧和永远放不尽的光芒。他那青春丰满的脸腮上挂着的天真热情的微笑,特别令人感到亲切、温暖”[①]。白茹甜蜜地回忆剑波的姐姐称他为“小周郎”,有意无意地鼓励她去做“乔小姐”。就我记忆所及,被冠以“美丽”和“俊俏”的我军男性指挥员,除了少剑波,别无他人。

我还要过很多年才知道,《林海雪原》是1950年代的超级畅销书,累计印数350万册。“203首长”与“小白鸽”的郎才女貌、神仙佳侣,融传统想象、“五四”遗风、鸳蝴文体、剑侠神韵、少年精神、革命浪漫于一体,不知道迷倒了多少当代读者,到“文革”成为“毒草”被禁,依然长盛不衰,成为地下阅读的首选,从我拿到的这本的残缺破损的严重程度就可见一斑。作家江红在她的《日以作夜》中回忆道:“那年头,要想找到半点跟爱字有关的讯息还是非常艰难。我终于好不容易从《林海雪原》中找到了那么一段令我心惊肉跳的细节:青年军官少剑波将给卫生员白茹的情诗写在他的小本子上,被白茹偷偷看到。两人之间那种朦朦胧胧、欲说还休的恋情迷住了我。这个情节给了我对于男女之情的最初启蒙。”[②]莫言也曾写到过他少年时初读《林海雪原》的震撼,莫言的姐姐不识字,就央求他读来听,莫言母亲也在一边听,读完其中最“爱情”的一章“白茹的心”,屋中人眼泪汪汪,鸦雀无声。没过多久,莫言的姐姐就跟村中的小伙谈起了自由恋爱[③]。

---

① 曲波:《林海雪原》,北京:人民文学出版社2004年版,第121页。

② 江红:《日以作夜》,上海:文汇出版社2005年版,第235页。

③ 莫言:《我看十七年文学》,见杨扬编:《莫言研究资料》,天津:天津人民出版社2005年版,第38页。

相对其他革命文学中的英雄而言,“少剑波”这名字起得着实不凡:少年的少,剑侠的剑,柔波的波,每一字都让人浮想联翩,却又恰到好处,极具弹性。单一个“少”字便意义丰富。小说反复提及这位团级干部的年龄:22岁,白茹的年龄:18岁。根据白茹的回忆,他们最初在剑波姐姐处相识(剑波姐姐视其为“小周郎”和“乔小姐”)的时候,年龄分别只有20岁和16岁,而当时的剑波已经是营长了。剑波参加军队的时候才15岁,这样说来,比我们这些小学生读者也大不了多少。这种英雄的少年化倾向未必完全是出于一种浪漫想象:剑波的原型就是作者曲波本人,他也是在15岁入伍,22岁任团副政委并率领小分队在大兴安岭剿匪。他的妻子就是团卫生员,年龄也与白茹一模一样。小说中的人物事件大都有根有据,连地名人名都与现实雷同。

所以,说《林海雪原》是革命的现实主义与革命的浪漫主义的双结合,并非完全是一种现成的套语,包括它的少年化倾向,显然是吸引我这样的少年读者的重要原因。而革命的少年化的另一面就是少年的革命化。就在我读《林海雪原》的同一年,差不多与我同龄的北京市海淀区中关村第一小学五年级学生黄帅给《北京日报》写了一封信,控诉老师对她的压迫,指责师道尊严卷土重来,呼吁学生从老师的“奴役”中解放出来。在江青的直接插手下,几天之内,黄帅大红大紫,成了中国家喻户晓的“敢于反潮流的革命小闯将”。还是同一年,“文革”中最成功、最受各界欢迎的电影《闪闪的红星》问世,影片主人公、也是与我同龄的红星潘冬子把革命美少年的魅力和超能力发挥到革命文艺史上的巅峰状态。那么,除了《智取威虎山》这个直接的纽带,在《林海雪原》这样的“毒草”和《闪闪的红星》这样的香花之间,在1950年代和1970年代之间,存在着那样一条红绿相间的丝线吗?

二

那时候的寒暑假,我都会在常熟乡下的姨父姨妈家度过。有一天，我在他们家的纺车旁边发现一本书。我一眼就知道那必是我最爱读的：颜色非常之黄，比《林海雪原》还要黄，黄到发黑的地步，而且破损极为严重。姨父说那是表哥不知从何处搞来的，叫《野火春风斗古城》。既然姨父毫无禁止我阅读的意思，我也就堂而皇之地大读特读，看了一遍又一遍。

《野火春风斗古城》写抗日战争时期，八路军干部杨晓冬潜入敌伪控制的省城，在地下交通员金环银环姐妹的配合下，搜集情报，并进行策反工作。如果说《林海雪原》是 thriller（惊悚片）中的 action thriller（动作惊悚片），那么《野火春风斗古城》就是 spy thriller（间谍惊悚片），两者同为超级畅销书，各领风骚数十年。在 1949 年后的文化氛围中，间谍与反间题材有着特殊的意义和色彩，不仅因为它们对革命的成败有着至高无上的意义，更因为此类题材可以在政治正确的前提下，对诸多非主流乃至受压抑的文化因子抱有更多的宽容度。最著名的例子是电影《英雄虎胆》中，解放军侦察员曾泰穿着奇装异服，与红女星王晓棠扮演的国民党妖艳女特工大跳探戈。这也是当时全国人民唯一能在荧幕上看到的被认为是资产阶级的色情探戈了。这是为了革命的需要，我们的地下同志也只能忍辱含垢，出污泥而不染。至于作者和读者如何在这过程中夹带私货，如何审时度势，拿捏分寸，这是新中国文化的一条重要隐脉。

1951 年 8 月 18 日，北京《新民报》“文艺批评”专栏刊登了一篇大批判文章《清除旧文艺中的色情毒素》，结果火眼金睛的读者去信《人民日报》投诉，指责这一篇批判色情毒素的文章本身就是色情毒素，因为里面大段引用了色情毒素，还把它们的目录尽量开给读者，所谓暗渡陈仓是也，极其反动[①]。后来一个更加目光如炬的超级读者姚文元，在文艺界领导周扬同志那里也看出了类似的打着红旗反红旗的逻辑，写下了著名的《评反革命两面派周扬》一文。

类似的手法在《野火春风斗古城》中也可以见到踪影。杨晓冬制

① 参见《人民日报》1951 年 8 月 19 日第 2 版，8 月 21 日第 2 版，8 月 25 日第 2 版。

订了劫持伪军团长关敬陶的计划，他和银环跟踪关敬陶和关太太到电影院——正在放映的电影中有位当时红极一时的女明星在领着一群女影星跳裸体舞——并听到关敬陶不满地对太太说："女影星浑身上下只剩一块巴掌大的三角裤衩了，再进化怎么办？真个光屁股？"我印象特别深刻，当年看的那本黑黄的残缺版，有人在这段话下面画了线。今天再回过头来看，作者显然是虚构了1940年代电影中不可能存在的"裸体舞"，把想象出来的色情强加于敌人，既揭露批判了敌人的腐朽，也给清教徒文化中的革命读者制造了意淫的空间。还有第三个妙用，就是杨晓冬凭借关敬陶对色情文化的不满，判断这是一个可以策反起义的对象，为以后情节的发展埋下了伏笔。

小说还设置了一个张资平式的三角模式。在工作中，银环为杨晓冬的革命资历和魅力所倾倒，并如白茹一般主动告白，而杨晓冬虽然内心火热，表现得却很漠然，甚至以工作为由躲闪推拒。到最后，两人历经波折，为躲避敌人追捕而独处一室，终于互道衷肠。杨晓冬帮银环戴上定情戒指，就在银环大大方方地期待晓冬的拥抱亲吻之际，晓冬却只是轻轻地抚摸了一下她的头发。记得我当年看到这一段的时候，非常地满足，非常地激动，而且心存感激，感激作者拿捏分寸妙到毫巅，所谓增一分则太情色，减一分则太寡淡。我这样的心理，与今天的读者固然天差地远，与1950年代的读者也有一定的差距。因为我在1970年代绝对禁欲主义的环境中成长，对爱情有着最柏拉图式的精神幻想，既无限渴望，又恐惧厌恶其物质化肉体化的体现。这种渴望在1970年代的小说中无从实现，因为"文革"小说连精神性的革命恋爱都殆无踪迹。好不容易找到被禁的1950年代"毒草"，但其中的某些尺度又超出了1970年代一个被彻底洗脑的小学生所能接受的程度。比如《战斗的青春》中，女主人公区妇救会主任许凤与她的上司区委书记胡文玉拥抱接吻，这种对身体接触的涉及让我感觉就像吃了苍蝇一样恶心，当时还不知道胡文玉后来成为叛徒呢。

值得注意的是，在1950年代以后的革命文学所设置的革命人物恋爱场景中，男方通常在地位和能力上高于女方，但是必须表现出被动、婉拒和推托的姿态，其中奥义，值得玩味。男性政治的现实、遮蔽与装扮，女性解放的理想与渴望，女性作为诱惑物的永恒想象，与通俗小说好事多磨的程式找到了高度完美的结合。在美丽主动的女主人公和故作矜持、坐怀不乱的男性英雄之间，往往有一个猥琐下流的第三极，此人或为落后分子，或最终沦为叛徒敌人，当然在情场上也必将遭遇彻底的失败。具备此类结构的小说，有《战斗的青春》、《敌后武工队》、《香飘四季》、《雁飞塞北》、《艳阳天》等。

在《野火春风斗古城》中担任这个淫猥角色的是叛徒高自萍，小说从一开始就把他写得獐头鼠目、浮夸虚荣，把革命工作视为追求银环的手段。为什么要设置这么一个人物？为什么要让银环对他虚与委蛇？一位在当时目光炯炯、大红大紫的批评家一下子就看出了问题。李希凡认为小说存在严重缺陷，银环这个人物相当失败，她与高氏叔侄进行的地下工作毫无成效，有为人为制造三角关系而设置人物的嫌疑："银环和高自萍的关系，也带有这种暧昧的色彩。虽然作者表现了银环并不满意高自萍的为人，但也似乎是因为工作，还必须和他勉为周旋，这显然也是一种不正常的关系。"①

小说的高潮是高自萍被捕叛变，杨晓冬的母亲被捕。银环要高自萍设法救杨母，高自萍乘机从她嘴中套问出杨晓冬的地址，用电话向敌人告密。银环偷听到电话内容，意识到高自萍叛变，自己无形中成了他的帮凶，"一阵痉挛心悸，失却了自持力量，她晕倒在藤椅上。高自萍知道她是一时昏厥，不会出什么意外，反而觉得是个难得的机会，扑过去搂抱住她，揉摸她那凸出胸部的乳峰。流着口水频频在她颊上狂吻。银环在昏迷中，喃喃自语着：'掩护了他的是你，断送他的还是你。'忽然感到脸颊一阵刺痒，有个湿渍渍热烘烘带着酸臭气味的东西吮吸她，她惊恐地睁开眼，发现那块讨厌的东西，正是高自萍

① 李希凡：《也谈〈野火春风斗古城〉》，见李希凡：《李希凡文学评论选》，长沙：湖南人民出版社 1984 年版，第 155 页。

的嘴唇”[①]。

这一段文字，我在姨父家的那本《野火春风斗古城》中根本没有看到，因为这一页被撕掉了。这是很常见的情形，“毒草”中有关情色的段落，要么被人浓圈密点，要么被人撕去珍藏。更何况这是一段在1950年代文学中罕见出格的文字。当时身体性的禁忌规则已经开始形成，首先，在两个革命人物之间，很少出现拥抱，绝不可能发生接吻。其次，在描写敌人的时候，尺度可以放宽，以揭露敌人的无耻下流。可是，在表现革命者与敌人的性关系时，极限又在哪里？这里似乎可以参照第二种标准，可是又并不完全尽然，因为一不小心就会在揭露敌人的同时，造成对革命者从身体到心灵的亵渎和毁损。“揉摸她那凸出胸部的乳峰”，这一句显然代表了1950年代大陆文学色情化的最高峰。考虑到银环在小说中一出场即是一身纯白的护士装，始终作为温顺纯洁柔弱的形象出现，而高自萍则尖嘴猴腮、其貌不扬，男性施暴与亵渎的想象借“叛徒”为幌子来发泄，应为题中之意无疑。而银环身兼东方女性与革命女性的双重纯洁而遭受猥亵，更可以极大强化其色情意味。

奇怪的是，尽管小说遭到了像李希凡这样的评论家的批评，可是他们都没有拿这最致命的一句话来开刀。还是作者自己，在1961年再版的时候，把这一句偷偷地删掉了。从此一直到“文革”后的重印版和今天的各种版本，这句话再也不曾出现。

三

1975年下半年，我随父亲迁移到南通市区居住，“毒草”来源顿时暴增。邻里有个齐奶奶，家中藏有上百本1950年代和1960年代的小说，平时喜爱在访问邻居的时候向大家讲述其中的故事，但书是秘不示人的。她发现我这个小孩竟然也读过其中的许多，是个可谈

---

① 李英儒：《野火春风斗古城》，北京：作家出版社1959年版，第350页。

之人，慨然表示可以借给我，但是只能在她家看，不能拿走。我一看之下，大吃一惊，因为她家里的“毒草”，包装和保养之好，竟然看上去和新书没有什么两样，纸张洁白，完全不是“黄色”的模样。从前看的那些没头没尾还缺关键页码的小说，在齐奶奶那里终于可以看到足本了，但总觉得她的完美版少了些什么味道。

在她家看的小说中，印象深刻的有著名的“大毒草”《红日》。作为一个少年，我尤其钟爱军事题材，从 1950 年代到 1970 年代的此类作品我基本上全部都看过。但是《红日》给我留下的是特殊的记忆，不要说与“文革”中的军事小说大不一样，就是与它同时代的作品，比如《保卫延安》、《逐鹿中原》等也有相当的差异。小说一开始就写了解放军的失败，涟水失守，战士们情绪抑郁，士气低落，甚至有开小差的。战士秦守本被带到军长沈振新那里报告情况，战士见到高级首长紧张惶惑，不知所措，军长给他吸了一支他很少见过的刀牌香烟。诸如此类的描写，与我熟悉的其他作品中我军的战无不胜和官兵平等大相径庭。常常还能见到班长向战士怒吼，连长向班长怒吼，团长向连长怒吼，军长向团长怒吼。读的时候我就想，果然是毒草啊，这么丑化解放军。1961 年，小说改编成电影，连长石东根由著名硬汉影星杨在葆扮演，他身披国民党军装醉酒纵马一段，成为《红日》在“文革”中受批判的重要罪证。甚至在“文革”后重新放映时，这一段依然被剪去。

一方面我觉得有些不太适应，有强烈的陌生感；另一方面，又觉得分外新鲜和刺激，总之是感觉比《保卫延安》之类好看多了。其中的蒋军 74 师师长张灵甫，也和我看到的其他军事小说中的敌人大不一样：“在任何人面前，在任何时候和任何场合，他都显示着他有着饱满的乐观情绪，有着豪迈的气度和坚强的自信。”[①]后来才知道，当年吴强写出《红日》初稿，夏衍向陈毅请示其中对张灵甫的描写问题。

① 吴强：《红日》，北京：解放军文艺出版社 2007 年版，第 372 页。

陈毅说，把张灵甫写得顽强一点是可以的[1]。小说出版后，张灵甫的出彩受到了非议。在“文革”中，小说与电影更被批判为美化国民党反动派的形象，“无耻地歌颂反动阶级的反革命精神、反革命‘气节’”[2]。

时间再向前快进50年。2009年，《红日》再度走红，在改编的同名电视剧中，张灵甫今天被塑造成了一个义薄云天的血性男儿，文成武德的抗日名将，对蒋介石忠心耿耿的职业军人。电视剧播出后，一百多名参加过国共战争的老军人联名上书，对编剧“歪曲历史”、“美化敌人”的做法严厉谴责。但是在网络上，网民们对张灵甫拥有压倒性的好评，百度的“张灵甫吧”热帖不断，粉丝云集。在晚近的电视剧中，有着不约而同的大规模美化国民党军人和特务的倾向，《红日》之不能免俗，自在情理之中，但这一文化走向，是否可以一直追踪到1957年《红日》最早的版本呢？

四

在1970年代阅读1950年代，那种既陌生又熟悉的双重心态是难免的，其中又呈现出不同的光谱。回想起来，对《林海雪原》的接受是最自然的，当时没有觉得这本书有一丝一毫的问题，完全不知道“毒”在哪里：除了比1970年代的文学更惊险刺激，并多了一点爱情以外，看不出与1970年代的文艺有什么本质性的区别。为什么《林海雪原》中的一部分内容可以改编成样板戏《智取威虎山》，可能原因正在于此。但是，《智取威虎山》可以是最革命的样板，《林海雪原》却是被查封的禁书，这里面的奇怪逻辑，当时的读者如何能够接受，实在令人费解。

---

① 夏衍：《生命之光》，北京：大众文艺出版社2001年版，第387页。

② 辽宁大学文艺理论教研组编：《文艺思想战线三十年》，沈阳：辽宁大学出版社1975年版，第294页。

看《野火春风斗古城》的时候，偶尔会觉得有一点问题。比如金环会周旋在落后庸碌的赵医生和英武彪悍的武工队梁队长之间，而梁队长对她就像孩子一样地听话，就觉得这不太像革命者的做派，颇不以为然。看《红日》，感觉相当地陌生，但是非常刺激过瘾。不同的作品，"毒"性不等，也是很自然的吧。

令我产生最强烈的异己和不适感，感觉最"毒"的，是冯德英的《苦菜花》。这本书颠覆了我在1970年代对革命文学的所有认知和期待。小说讲述胶东农村抗日斗争的故事，但是我的第一印象却是，小说中的主要人物从头到尾都在谈情说爱。事实上，此书因其对情爱的大规模描写和不同寻常的尺度，在"文革"中被公认为所有毒草中最"黄"的一本，成为地下阅读者疯狂追寻的目标。小说中，有少年男女的纯情（德强与杏莉），农民之间野性的爱（花子和老起），农民干部之间的爱情（娟子与姜永泉），长工与地主婆的偷情（王长锁与杏莉妈），干部与八路军的爱情（星梅与纪铁功），八路军与农民的三角恋（王海东、白芸和花子），更有为表现敌人的淫暴而出现的各种强奸和施虐的场景。

冯德英是1950年代著名的"空军三少尉"（另两位是《前驱》作者陈立德和《英雄虎胆》作者丁一三）之一，他们在文学上的成功是人们津津乐道的传奇故事。1949年1月，刚刚读了五年小学、年仅14岁的冯德英离开家乡，加入中国人民解放军通讯部队，学习无线电报务专业。"1950年春天，我偶然看到一本封皮已被搓烂了的书……《洋铁桶的故事》……读着读着，我被这本书里打日本鬼子的故事情节吸引住了。这就是我接触到的第一本小说。也就是说，到这时我才知道有小说，知道我也熟悉的生活能用来写成一本书。"[①]在此期间，他在杭州学习电讯，学校设在一所原国民党高级航校里，有一个藏书丰富的图书馆，冯德英由此机缘阅读了大量文学书籍。1955年他开始

---

① 冯德英：《我怎样写出了〈苦菜花〉》，见梁斌等：《谈谈创作长篇小说的体会》，上海：上海文艺出版社1958年版，第35页。

写《苦菜花》,1958年由解放军文艺出版社出版,初版印了57万册,获得稿费8 000元。当时3 000元就可在北京买一所四合院。冯德英把初版稿费全部捐给了他小说描写的家乡。

这是一部在许多方面都突破了1950年代文学规范、最不像1950年代小说的小说,可它却出自一个纯正革命血统的农民子弟、一个军队作家之手,并诞生于反胡风运动一直到“反右”运动的高潮,其中的奥妙,今天依然值得我们玩味。在中国当代文学史上,如果要找一部穿越时光直接影响了1980年代的1950年代的作品,《苦菜花》毫无疑问是最佳选择。莫言认为,在“文革”前十七年的长篇小说中,对爱情的描写最为成功的是《苦菜花》,远远地超过了同时代的作家。“我觉得《苦菜花》写革命战争年代里的爱情已经高出了当时小说很多。我后来写‘红高粱家族’时,恰好写的是抗日战争时期的事情,小说中关于战争描写的技术性的问题,譬如日本人用的是什么样的枪、炮和子弹,八路军穿的什么样子的服装等等,我从《苦菜花》中得益很多。如果我没有读过《苦菜花》,不知道自己写出来的《红高粱》是什么样子。所以说‘红色经典’对我的影响不仅仅是很具体的。”[①]

冯德英是莫言的同乡,文学上的精神导师,后者说出这番溢美之词可以理解。但是1950年代到1970年代的读者能否从《苦菜花》中读出1980年代的文学意义,这又是另一个问题了。王朔的《动物凶猛》(即电影《阳光灿烂的日子》的原作)为我们提供了“文革”读者对《苦菜花》之类的作品的另一种阅读方式:色情想象。“当我第二遍看《青春之歌》、《苦菜花》这些小说时,那些书中涉及性爱的张页犹如扑克牌中的王牌,都被翻得格外旧。”[②]

何立伟的一部名为《像那八九点钟的太阳》的小说,题材与《动物凶猛》相似,描写“文革”年代的饮食男女。其中两个学徒工有这样一

① 莫言、王尧:《从〈红高粱〉到〈檀香刑〉》,载《当代作家评论》2002年第1期。

② 王朔:《动物凶猛》,见陈思和主编:《逼近世纪末小说选》(卷一),上海:上海文艺出版社1995年版,第161页。

场对话：

> 薛军伸了个懒腰，嘴唇乌紫，说："猴子，你书多，有不有比《苦菜花》更那个的？"
>
> "没有。"猴子说，"老子的书都是世界名著。你要想看奶子老子有画册，都是世界名画。"
>
> "屁！"薛军说，"老子不要看世界名画。老子要看奶子上头挂铃子一跳舞就叮叮当当响个不停的。"①

他们谈论的是《苦菜花》中一个全国人民都非常熟悉的暴虐场景："一大群小脚女人和老头子，衣服全被剥光，在刺刀戳迫下，被逼着通过木板。一个两个……惨叫着噗嗒噗嗒跌进火坑里，皮肉被烧得吱吱响……十多个留着短发的年青妇女，全身赤露，每人两个奶头上各拴一个铜铃，被逼迫围着火堆跑圈圈。有不愿跑的就被扔进火坑里。"②

1958年《苦菜花》出版后，好评如潮，有两个评论家特别提到"童男"、"童女"过火桥和"奶铃舞"这一段，认为这种描写可以充分激发读者对敌人的"咬牙切齿"③。可是，他们真的相信读者在仇恨之外，不会捎带一些别的感觉吗？《像那八九点钟的太阳》中的学徒工薛军在看了《苦菜花》之后，深深地迷恋于"奶铃舞"的意象，这一意象不仅成为他少年性意识的启蒙，更让他陷于颠覆性的困惑："他妈妈的，为何老子的爱好跟日本鬼子的一模一样？老子也是喜欢婆娘的奶子？恨不得也把铃子拴在奶子上看她们跳舞，铃子叮叮当当地响？何解？何解？"对此，另一个学徒工小二的回答是："证明你跟日本鬼子一样痞。证明。"④薛军与小二成长中的顿悟，在王小波的《革命时代的爱

① 何立伟：《像那八九点钟的太阳》，北京：北京十月文艺出版社2006年版，第77页。

② 冯德英：《苦菜花》，北京：解放军文艺出版社1995年版，第470页。

③ 徐文斗：《〈苦菜花〉为什么是一朵香花》，载《文史哲》1958年第11期；巴人：《英雄主义的文学》，载《文学书籍评论丛刊》1959年第4期。

④ 莫言、王尧：《从〈红高粱〉到〈檀香刑〉》，载《当代作家评论》2002年第1期。

情》中，最终会达到对性、暴力、革命三位一体的最深刻的洞见。

但是他们都没有提到《苦菜花》中最淫虐也是当年纯洁的我觉得最恐怖、最恶心的一段。鬼子大队长庞文“还最喜欢玩女人。有一次找不到年青的，抓到一个五十多岁干瘦的老太婆，他用皮带将她阴部打肿，实行兽性的蹂躏……”[①]这一段毫无疑问达到了1950年代身体和性描写的极限，在1978年的重印版中被删去，直到1995年的版本才重新恢复。在中篇小说《一个地主的死》中，余华以一种放大镜式的笔法复制了《苦菜花》的这个细节[②]。欲望，暴力，虐待，刑罚，这些当然是余华最拿手的主题，与阶级和革命既如影随形，又超越其上，成为他对人性恶的绝对展示。对暴力的迷醉，成为“文革”后文学的一道壮大景观。冯德英的粉丝莫言也是这一大潮的杰出代表。从最早的《红高粱》到21世纪的《檀香刑》，施暴、酷刑和凌辱在他的作品中细致入微，汹涌澎湃，滔滔不绝。有意思的是，我们看到莫言常常大谈冯德英对他的各种影响，却对他们之间在暴力美学上这种最深刻的师承关系讳莫如深，缄口不言。

1950年代，风云际会，方生未死，几度乍寒还暖，多少虎视眈眈，怎样暗渡陈仓，如何歪打正着，又播下了多少在今天开花发芽的种子？闭眼回想那些“很黄”的书页，重新温习记忆中的饥渴、迷恋与激动，犹如驾驶时光飞船，穿梭往来于革命、超革命、后革命的年代。昨日之我视前日之我，今日之我视昨日之我，惆怅几何，觉悟几多？五味杂陈，唯独不存光荣与骄傲，因为我知道，所有这些我最热爱的作品，都已经离我们远去，永不复回。

---

① 王朔：《动物凶猛》，见陈思和主编：《逼近世纪末小说选》（卷一），上海：上海文艺出版社1995年版，第436页。

② 余华：《一个地主的死》，见余华：《余华精品文集》，北京：北京文艺出版社2001年版，第68页。

第二编

文学的旅行

- 结构主义在中国
- 话语的播撒：新时期文学中的现代主义
- 从这里到永恒：新时期文学的时空话语
- 寻找第三种"然"：新时期文学的真实话语
- 在绝望中诞生：新时期文学的反讽荒诞话语
- 模仿中的欲望
- 走向象征的森林

结构主义在中国

一

许多年以后，面对克里斯蒂娃等人关注的目光，垂死的罗兰·巴特是否会想起六年前在中国观看的那场以批林批孔为主题的演出，是否会预知若干年后他在中国的惊人的走红？

敏锐的人当然能一眼看出这句话与另一个著名的句子的关系。那句话来自马尔克斯《百年孤独》的开头："许多年以后，面对行刑队，雷奥良诺·布恩地亚上校将会回想起……"按理说这么一篇基本上是资料述评性的文章本不应该以这样的戏拟作为开场白，但是我故意造得挺别扭的这个句子无论是与结构主义本身，还是与结构主义在中国的传播，都确实存在着一定的关系。

首先它隐含了"重复"这一结构主义的潜在命题（该命题后来由解构批评家希利斯·米勒在《小说与重复》中加以充分的展开）。曾记否，马尔克斯那个了不起的句子几年前蒙李欧梵先生抬举过一次之后，国内批评家们如获至宝，一哄而上就分而食之了。据我所知，光李劼（他曾经一度对结构主义以及借助于结构主义构造他的理论体系很感兴趣）就至少在不同的三篇文章中引用过它，李劼甚至进一步认为新潮小说五花八门、炫人眼目的句式都来自这个元语句式的老祖宗（克里斯蒂娃的"生成本文"？）。可见以世界之复杂，现象之纷纭，毕竟万变不离其宗。在结构主义者的眼里，世界难道不就是几个有限的主题在有限的规则支配下进行的无限的重复与变奏么？就像里法特尔所说的那样："诗歌……起源于从一个词或一个句子向整个本文的转换变形。”[1]

开头那个戏拟的第二层含义也许更明确一些。20世纪60年代末到70年代初，巴黎结构主义的重镇“泰凯尔”集团对当时中国发生的巨变非常关注，在他们的刊物上组织过一些讨论。1974年，罗兰·巴特、克里斯蒂娃、索莱尔等人终于开始了他们向往已久的中国之行。克里斯蒂娃对新中国的妇女解放大加赞赏，并由此领悟到妇女的解放必须首先是她们的政治解放。她在同年出版的《关于中国妇女》一书中引申了毛泽东的观点：“离开了妇女的解放，男人也不可能获得真正的自由。”相比之下，罗兰·巴特就显得嗒然若有所失，对当时中国的非正常状态感到迷惘。回国以后，他为《世界报》撰文《中国究竟怎么了?》，得出结论：中国是个缺少能指的国家，而日本则是一个“符号的帝国”。但是他对老子和道家的思想却称赞不已，并在其《恋人絮语》中有所提及。

1974年的罗兰·巴特早已是所谓的后结构主义者了，结构主义也早已是明日黄花。导致结构主义转向的直接外部原因是1968年法国的五月风暴，当时在巴黎大学一块场地的黑板上出现过一句非常有名的话，大意是：结构，结构，从不上街参加战斗！学生们向往的是万里以外的毛泽东和中国的红卫兵，他们甚至在名称上也进行了模仿，管自己叫做“黑卫兵”。其实，当时的巴黎结构主义群星们，虽然除了拉康之外一致保持缄默，内心里对五月风暴却都是同情的，而五月风暴则催化了他们自身的分解与转向。在此，文化、政治和意识形态确实呈现出一种意味深长的结构与关系，而远方的中国，是否也参与了这一广义的文化上的“互文性”呢?

让我们再回到1974年。还要再过一年，用结构主义分析中国文学的文章才在台港出现[2]。而就在1975年，内地的一份内部刊物《国外哲学社会科学动态》也发表了一篇题名为《近年来欧洲结构主义思

---

① 里法特尔：《诗歌符号学》，布鲁明顿：印第安纳大学出版社1978年版，第164页。
② 周英雄：《比较文学与小说诠释》，北京：北京大学出版社1990年版，第22页。

潮》的文章，认为“结构主义理论是资本主义思想体系衰落的又一阶段”。还要再过四年，比较客观地评述介绍结构主义文艺理论的文章，即袁可嘉的《结构主义文艺理论述评》才在著名的《世界文学》上出现。在这以后，人们对结构主义就日渐关注，到了 1989 年 1 月，甚至有人这样认为：“真正的幽灵是罗兰·巴特，他对当前中国文学思想的影响是怎样估价都不会过分的。”①

这里存在着传播上的历时性时间差，这种时间差反过来又暗示了一种真正的共时性。考虑到泰凯尔集团在发生后结构主义转向之际对中国“文化大革命”的兴趣，我们无疑可以看到一种非常有趣的双向的时间差。这个时间差有着复调的结构，从而又从某个角度诠释了列维-斯特劳斯那个典型的结构主义式的看法：世界具有一种音乐总谱式的结构。

其实，尽管如今连后结构主义都已经是谈厌了的话题，广义上的结构主义作为横跨 20 世纪的一种活动，还远远没有走到它的尽头。德鲁兹在他的《反俄狄浦斯》一书中把历史的发展分为从符码化到超符码化再到解符码化这三个阶段。我们现在正处于解符码阶段，其突出的标志是科学。什么是科学？“科学就是穿透、取消感性认识的现实，科学要发现的是表面现象以下更深一层、更真实的现实。”②也就是要使一切解符码化，正如 18 世纪的启蒙运动要把宗教和一切神圣的东西解符码化一样。从这种意义来说，结构主义正是一种科学，一种符号的科学。罗兰·巴特声称结构主义不是一个学派，不是一场运动。我要补充一句：它甚至也不是一种哲学，不是一种意识形态。在这方面它和语言学的身份确实比较接近，而结构主义者对语言学模型的借用也绝不是偶然的。

与解符码的问题密切相关，语言问题在 20 世纪得到了空前的关

① 李洁非：《文本与作者——一个小说叙述学难题》，载《艺术广角》1989 年第 1 期。

② 杰姆逊：《后现代主义与文化理论》，唐小兵译，北京：北京大学出版社 1997 年版，第 21 页。

注。解符码需要元语言,而人类语言既可以提供元语言的模型,扮演元语言的角色,本身又是解符码的对象。这里是一个巨大的反讽:语言在式微的时候,在遭受全面危机的时候,却发挥着最广泛、最具威力的作用与影响,好比萤火虫在生命的终点发出最辉煌的光亮。这种现象在解符码阶段是毫不奇怪的。语言的危机是现代性的特征之一,它与许多因素有关,其中之一是知识的表达。

知识在现代经历了一场真正的异化。一方面,知识正日益向权力转化;另一方面,知识又日益被剥去从前围绕在它身边的神圣的光环,而沦为可以被出售、转换、转让的东西,沦为商品,沦为信息。在一个"计算机化的社会"(利奥塔语)里,世界被归结为知识,知识被归结为信息,信息被归结为编码和解码,而编码和解码所牵涉的,无非就是一些规则和功能而已。然而——我们终于把这个圈子兜回来了——世界的规则和功能,这难道不正是结构主义者最最关注的吗?于是,我们在许许多多的领域(无论是人文科学还是自然科学)里都可以撞见结构主义无处不在的幽灵和鬼影。例如,当前与计算机有关的一些最时髦的课题,像机器翻译、人工智能、自然语言识别,都涉及信息的传递、知识的规约与还原问题,都必须借用语言学的模式(以及二分法、二元对立等),在召唤着一种中性的、透明的、规则的、最大程度上适应交流的经济原则的元语言的同时,也悄悄地在鼓励我们改变我们自身语言的自然形态。于是,语言这个"存在的家园"(海德格尔语)就越来越失去其温暖的私密性,成为一辆越来越庞大的公共汽车。交流和规范性,变成最受瞩目的焦点,一切都必须削足适履,以适应编码的需要。在此,我们分明看见计算机科学变成了自然科学领域的"结构主义"或"符号学"。

从另一方面来讲,无论是阐释学、接受美学,还是后结构主义,都可以看做是对上述这种大趋势的一种反拨。可是,由于跳不出解符码阶段这个大圈子,它们自身仍然充其量不过是解符码的"症候",或者成为一种空洞的姿态罢了,仍属广义的结构主义的活动之列。

上面所谈的世界的普遍的解符码活动与结构主义的关系,为我们理解结构主义在中国的命运提供了一个切入的口子，甚至在进行这种谈论的同时，结构主义活动也已经悄悄地渗透了进来(镜子也能观照镜子吗?)。毕竟，真理与方法之间的界限早已变得动荡与模糊。结构主义致力于挖掘隐藏在事物深处的秩序和模式，可是，经过把世界归结成编码解码、规则功能的解符码操作之后，所谓的“深度模式”也就被削平，世界变成了一个可怕的平面的东西。从另一个角度来讲，人们常说的那种20世纪从历时性的存在向共时性的存在发展的趋势也就是这个意思。结构主义毫不留情地打破了文学乃至文化的神秘化观念(例如罗兰·巴特对当代神话的分析批判)，从而给予既有的资产阶级意识形态(例如资产阶级的人道主义观念)以沉重的一击。在列维-斯特劳斯的神话人类学分析之后，欧洲中心主义乃至人类中心主义的观念就更是摇摇欲坠了。

随着世界市场的一体化进程，歌德预言的那种“世界文学”早已开始成型，第三世界从历史的边缘开始了与世界的同步发展。另一方面，历史越来越从时间的流逝转而变成空间上的分布与配置。在西方现代主义文艺中，时间的因素逐渐减弱、分裂乃至消失，而空间的因素则不断增长，甚至整个西方文化都在渐渐变成一种空间的文化。现代主义文艺中隐喻之压倒换喻而居主导地位，也正是此空间化趋向的表现之一，在这背后隐藏的是20世纪日益滋长的对历史的逃避，对历史决定论的怀疑和否定。所以，把共时性作为基本出发点的结构主义活动，也就当仁不让地成为现代文艺的最佳诠释者。结构主义不但充当现代主义文艺的元语言(例如罗兰·巴特等人对新小说的分析)，积极投入现代主义文艺活动，甚至本身就是现代主义文艺的一部分。罗兰·巴特、德里达等人的理论本身就是现代主义作品。在他们的写作或“书写”之中，世界——作品——批评之间的关系确实到了一种真幻迷离、庄生梦蝶的境地。

在这共时性的意义的网络扭结与互文性之中，新时期文化又是如何作为整个世界文化语言系统中的一种个别言语出现的呢？此处我无意探讨新时期现代主义文艺对外的借鉴与发展。这里只谈谈与结构主义有关的一些问题。很显然：当新时期小说中的主人公从神化的人，进化到人化的人，再发展到符号化的人的时候，符号学问题当然也就水到渠成地呼之欲出了。在与主人公发展相对应的三个阶段(反人道主义——人道主义——非人道主义)的演变过程中，“主体移心”的思想扮演了一个非常复杂的角色(充满了逆向、错位与断层)。在这一点上，如果我们再把接受美学(对接收主体的重视)在新时期的走红也考虑进来，与结构主义的走红进行一种比较，就会得出一些非常有意思的结论，对新时期文化的多元结构的图景，会有更清晰的认识。

此外，当新的叙事方法在几乎所有的新潮小说家那里出现的时候，对视角、叙述人、叙述结构之类问题的探讨当然也就应运而生。这自然是结构主义叙事学的用武之地。从宽泛的意义上来讲，中国的新潮文学具有一种“陌生化”的形态，这本身也是结构主义诗学的一个象征或寓言。

二

新时期对结构主义的翻译和介绍，大致可以分两个阶段：第一个阶段从 1979 年到 1984 年；第二个阶段从 1984 年到现在。

让我们还是从袁可嘉 1979 年的那篇《结构主义文学理论述评》说起。除去 1978 年《哲学译丛》上几篇译文不算，这是新时期第一篇介绍结构主义的文章。筚路蓝缕，空谷足音，自然是功劳不小。后来的许多文章都借用过里面的资料和观点。袁可嘉概述了结构主义的历史，介绍了结构主义的一些基本观点，并在最后把结构主义归纳为三种基本的情况：一种是从语言学出发，以分析文学作品中的语法结构为主要任务；另一种以人类学、精神分析学的假设为依据，努力发掘神话、童话中的无意识结构；第三种结构主义就某个文学体裁内部的模式演变进行论述，力图发现一些规律性的东西。袁对结构主义也进行了批评，认为结构主义者排斥社会历史意义，只讲本系统内部的关系而忽略本系统与外部的关系，因此常常脱离了作品本身的思想和艺术。这种对结构主义的指责和批评在以后的几乎每一篇介绍结构主义的文章中都要重复和出现。七年以后，袁可嘉又在《文艺研究》上发表了一篇题为《西方结构主义文论的成就和局限》的文章，两篇文章的内容大体差不多，对结构主义的评价和批判也几乎完全一样。然而时过境迁，彼时的情势毕竟大有不同，所以后面那篇也就列举了几个结构主义文论的优点，并有一节专门谈论如何对结构主义进行借鉴和改造。袁认为我们可以吸收和扩大它的系统论思想，加强它原有的唯物辩证因素，使它与文化系统、历史社会系统相衔接，使文学系统在上层建筑大系统中明确自己的地位和意义。还可以吸收和改造结构主义的方法论，在一定范围内应用元素——模式——法则的研究方法。

袁可嘉文章中影响最大、被人引述最多的是他介绍的瑞士心理学家皮亚杰《结构主义》一书中的一个观点，即结构主义具有整体性、转换性和自身调节性。这个观点后来不知道被人转述和重复过多少遍。奇怪的是袁可嘉把皮亚杰说成是法国文论家（1986 年的那篇文章中还这样提），于是后面的转引的人也跟着这么说，例如季红真的《文学批评中的系统方法与结构原则》。可见当时第一手材料之少。

到了 1980 年，比利时人布洛克曼的《结构主义》由商务印书馆出版，这是国内第一部专门论述结构主义的译著，到 1987 年已经发行到第四版，印数相当不小。此书由李幼蒸翻译。李是国内研究结构主义起步最早的专家和权威，在所有的有关结构主义的译著中，他的翻译态度最严谨，翻译质量也最高。1984 年，第二部专论结构主义的译著，皮亚杰的《结构主义》才姗姗来迟。而还要到 1986 年以后，大量的翻译和著作才像雨后春笋那样冒将出来。

在 1980 年到 1984 年间，只有零星的翻译和介绍文章在少数杂志上出现，这些翻译和介绍相对比较集中地出现在上海的两家杂志上：《文艺理论研究》和《外国文学报道》。例如《外国文学报道》1981 年第三期上张裕禾的《新批评——法国文学批评中的结构主义流派》,1984 年第四期上程晓岚的《法国形式主义批评简介》,《文艺理论研究》1980 年第二期上袁可嘉翻译罗兰·巴特的《结构主义——一种活动》。而在此期间影响最大的则是张隆溪在《读书》上的系列文章,以及季红真的《文学批评中的系统方法和结构原则》。

从 1983 年起,张隆溪以“西方文论略览”为总标题,在声望硕隆的《读书》杂志连续发表多篇介绍现代西方文论的文章。其中以专论结构主义的为最多,计有五篇,从俄国形式主义、布拉格学派、结构人类学、结构主义叙事学、结构主义诗学一直谈到德里达。张的优势是占有西方的第一手材料较多,故而视野广阔,高屋建瓴,对结构主义把握得比较准确,给人耳目一新的感觉。我还记得当时大学里的同学相互推荐传阅这些文章的情景。张文的另一大特色是引用中国古典文学中的材料来印证结构主义的观点。他谈到雅各布森认为语句的构成总是有选择与组合两轴,诗的语言的基本特点,就是在前后邻接的组合中出现对等词语,即雅氏之所谓“诗性功能把对等原则从选择轴引申到组合轴”。张隆溪认为雅氏所举《圣经》及西方民歌中的例子不过是排比,中国律诗有严格的对仗,比雅各布森所举各例更能说明这个道理。律诗对仗要求一联中的两句在字数、平仄、句法和意义上都必须形成对偶,尤其有所谓的“当句对”,如杜甫《曲江对酒》“桃花细逐杨花落,黄鸟时兼白鸟飞”,《闻官军收河南河北》“即从巴峡穿巫峡,便下襄阳向洛阳”等句,桃花、杨花、黄鸟、白鸟、巴峡、巫峡、襄阳、洛阳等,都是可以呼唤的对等词语,好像本来在纵向选择轴上展开的词,被强拉到横向组合轴上,使前后邻接的字呈现出音与义的整齐和类似,“把类似性添加在邻接性之上”。因此诗的语言总是把音、义或语法功能上对等的词语诗词展开,既灵活多变,形式上又极度规整,和日常实用语言相比,几乎成为另一种独特的语言。

1984 年,季红真在《文艺理论研究》上发表《文学批评中的系统方法与结构原则》,这是一篇当时反响很大的论文。季红真是中国现代文学研究者,原非西方文论专家(个中深意,值得玩味。行业界限的打破和结构主义的元语言性质交错其中)。此文引述的结构主义的观点，基本上来自两方面：一是布洛克曼著商务版的《结构主义》，另一是上面提到的袁可嘉的《结构主义文学理论述评》。但这篇文章之引人注目，恐怕倒正是其“非专业性”促成的。一方面，这种玩票式的举动向其他领域的研究者们展示了一种“春江水暖鸭先知”式的姿态，激起他们的关注和模仿。另一方面，这篇文章体现了一种气魄，要把改造后的结构主义拿来为我所用，建构自己的理论体系。当时正是“三论”刚开始在国内热门的时候，所以文章开头就从结构主义的“系统性”入手，指出系统性的方法是马克思主义方法论的有机部分，认为毛泽东同志在对矛盾运动规律的认识的基础上，概括出“由此及彼，由表及里，去粗取精，去伪存真”的基本方法，其中也暗示了系统性的方法思想。与其他人一样，季红真批评结构主义文论家只研究结构的内在运动，而忽视或轻视结构与外部的联系。但是，她要“尝试一下用辩证唯物主义与历史唯物主义的基本方法思想，重新阐释结构原则的基本范畴，来建立一个初步的理论模式”。

季红真的理论模式由三组二元对立的关系组成：表层结构与深层结构，内部结构与外部结构，静态结构与动态结构。作品反映的直接社会内容，往往就是暗含着深层结构的表层结构的构成。深层的叙述结构则往往是作家所没有意识到的，但恰恰是这个层次对作品整体的美学效果起着决定作用。季红真进一步用这种划分挖掘了潜藏在鲁迅小说《药》中的深层叙述结构，认为存在着一个中心对称的基本结构，其中核心的对称结构以残酷的压迫为中心，处于对称轴两极的是觉醒的反抗者和蒙昧的奴隶。

季红真认为结构主义者把文学作品的结构看成一个绝缘的孤立存在物，割裂了作品与社会历史条件及作家个人因素之间的关系。为了克服和补救这个弊病，她提出了内部结构（针对作品）和外部结构（针对社会历史）的概念，并设法要把这两者沟通起来：“和作品客观的内在结构一样，社会历史大系统也是以一定的功能特点，组成结构框架。它不仅在作品内在结构的形成中，作为条件，经过作家的中介起着生成的作用。而且，它自身和变化发展也直接或间接地影响着文学结构的转化和发展。……内部结构与外部结构,通过作家和批评家的中介,在互相影响彼此制约。"

1985年之后,对各种批评理论的介绍出现突发性的高潮。短短的几年之内,光介绍结构主义和符号学的译著即达二十几种之多。其中影响最大的也许要算瞿铁鹏所译英国霍克斯的《结构主义和符号学》。此书第一版印数即达十万册,上市不久立刻成为国内批评家在文章中争相引述的对象。另外有两本同样堪称影响巨大的书却不是专门论述结构主义的。它们是湖南文艺版的《西方现代文学理论概述与比较》和四川文艺版的《当代西方文学理论导引》,这两本书中有关结构主义的章节在国内被转引或转述的频率高得惊人。遗憾的是两书的译文都是粗率的"急就章",许多地方译者实在是想要以其昏昏,使人昭昭,读来很是费劲。为了图省事,《西方现代文学理论概述与比较》一书甚至砍掉了所有的脚注和引文出处。考虑到此书在中国的权威性,说句笑话,这倒真成了德里达所说的"无来源的来源"。

一些关键词汇的译法也存在着一些可以商榷的问题。例如,瞿译《结构主义与符号学》把"connotation"和"denotation"分别译为"内涵"和"外延"。不错,这两个词在逻辑学上的确应当这么译;可是,在符号学上也不假思索地如法炮制,那可要让人彻底地摸不着头脑了。李幼蒸把"connotation"译成"含蓄意指","denotation"译成"直接意指",显然是要贴切得多了。即使像"signifiant"、"signifie"这样最基本、最核心的词,到现在也还并无十分妥帖的译法。袁可嘉在其所译罗兰·巴特《结构主义——一种活动》中将其译成"指示者"和"被指物",这容易引起误解,尤其是所谓"被指物"。因为无论在索绪尔还是罗兰·巴特那里,"signifiant"都对应于一种"形式"(form),而"signifie"则对应于一种"概念"(concept)。如果把"sinifie"译作"被指物",那倒真又落入结构主义者常说的"指物幻觉"[①]之中了。裘小

① 里法特尔:《指物幻觉》,载《哥伦比亚评论》1978年冬季号。

龙译成“能指词”、“所指词”，比较妥当一些，无论如何，“signifie”不是实体，不是“物”，而是概念，是一系列的词。国内一些文章在这一点上往往认识模糊①，把“signifie”与“referent”混为一谈，甚至以为“树”这个词就是能指，而在我们面前婆娑摇曳的活生生的树就是所指。

这种误解是意味深长的。甚至可以说，这还不是一个误解或误译的问题，而是体现出接受者的整个文化观和世界观。结构主义批判的那种形而上学，却恰恰在结构主义被接受的过程中顽强地冒出头来，构成另一种形式的消解的消解。在旧有的强大的心理定势与新的名词外壳的紧张对立之中，我们分明看见一个可以充分展开的话题。

三

结构主义在中国的理论实践具有强烈的现代性。这一方面指的是它的解符码性质、除幻机制、共时性。另一方面，它作为一种新的话语方式，同时又横贯了种种其他的话语实践，例如形式主义、科学主义、主体问题，等等。这里还涉及另一个根本性的问题，即语言问题。新时期文化的一个最引人注目的现象之一是我们的“语言(学)转向”。这种转向与世界性的“语言学转向”相比，既有同步的地方，也有背道而驰之处。而结构主义的传播，是这种转向的媒介、这种转向的症候，其本身更直接就是这种转向。

某一天(也就是1984年、1985年之际吧)，新潮作家们突然不约而同地发现文学就是语言，语言就是一切。如果说在作家那里这种语言意识的觉醒还不过是一种对文体的关注的话(这种关注起源于对“文革语言”非人化和单义性的摒弃与克服)，像李劼这样的新潮批评家则确实开始用一种全新的目光来打量语言，把语言看成一种具

① 张隆溪：《艺术旗帜上的颜色——俄国形式主义与捷克结构主义》，载《读书》1983年第8期。

有本体意味的东西。这当然并非如马拉美所说的“世界的存在是为了一本书的诞生”那般极端，而是像结构主义者一样，把语言看成是用来组织世界的一种体系，世界具有一种语言的结构；文学，则成为通过对语言及其联结形式进行变换和改造从而改变世界的一种实验。

这方面李劼确实具有一定的代表性。在其《中国当代语言革命论略》一文里，他提出，中国人能不能完成世纪性的历史转折，更根本的还在于他们能不能实现语言方式和与之相应的思维方式的变革。从这一点出发，他对传统的汉语语言结构进行了批判。他认为，汉语语言由于其文字造型上的形象性，在其结构方式上通常被诉诸直观的经验的表述形态。这种语言结构在发话者和受话者之间不是通过某种法则而是通过彼此间的感悟达到其交流的目的。他举老子的“道可道，非常道”为例，认为“发话者用什么都没说的方式说出了涵盖一切的话”。语法结构的缺乏稳定性使概念本身没有规定性，使话语本身丧失辨析性，最终导致一种非理性的逻辑。归根结底，传统的汉语语言是“一种没有讨论余地的语言”。李劼认为这种语体上的混乱和语用上的随心所欲又加重了语言的经验性和直观性。针对这种情况，他提出当今的语言革命应以理性逻辑为核心，这种理性逻辑不仅强调词语概念的限定性，强调话语表述的辨析性，还强调叙述描述的明晰性。相应地，他也就更为推崇马原《虚构》中的首句“我就是那个叫马原的汉人”，而不是阿城《棋王》中的首句“车站上乱得不能再乱”。他认为前一句通过对主语的层层限定和展开，避免了“乱得不能再乱”的意向性形容，而意向性的形容往往使得汉语文学在叙述上平面化，显示不出叙述本身的层次性和多维性。

这里显然又是一个同步和错位。从结构主义的一个基本前提（语言和世界的同步性）出发，李劼召唤的是用科学主义支撑的人文精神、理性文化以及相对应的形式主义。在西方，科学主义自身的消解已经把人文精神扭曲成《为芬尼根守灵》中那种梦呓式的语言，幻化成罗兰·巴特对老子“道可道非常道”的东方话语句式的迷恋。晚年的罗兰·巴特再也不相信“叙事作品是一个大句子”这种天真无邪的看法(按照苏珊·桑塔格的说法,他其实从来就不曾真正相信过),而是陶醉在文本的“快乐”里,进行着充满性意味的能指与所指的极乐游戏。考虑至罗兰·巴特式(或乔伊斯式)的这种语言游戏已经似是而非地在中国新潮作家那里出现,而旧的语言游戏还远远没有消失;考虑到李劼对结构主义者罗兰·巴特的欣赏(尤其欣赏“叙事作品是一个大句子”这样的话),对“文革”句式的批判;再考虑到克里斯蒂娃对“文革”和毛泽东语言观的推崇,我们也许就开始走进历史与话语无意识的边缘,对历史与话语的复调关系也就会有更深一层的认识。克里斯蒂娃说:“毛泽东是列宁以来唯一这样的政治人物和唯一这样的政治领袖,他经常强调为了转变意识形态必须改变语言和写作。他显然认为改变语言是会造成意识形态影响的,因此语言也就是意识形态和政治的一个基本因素。他的看法肯定源于中国语言及其文学的种种特点,源于它们与写作的距离作用,以及源于在这两个层次上新与旧之间的不均衡。然而在这些具体的含义之外,毛的说法肯定还有一种更一般的价值,如果我们不对意指实践内的主体进行理论的再评价,就不可能理解这个价值。”①

李劼用一系列的文章探讨了小说语言的结构系统。在《论小说语言的故事功能》中,他论述了小说语言的故事生成、故事催化、故事隐喻功能。所谓故事的生成功能,就是小说语言作为能指符号的组合功能。例如,《百年孤独》的第一句话之所以是小说语言,是因为在它身上潜伏了一个故事的丰富的发动机制和展开机制。他认为,小说语言在语句的组合上虽然也遵循常规语言学的语法规则,但它的话语整合效应却远远超过了常规语言的指称性:“它一方面以整个故事作为自己的语境,一方面又在这样的语境中生成着故事。……这是一种奇妙的语言自足系统,它的全部先验性就在于它的故事性。”

① 克里斯蒂娃:《人怎样对文学说话》,转引自李幼蒸译:《符号学原理》,北京:三联书店1988年版,第241页。

李劼的这篇文章借用了罗兰·巴特《叙事作品结构分析导论》中的概念,所谓的小说语言的故事生成功能对应于罗兰·巴特的功能层,故事催化功能则对应于罗兰·巴特所说的叙述层。这里的区别在于,罗兰·巴特从叙述角度着眼,而李劼则从小说语言的角度着眼。李劼进一步借用罗曼·雅各布森对隐喻和转喻的区分,探讨了小说语言的转喻性。他认为在现代派作品中,小说语言不仅仅是叙事的,而且还是意象的。在意象小说的文本生成过程中,尽管其语言也遵循相邻原则,但它们却往往作为一种叙述效应暗写了相似原则。小说的故事性隐喻与诗歌的意象性隐喻不同,主要由故事性的语言结构呈现。孟悦的《隐喻与小说的表意方式》对这个问题有更为周密和精当的阐述。她认为我国当代小说中的隐喻的出现不仅意味着小说表达方式继"五四"以后的又一巨变,而且也是一种新的文化密码出现的重要标志。

《论小说语言的故事功能》已经模模糊糊地接触到小说文本的句子结构和叙事结构的对称性问题。在《论中国当代新潮小说的语言结构》中,李劼进一步探讨了这种对应的可能性。通过对刘索拉、阿城、孙甘露、马原这四个新潮作家作品的取样分析,他"看到句法结构中的主语和宾语系统如何在叙事结构中分别展开为作者、叙述者和人物,看到小说的句法结构如何蕴涵了整个小说的叙事信息,以及叙事结构又是如何以小说的基本句型作为自己的原型",并认为这"意味着传统小说以语言为工具为载体的写作方式在历时性意义上的某种终结"。

与语言的本体论密切相关,结构主义叙事学在新时期得到极大的关注。这与创作实践是同步发展的,"说什么"的问题一变而成了"怎么说"的问题。比较有代表性的文章有孟悦、季红真的《叙事方法形式化了的小说审美特征》,孟悦《小说功能内外观》、《语言缝隙造就的叙事》,赵毅衡《小说叙述中的转述语》、《叙述中的主体分布》,程德培《受指与能指的双重角色》,等等。这些文章的一个共同特色是它们几乎都大量地以新时期小说为例证,展示出结构批评与新的文学现象的共生性，展示出中国式的形式批评对“文学性”特有的关注，而这与结构主义在西方所遭的诘难，恰形成鲜明的对照。

四

你站在桥上看风景，
看风景的人在楼上看你。

别人装饰了你的窗子，
你装饰了别人的梦。

卞之琳（形式主义的老前辈）的这首《断章》是否可以看成是结构主义在中国的一个寓言呢？在看/被看、元语言/语言、接受/被接受的无限“延异”（套用一个德里达式的术语）过程中，我们也就仿佛进入了庄生梦蝶的境界。结构主义活动是一个自己咬着自己尾巴的怪物，这种怪物在西方的历史上是非常罕见的。作为反科学主义的科学主义，结构主义从编码和规则入手，最终走向编码和规则的消解，沦入相对主义的无限轮回之中，好似在验证《金刚经》上的名言：“一切有为法，如梦幻泡影，如露亦如电，应作如是观。”意义的神学来源以及相关的救世主观念被彻底瓦解了，在逻各斯中心主义的消解之后，甚至人类也被从中心放逐出来。于是，意义变成了一种“空无”。

对东方人来讲，这些应当是似曾相识的。佛经缘起说“十一义”有“无作者义”、“性无常义”等早就表达了无造物主、无我、无常的思想。我想，如果把佛教说成是横贯历史的广义的结构主义活动的一部分，而禅宗代表了它在语言上的解构趋向，这应当不是无稽之谈。佛教破“人我执”，说“人空”；破“法我执”，说“法空”，一切法都只是因缘和合的现象，在现象上找不到作为主宰的主体。所谓“色不异空”，“空不异色”，说的也正是“缘起性空”的意思。在事物的缘起、相状与功用之外并无恒常不居之物。

对中国人来讲，我们还承续着《易经》符号学中的那种意指实践（想一想新时期的“易学热”、“气功热”以及近几年人们由此炮制的所谓“宇宙全息科学”），以及在道家“齐物论”中体现的那种“差异”观。当德里达把中国文字看成是对“声音中心主义”的一种消解的时候，当罗兰·巴特在《S/Z》的开头引用佛经中“须弥芥子”的典故的时候，再看看结构主义在中国的走红，这些交错的意指实践会把东西方带到一种真正的意义汇合，从而预示着某种新的开端吗？

当上帝死去，人类从独断论的迷雾中醒来，无论东方还是西方，似乎又被新的虚无主义及其带来的破坏性所困扰。但是，“空无”并非绝对的虚空，“空无实有”，它恰恰又是一切意义之源。因此，我用卞之琳的《无题·五》结束这篇文章：

我在散步中感谢
襟眼是有用的，
因为是空的，
因为可以簪一朵小花。

我在簪花中恍然
世界是空的，
因为是有用的，
因为它容了你的款步。

话语的播撒：新时期文学中的现代主义

一、合法化与“阐释的余数”
初期的误读策略

新时期对西方现代主义文学的介绍始于1978年，始作俑者是“文革”前就长期搞外国文学的一批中老年研究人员，其中最著名的有卞之琳、袁可嘉、柳鸣九、陈焜、朱虹等。当时只有这帮人和几个老作家接触过西方现代主义文学，其他人对现代主义的了解，要么为零，要么充满“文革”及“文革”前“彻底批判”的语汇。

这个现象值得注意。就是说，在最初一段时间里，不管是渴望创新的作家、文学青年，还是各式各样的虎视眈眈者，由于语言障碍和资料的奇缺，只能从外国文学工作者撰写的介绍文章中了解西方现代主义。这些开拓者的理解与阐述自然也就构成了整个文学界对西方现代主义进行接受的起点，他们本身则充当了某种意义上的唯一的“释经者”，就连后来在1981年到1983年对现代主义群起攻击的那批人对现代主义的全部知识也是从这些释经者那里来的。随着翻译过来的文艺理论著作和文学作品的增多，传播现代主义的渠道逐渐拓宽，人们的理解也逐渐丰富深入，但都是建立在这些最初的“释经者”的阐释的基础上的，很长一段时间内无法摆脱他们的观点的烙印。

1978年年底，全国外国文学研究工作八年规划会议在广州召开。柳鸣九作了题为《现当代资产阶级文学评价的几个问题》的学术发言[①]。会

① 载《外国文学研究》1979年第1期。

议制订了一个草案，提出今后外国文学研究的四项主要任务，第一项即“研究和介绍当代外国文学的新成果和新思潮”[①]。外国文学工作者的拓荒工作规模较大的有三次，最早是中国社会科学院在1978年下半年连续召开的九次讨论西方现代派文学的座谈会。发言中影响较大的有卞之琳的《分与合之间：关于西方现代文学和西方“现代主义”文学》、李文俊的《对评价西方现代文学的几点看法》、陈焜的《从狄更斯死了谈起》、朱虹的《对西方现当代文学评价的几点意见》[②]。第二次是1979年8月在全国美国文学研究会成立会上，对西方现当代文学的评价问题的讨论。第三次是1980年《外国文学研究季刊》发起的“关于西方现代主义文学的讨论”，该讨论历时一年，讨论文章32篇，以徐迟那篇著名的引起争议的《现代化与现代派》收尾[③]。

通过他们的这些工作，到1981年，西方现代主义文学的几乎所有重要流派和思潮，如意识流小说、存在主义文学、荒诞派戏剧、象征主义、表现主义、魔幻现实主义、新小说派、黑色幽默等，都已经被介绍过来。这些介绍与述评都力图通过客观科学的分析对西方现代主义尽可能给予肯定，这在当时并不容易。1978年和1979年的政治气氛虽然轻松而活跃，旧的意识形态却依然占据着统治地位，支配着人们说话、思维和感知的方式。对热心介绍西方现代主义的外国文学工作者来说，首先就要防备具有极左倾向的理论家、批评家们警惕的眼睛。因此，他们要尽可能用现有的、合法的、占统治地位的意识形态的语言来解释西方现代主义文学。

这种“合法化”的策略之一，就是要重新划定现代派作家的阶级成分。“文革”中与“文革”前，西方现代主义被看作是为帝国主义、垄断资本主义服务的反动文艺。因此在新时期的头几年，第一步的工作就是澄清这种“误解”，替现代派作家与作品进行某种程度的平反。

---

① 《开辟社会主义文艺繁荣的新时期》，成都：四川人民出版社1980年版，第236页。

② 载《外国文学研究集刊》1979年第1期。

③ 载《外国文学研究》1982年第1期。

这项工作与其他各条战线及文艺界内部的“拨乱反正，正本清源”活动同步进行且有一种内在的联系。西方现代派作家被改划为中小资产阶级知识分子。袁可嘉的观点在当时很具有代表性：“大多数现代派作家是中小资产阶级的知识分子，处于低下的、被剥削的经济地位，政治上既没有权力，也极少影响。他们对垄断资产阶级一般是鄙视的。无论从他们的实际阶级地位或表达的政治思想(以个人为中心的无政府主义、民主主义)来看，他们都不是垄断资本的喉舌。”[①]陈焜等人也表述了相似的看法。

使用这套旧的阶级分析的解释策略在当时也委实出于无奈。对外开放才刚开头，对当代资本主义的重新评价才刚刚起步，为了安全稳妥起见，有必要先让现代主义与现存资产阶级社会的统治阶层分家。同时，阶级分析立刻产生了重要后果：许多评介文章沿着这条思路，集中围绕现代派作家、作品如何与当代资本主义社会对抗这一主题展开论述，从中又引出了初期阐释的第二个策略。

“合法化”的策略之二是把现代主义文学用种种方法归结、还原为现实主义与浪漫主义。这与第一种策略有异曲同工之妙，且与之相互补充、相互映照。不少人强调西方现代主义与现实主义、浪漫主义的联系，寻找它们之间的承接关系与共同点，例如袁可嘉认为构成整个现代主义文学的基本手法的象征手法“与浪漫主义、现实主义手法并不是截然相反或毫无联系的。事实上一些浪漫主义作家(如布莱克、雪莱)和现实主义作家(如福楼拜、易卜生)也在某些作品中大量运用象征手法，只是他们并不以此为主要手段。同时，大多数现代主义作家虽然以象征手法为主，目的还是在反映现实生活，这时侧重从内心世界来写。过去一些作家贬低现代主义，把它笼统地斥为反浪漫主义或反现实主义，这是很不全面的”[②]。更关键的是，几乎所有的文章都或隐或现地用评价古典现实主义和浪漫主义的那套价值标

---

① 袁可嘉：《我所认识的西方现代主义文学》，载《光明日报》1982年12月30日。

② 袁可嘉：《西方现代主义文学概述》，载《春风译丛》1981年第4期。

准和尺度来衡量现代主义文学。朱虹的观点道破了这种解释机制的核心:“恩格斯从19世纪现实主义小说中总结出来的‘典型环境中的典型人物’作为文艺反映现实根本规律,如果用来评价当代文学,显然是同样适用的……如果以反映现实、典型化这些根本原则为标准,那么西方现当代文学的许多作品是经得起检验的。”[①]于是,现代主义的意义的重心在于其对资本主义社会的反映和揭露:凯萨控诉了金钱主宰一切的罪恶,恰佩克讽刺了机械文明的弊端,尤奈斯库展示了资本主义社会全面异化的图景,卡夫卡揭露了奥匈帝国官僚制度的腐败,等等。西方现代主义文学像批判现实主义文学一样成了用以观照现实的一面镜子。

“文革”以前,古典现实主义和浪漫主义作品的译介很多,影响很大,它们不成文地被隐隐看作是我们提倡的社会主义现实主义(或称革命现实主义)的天然盟友,正因为这层亲属关系,“文革”一结束,西方古典文学先于现代主义文学一步,立即获得平反[②]。现在强调现代主义与古典现实主义、浪漫主义的联系,正可以消除一些对原先被看作是凶恶的敌人的现代主义文学的敌意,增加一些安全系数。同时,由于古典现实主义和浪漫主义的观念早已深入人心,用这些现有的、人们普遍掌握的一套评价文学作品的语言来解释新的陌生的文学现象,也更容易为人们所理解和接受。

事实上,西方现代主义作为对传统现实主义和浪漫主义的彻底背叛,是反现实、反人道、反理性、反形而上学的,而经过我们初期译介者的上述“合法化”或称“熟悉化”的工作,现代主义的观念内涵很大部分或消失,或转向,或被偷换,早已面目全非,这构成了初期接受的一大特点。后来对现代主义的进一步理解正建立在原先这种“误解”的基础上。在跨国界、跨文化的文学接受中,误解是不可避免的。

---

① 《开辟社会主义文艺繁荣的新时期》,成都:四川人民出版社1980年版,第139页。

② 以柳鸣九的《“四人帮”的“彻底批判”论必须批判》(载《光明日报》1976年11月20日)为标志。

特别是在接受的初期，新的符号（例如新时期传进来的意识流、荒诞、黑色幽默、反英雄、反讽等）总是先于其本身所指向的意义，首先涌入接受它的那个文化系统，此时，这些符号与其原有的意义有着严重的脱节。这主要是因为，任何理解与接受永远不可能是新的意义单位的机械复制与简单再现，而是不同系统的新旧意义单位之间无休止的对话，而在接受的初期，这场对话更接近于接受者自己的自言自语或曰独白，就是说，由于此时对话的渠道尚未畅通以及特定的历史原因，新的意义单位只能单向地由旧的表达方式来表述，新符号此时的意义大部分来自接受系统自身的文化与意识形态。

但我们看到，在文学接受中，新的、外来的观念不可能完全被接受和被同化，不可能完全被归结为旧的意义，总有不可归纳之物。我姑且称之为"阐释的余数"。"阐释的余数"必须满足两个条件：1. 它是接受者一方原有的旧的意义系统所没有的。2. 它顽强地抗拒来自接受者原有意义系统的一切同化作用。

在引进"阐释的余数"这方面，陈焜是突出的代表，他引进了非道德、人的危机、存在的荒谬等与旧有的意义系统相对抗的新观念，并对之持欣赏态度，引起不小震动。比较一下他与同时期另一个现代主义的热心介绍者柳鸣九的不同做法是很有意思的，他们代表了两套不同的解释策略。柳鸣九这样来阐述西方现代主义中的"荒诞"概念："这种手法看来违反真实，实际上抓住了现实的某些本质，加以集中的夸张的表现，不仅没有违反艺术创作的规律，而且利用了艺术创作的特点，更足以造成深刻的印象，造成强烈的效果。这种手法也可以有不同程度的运用，也可以与现实主义手法结合起来，荒诞的手法与进步的主体结合起来，完全可以产生优秀的作品。"①他用现实主义的经典语码，如"真实"、"现实"、"本质"这些词对"荒诞"这一概念进行分解，通过这套理性的操作程序，"荒诞"的非理性顿时化为乌有，

① 柳鸣九：《现当代资产阶级文学评价的几个问题》，载《外国文学研究》1979 年第 1 期。

很容易被现有的体系所消化吸收，因而这套策略极有市场，深入人心，我们可以从四年以后宗璞（新时期最早尝试现代主义手法的作家之一）的一篇文章中看到它的回响。她在总结自己小说的某些荒诞特征时说，这是“透过现实的外壳去写本质，虽然荒诞不成比例，却求神似”[①]。宗璞的理解必然是我们这个文化系统赋予她的，因为西方现代主义根本就排斥所谓的“本质”，正如陈焜所说的那样，“荒诞”指“世界是荒谬的，并没有什么固有的意义”，“人失掉了本质，变成一条虫，成为非人”[②]。这种奇谈怪论无法转换成旧的语言，现有的理论体系对之显然就难以吸收了。“阐释的余数”构成新的意义的起点，它们像寄生虫一样钻进旧有的符号和意义系统，对之先行缠绕、勾连，继而腐蚀、分化、瓦解，成为旧的意义系统的潜在的颠覆势力。

二、作为文化悖论的新时期现代主义传播

现代主义在新时期的传播从一开始就从根本上陷入了一个极大的悖论：西方现代主义是反对传统的人道主义的，而现代主义在新时期的传播则与同时期出现的勃兴的人道主义思潮有着非常密切的关系。

1978 年，即西方现代主义文学开始重新传入中国的那一年实在非同寻常，以后新时期的种种文化巨变皆发端于此。这一年 3 月 18 日召开了全国科学大会。5 月 14 日《光明日报》刊载《实践是检验真理的唯一标准》，随之兴起具有启蒙色彩的思想解放运动。12 月底，党的十一届三中全会通过在农村实行生产承包责任制的决议，这一切都标志着中国开始从中世纪走向一个理性的时代。在对“四人帮”

---

① 宗璞：《小说和我》，载《文学评论》1984 年第 3 期。

② 陈焜：《漫评西方现代主义文学》，载《春风译丛》1981 年第 4 期。

摧残、压制、迫害广大干部群众的揭露中，人的主题出现了，并且迅速在文学界成为涵盖一切的主导话语。

在此背景下，对西方现代主义的传播介绍被纳入这股人道主义的发展轨道，而我在上面所述的初期的接受策略与倾向正为这两股思潮的合流提供了充分的便利和契机：当一些人把以往评判现实主义与浪漫主义的标准加诸西方现代主义之上，并使现代主义成为揭露资本主义社会的一面镜子的时候，人道主义早已自动地在那里现身，文学接受的策略与时代精神似乎配合得十分默契。

从 1978 年开始，一个大写的人的形象开始从文学中凸显出来。这个大写的人冲破了阶级性的束缚，更对神性和兽性左右开弓地进行批判。个体、个性与自我从集体主义中分离出来。人的尊严、价值和权利重又成为此起彼伏的呼唤——历史向前迈了一大步，重又拣起了“五四”的命题，也就是西方文艺复兴和启蒙时期的命题。这时候，出现了许多传统形态的启蒙主义文学(《班主任》)、浪漫主义文学(《爱是不能忘记的》)、现实主义文学(《陈奂生进城》)作品。从这个意义上可以说，在新时期的初期，文学的发展与历史的发展是合拍的。此时的文学及其负载的思想观念满足了历史无意识的欲望。这也能解释为什么“文革”后头几年欧洲古典文学作品会如此热销。1978 年“五一”节第一次出售重印的古典名著(其中有《悲惨世界》、《九三年》、《安娜·卡列尼娜》、《契诃夫小说选》、《欧也妮·葛朗台》、《高老头》、《幻灭》等，每种印数都高达四五十万册以上)时，人们奔走相告，在全国各地的新华书店门口排起了长队，通宵等候。

但是，一种深刻的不协调和错位从一开始就已经在潜滋暗长了：新时期需要人道主义，要张扬个性，要建立主体与自我意识，而西方现代主义骨子里却是反人道主义的，在他们那里，一切都已经土崩瓦解：个性已遭否定，主体也不复存在，人道主义不唯陈旧过时，简直就是反动保守的同义语——用福柯的话来说，“人”已经死了。欧文·豪指出，现实主义和浪漫主义文学作品中的人物都具有完整丰满的个性，这些个性通过结构得很好的社会关系获得呈现，“然而乔伊斯、伍尔芙、福克纳这些现代主义者笔下的人物却不是一种连贯、可限定并且具有良好结构的存在，而是一个心理的战场，一个不可解的谜……个性分裂成经验的碎片，从心理中分离出来，成为高度客体化的事件的系列”①。人的形象在表现派画家那里被严重扭曲，继而又被立体派画家拆开、几何化并重新组装，最后完全消失在抽象艺术之中。

事实上，西方现代主义在中国的鼓吹者如果真正理解欧洲现代主义的这些毁灭性的内涵的话，他们定会如见鬼魅，避之唯恐不及。但是，有意的误解在此发挥了巨大的作用，居统治地位的现实主义的语汇、视界与解释战略对那些危险的东西进行了遮掩、装扮和变形，使之成为我国刚刚兴起的人道主义潮流的一支生力军。

欧洲现代主义自身的特性从另一方面为我们的这种偷梁换柱提供了可能。在欧洲现代主义文学中，到处都可以见到中心的消失、意义的离散与结构的瓦解，到处都是一片片的废墟，其中最触目惊心的一堆就是人性的废墟。但是，今日之废墟正是往日富丽堂皇的大厦的见证人。人的意义虽然裂为碎片逃走了，碎片却仍然作为意义的残迹而存在，提醒“人”往昔的荣耀，让现代主义者毫无例外地患上不可救药的怀乡病(福克纳)，并对现存的世界满怀敌意(艾略特)。更有血气尚旺者(如萨特)企图收拾这一片废墟，重建人类的家园，其结果也总是归于无效。我们说西方现代主义者这些徒劳的挣扎、追寻以及对现实的敌视的确具有一种人道主义的色彩，但也就是一层色彩而已，更恰当地说它们的所谓人道主义只是一种姿态、一种虚化的指向、一场没有目的与结果的追寻，背后空无一物。在西方现代主义那里，往昔的人道主义已经终结，只留下残迹或者说一层外壳。

恰恰是这层外壳在中国成了对现代主义的接受的起点与核心，热心的介绍者们把现代派作家的这种空洞的姿态和虚化的指向解释为对人性、人的价值与自我的进一步肯定。当时中国知识分子刚刚从牛棚中出来，心中满怀做人的渴望，他们急切地想证明人的价值、

---

① 欧文·豪：《文学现代主义》，纽约：福赛特出版社1967年版，第136页。

尊严和意义。于是，在这焦灼的人道主义的目光的搜寻中，他们仿佛觉得与西方现代主义有某种相似的处境。认同感产生了，对方恍惚成了同盟军，对之的赞叹也随之而来："现代主义之所以有如此大的力量，是因为它有巨大价值，这个价值就是对自我的重新发现，对人的价值的再肯定，即对人的本质的探索和对人生充满激情的追求，尽管在现代主义作品里，这种追求大多数是间接表现出来的，是通过对人的本质异化、人的价值沦丧的揭露和批判流露出来的。这种追求表现了人类首先要承认自我，看到自己的价值，看到作为人应有的权利，看到人要求个性发展，要求自由的善的本性，是最富于人道主义的，是和社会科学发展，人类文明的进化一致的。"①

现有的文学观念与解释机制进一步为这种认同铺平了道路。当时普遍认为西方现代主义既是对浪漫主义的一种反拨，又是对浪漫主义弘扬自我的一种扩张和深化："一次大战后……西方知识分子普遍感受到巨大的思想震动，这就使他们更加怀疑现有资本主义的合理性，转而进一步关注人的内心世界。"②"自我"早已丧失殆尽的西方现代主义参与了中国知识分子重新发现、认识与确立自我的过程。在这种误解的影响下，"自我表现说"从绘画和诗歌界勃然兴起，并立刻成为争论的焦点。不管是提倡"自我表现"的人还是反对它的人，无不一致认为这种文艺观来自西方现代主义文艺。

对西方现代主义的误解背后还隐藏着更深一层的社会历史因素。西方现代主义的个人与自我危机作为工业文明高度发展的产物，与"大众"的兴起是分不开的，正如尤金·卢恩所指出的那样："现代艺术中的'个性的危机'反映了知识分子和艺术家面临'大众'时代和前所未有的机械技术力量的到来而发生的恐惧。"③许多表现主义的戏剧就满怀焦灼与忧虑地描绘了个人的"自我"是如何被集体性的

---

① 张柔桑：《它代表了文学的未来》，载《外国文学研究》1981年第1期。

② 周乐群：《我看西方现代主义》，载《外国文学研究》1981年第2期。

③ 尤金·卢恩：《马克思主义与现代主义》，伯克利：加州大学出版社1982年版，第39页。

“大众”所吞噬的，托勒的《人与群众》是一个杰出的例子。后来的阿多诺、马尔库塞等西方马克思主义者更进一步叙述论证了技术社会中的大众传播模式(电视、电影、广告、摄影、通俗文学)是如何配合现代工业文明维护资本主义的统治，成为钳制个性、毁灭“自我”、制造“单面人”的工具的。因此西方现代主义对其失落的“自我”的追寻必然意味着对“大众”、“集体”的仇视与否定。

就中国知识分子而言，虽然他们与西方现代主义身处不同的历史发展阶段，技术化的工业社会远未到来，然而他们对“大众化”的灾难却记忆犹新。极左路线对知识分子施行的毁灭性的打击，就是以广大劳动人民的名义来进行的。人民大众经过虚化，变成了一个策略性的名词、一个无所不在的压迫性的口号。改造、思想教育等无不成为一种策略，用以肢解知识分子，使之被“大众”同化、兼并、羞辱、监督。在“大众”中，知识分子丧失了自己的特征、人格与使命，作为“化大众”的阶层，却被“大众化”，也正是在这个意义上，“文革”的文学与西方当代通俗文学有着一种深刻的联系：它们都是一种被“大众化”了的非人的文学。

因此，“文革”后的知识分子面临的首要任务就是重新颠倒自己的身份地位，从“大众化”的状态再度成为“化大众”的力量，恢复自己的本来面目。在此过程中，西方现代主义对待社会、对待现实、对待“大众”的态度隐隐成为他们的模仿对象。如前所述，这种模仿取来的只是外套，然而外套绝不可能被剥得干干净净地传进来(形式与内容正如一张纸的两面，很难截然分开)。与这些外套粘连在一起的现代观念总是要作为“阐释的余数”随之而入，而这必然导致冲突，构成新时期对现代主义文学接受的悖论。这在80年代初的“萨特热”中表现得最清楚。

“文革”后，存在主义在中国突然走红。先是在哲学界(1979年的《哲学译丛》每一期都有几篇介绍存在主义的文章)，然后迅速移向文学界。1980年，萨特逝世，巴黎万人空巷，去参加“世界上最后一个知识分子的葬礼”，也带动中国的萨特热潮到达顶点。不过当时存在主义最广泛的市场还是在大学生中，根据一篇调查资料，对于萨特,当时有80%的学生“知其名”,20%的学生“读过这些文学作品,又接触过理论”,8%的学生“有比较系统的探索研究”①。

萨特的三句话在当时的大学生中最为流行:“存在先于本质”、“自由选择”、“他人就是地狱”。前两句话出自萨特的《存在主义是一种人道主义》。根据上面提到的同一篇调查,对萨特有兴趣的人一般先接触萨特的文学作品,发生兴趣后进一步将《存在主义是一种人道主义》找来阅读。我们在此首先看到的是浓厚的人道主义意蕴。当时一些评论文章对萨特大加赞扬的也正是他的人道主义精神:“萨特的存在主义理论中也不是没有积极可取的成分,如‘存在先于本质’论,‘自由选择’论,它强调个体的自由创造性、主观能动性,这就大大优越于命定论、宿命论……是资产阶级人道主义的个性自由论、个性解放论的一种新的形式。”②“正是由于萨特的存在主义对自我的重新认识,对于人的价值、人的力量、人的创造性的肯定,标志着哲学发展史上的一个新的里程碑。”③萨特反对任何的宗教观念,反对把人和生命割裂开来的宗教思想。人既然不是上帝造的,那么就不可能在人存在之先便把他的本质演绎出来。人不是别的东西,而仅仅是他自己行动的结果。这些观念在今天当然显得很平常,然而在70年代末80年代初却不啻是一声惊雷。当时人们正努力地从宗教迷信中走出来,一眼看到“存在先于本质”这件有力的思想武器,自然要欣喜异常。“文革”是货真价实的“本质先于存在”的时代,人们把身心完完全全地献给了领袖,自己因此一无所有。领袖的著作、领袖的思想成为绝对的命令,领袖的意志变成了人的本质。这正是《存在主义是一种人道主义》中批判的那种“每一个人都是藏在神圣理性中的某种概念的体现”的思想泛滥成灾的图景④。

---

① 赵培文:《一些青年为什么对西方学说兴趣浓厚》,载《文艺情况》1982年第10期。

② 柳鸣九:《现当代资产阶级文学评价的几个问题》,载《外国文学研究》1979年第1期。

③ 欧文·豪:《文学现代主义》,纽约:福赛特出版社1967年版,第136页。

④ 萨特:《存在主义是一种人道主义》,上海:上海译文出版社1988年版,第7页。

萨特用具体的、不加预先规定的人来跟先验的理性体系对抗："人就是人。这不仅说他是自己认为的那样，而且也是他愿意成为的那样——是他（从无到有）从不存在到存在之后愿意成为的那样。人除了自己认为的那样以外，什么都不是。这就是存在主义的第一原则。而且这也就是人们称作它的'主观性'所在。"[①]由此又引出了"自由选择"的观念："换言之，决定论是没有的——人是自由的，人就是自由。"[②]这句话对中国青年又具有不可抵挡的感召力，他们如今是要自己替自己拿主意，自己选择自己的行动了。他们对集体的依赖日趋减小，党派斗争丧失了以往的魅力。

"他人就是地狱"这句话出现在萨特的《禁闭》的结尾处。剧中三个角色统统万劫不复地陷入了道德的绝境，而且谁都不允许他人逃离这种境地，他们互相牵制，互相监视，互相出卖，并为此而受尽折磨。作为一个极具象征意义的哲学寓言，萨特本是以此来说明《存在与虚无》中有关他人心灵的问题。而中国读者对之却别有一番惊心动魄的感受。他们从中看到了过去极左路线下的生活情景：各式各样的盯梢、告密与相互监视使人们处于高度戒备与相互防范的彼此敌视状态，于是私人生活普遍遭到毁灭性的破坏，人们的内心世界也因此被晾到公众的目光之下而趋于消失。

但我们立刻应该注意到这样一个事实：萨特得出结论，内心生活或对内心生活的挖掘毫无意义。他甚至认为根本不存在什么内心生活，任何事物都外在于意识。在对胡塞尔的批判中，他进一步论证了这一点，因而他根本无意返回旧的人道主义。相反，他否定旧的人道主义，将其亦归入形而上学的本质主义。他批判文艺复兴以来用普遍的理性与人道的准则来代替上帝的做法：如果存在确是先于本质，人就永远不能参照一个已知的或特定的人性来解释自己的行动；

① 萨特：《存在主义是一种人道主义》，周煦良、汤永宽译，上海：上海译文出版社1988年版，第8页。

② 欧文·豪：《文学现代主义》，纽约：福赛特出版社1967年版，第136页。

如果上帝不存在,也就没有人能够提供价值或者命令,使我们的行动合法化,一切都是容许的,因此人就变得孤苦伶仃。萨特意在破除旧有的观念,建立一种崭新的人道主义,以拯救颓废的欧洲。他号召承担责任、介入、行动,很具有古典英雄主义的气概。然而由于他摧毁了一切价值标准,这种拯救依旧归于虚无。存在主义给人印象最深的绝非拯救人类的努力,而是其阐发得极为精彩的焦虑、孤独、恐惧和厌烦。"有为"的哲学的更有感召力、更为人接受的一面是消极、无为与颓废。

在我们向存在主义借取"自由"、"主观性"(或译"主体性",与后来新时期红极一时的"主体性"概念有一定联系)等概念的时候,与这些存在主义概念连结在一起的焦虑、孤独、恐惧和厌烦也就作为"阐释的余数"悄然而至。

存在主义在"文革"后的中国的最重要的意义正体现于此:一开始它固然被利用来反对神道主义、张扬个性、消解集体主义;但是在这种利用的过程中引入的存在主义式的现代观念却更是意味深长。存在主义在"文革"后的中国虽然只红过一两年,它对整个新时期文学以及我们整个文化发展却影响巨大。它是第一个被青年知识分子所普遍接受的现代主义思潮,成为这些人获得现代意识的基础。可以毫不夸张地说,存在主义的阴霾从此就一直未曾完全驱散过,而存在主义式的人物与存在主义式的情绪也就越来越充斥着新时期崛起的现代主义文学。从最早的李陀的《自由落体》、《七奶奶》中的恐惧、孤独,张欣辛的《在同一地平线上》的竞争与自由选择,到徐星《无主题变奏》、刘索拉《你别无选择》中的"厌烦"、"无聊",再到后来的残雪的《突围表演》中的"他人的目光",这条线索绵绵不绝,逐渐深化。

这里,我们遇到的无疑是新时期文学接受的一个最大的悖论。当西方从中世纪的宗教愚昧中走出来时,上帝的概念让位于人的概念,然而形而上学的传统却在此后相当长的一段历史时期内(直到20世纪初)依旧保持着,先验的抽象的人性代替先验的抽象的上帝成为伦理道德及其他意识形态的基石。这种继承关系与当时的意识形态相适应，对历史的发展起着积极的作用。当中国从“文革”中走出来时，我们所处的历史情境与西方文艺复兴时期十分相似，同样需要以人道主义来反对神道主义和兽道主义，需要科学和民主。但是，由于中国和西方彼此间历史发展的错位，我们从西方现代主义那里剥离的人性、人道主义的武器一方面在不停地摧毁着封建主义而发挥着积极的作用，另一方面由于此人性、人道主义所固有的迥异于古典人道主义的现代特性，又在对人性和人道主义自身进行不停的自我瓦解。这股瓦解的势力一开始很微小，甚至不易为人所察觉，但是很快就表现出凶猛的势头和强大的破坏力。这股破坏力固然同时进一步参与了对封建势力的扫荡，但是它的超前到来干扰了正常的历史发展程序。在生产力水平较低、物质相对匮乏的阶段，我们更需要发展与之相适应的理性主义，而西方非理性的现代主义文学却是物质过剩的产物，对它的超前消费必将在整个文化领域导致严重的冲突、矛盾和危害。晚近几年的文化虚无主义和颓废现象莫不与之密切相关。

三、语言的政治和形式的剥离

西方现代主义在“文革”后的传播孕育了新时期文化很多相互冲突的重大母题，因此出现对待它的截然相反的态度也是毫不奇怪的。在 1980 年以前，反对的声音几乎完全没有，这是因为现代主义还停留在符号接受阶段，局限在评论和研究的领域之中，其颠覆作用尚隐而不显。1980 年以后，情况突然起了变化。现代主义的传播加入了人道主义和异化问题的大合唱，声势日见其大，并向创作领域延伸。部分作家一边在他们的作品中试用现代派技巧，一边开始鼓吹要培植中国的现代派。作家的卷入使西方现代主义的传播开始进入一个新的阶段。在这种情形下，降温刹车以控制局面就势在必行了。反对的呼声纷纷而起。

一开始，对现代主义的批判是围绕着有关“自我表现”的问题展开的。“自我表现”的呼声70年代末以来从文学界、美术界、音乐界、戏剧界相继兴起。1981年,对“自我表现”的批判突然大量涌现。许多文章指出“自我表现”的主张来自西方现代派文艺,同时坚决反对这种引进。例如程代熙就认为“西方现代主义的文学家、艺术家几乎把他们的‘自我’当做唯一的表现对象,说得具体一点,把文艺作为表现他们资产阶级、小资产阶级个人主义及无政府主义思想(即否定理性)的唯一手段”,而“自我表现”说正是“步了它的脚迹”①。这种批判并非凭空而来,与1981年开始的反对资产阶级自由化运动中的口号是一致的。胡乔木在这一年8月8日中央宣传部召开的思想战线问题座谈会上发表讲话,解释自由化的含义:“当前我们社会上出现的这种思潮,它的特征正是极力宣扬、鼓吹和追求资产阶级的自由,想把资产阶级的议会制、两党制、竞选制,资产阶级的言论、出版、集会、结社自由,资产阶级的个人主义和一定范围内的无政府主义,资产阶级的金钱崇拜、唯利是图的思想和行为,资产阶级的生活方式、低级趣味,资产阶级的道德标准和艺术标准,对于资产阶级制度和资本主义世界的崇拜,等等,‘引进’或渗入到我国的政治、经济、社会、文化生活中来。”②以后文艺界对现代派的批判正沿用了这个基调,同时根据文艺自身的特性对此基调进行了进一步的扩展。

批判“自我表现”的人进一步深挖“自我表现”的哲学基础,指出它违背了唯物主义的原则,滑向了唯心主义的泥坑:“文艺究竟是客观现实的反映,还是主观意识的表现?作家进行创作是从现实生活出发,还是从主观‘自我’出发?这不是什么写作方法问题,而是如何看待文艺与现实、作家与客观关系的根本原则问题,西方美学和文艺思潮的‘自我表现’说正是在这个根本问题上,暴露了它的唯心主义的实质。今天,有的同志宣扬文艺是‘自我表现’,同样也是对这个问

---

① 程代熙:《评〈新的美学原则在崛起〉》,载《诗刊》1981年第4期。

② 胡乔木:《当前思想战线上的若干问题》,载《文艺报》1982年第5期。

题作了错误的回答。”[①]“‘自我表现’论的思想基础是一种主观唯心主义,它把艺术看成是纯粹个人心灵的产物。”[②]

当时文学中的“自我表现”主要指朦胧诗中的一种倾向。朦胧诗同样被大多数人认为是西方现代主义文学的产儿。在讨厌朦胧诗的人眼里,朦胧诗有两大罪状,一是宣扬“自我表现”,二是让人“看不懂”。朦胧诗初出现时,人们首先埋怨其语言的“晦涩”和“古怪”。然而语言不仅仅是语言,语言更是一种政治,政治斗争必然侵入到语言的领域中来。反对朦胧诗的人很快就一针见血地指出,“看不懂”与“自我表现”密切相连,统统是远离人民、远离生活的结果:“与表现‘自我’相联系,朦胧诗便出现了晦涩和怪诞。既然诗不再是人民生活的艺术反映,而成了诗人潜意识、下意识的记录,因此,如梦幻一般捉摸不定的思想,如雾一般朦胧的意象,如天书一般难以识破的语言,便频频从朦胧诗人的笔尖下流出。”[③]于是个人与群众的关系问题在这场关于朦胧诗的论争中成为实质性的焦点,而“五四”以来一直争论不休的文艺大众化问题也就再度出现,不过这次它却与西方现代主义挂上钩。反对朦胧诗的人强调群众的趣味是至高无上的评判标准:“我们的社会主义文学,必须是群众喜欢欣赏,又有益于人们身心健康的,这就决定了我们的文学不能走现代主义的道路。”[④]而提倡朦胧诗的“崛起派”则针锋相对地宣称:“我们的理论长期过分偏执地强调艺术服从群众的趣味,当我们反对艺术家脱离群众满足于自我表现和自我欣赏的倾向时,我们往往忘记了艺术是一种精神文明,并不是任何人都可以不经任何训练和熏陶地就能自发地掌握它的,忽略艺术有改造、丰富群众趣味,提高群众艺术修养的任务。”“不应该

① 彭立勋:《从西方美学和文艺思潮看“自我表现”论》,载《文艺研究》1982年第1期。

② 洪明:《小议“自我表现”》,载《文艺报》1982年第3期。

③ 李丛中:《朦胧诗的命运》,载《当代文艺思潮》1982年第3期。

④ 蔡运桂:《现代派文学一议》,载《作品》1983年第5期。

向群众的欣赏习惯妥协，而是应该改造它。”①

我在前面论述过的“化大众”与“大众化”的隐秘含义在此现身。几十年来，对知识分子进行改造的策略之一是使之“大众化”，知识分子的“大众化”表现在文学艺术的领域就是文艺的“大众化”，而文艺的“大众化”最关键的一点就是语言的“大众化”，“大众化”的结果使我们的语言逐渐萎缩、退化：词汇量减少，词与词的搭配逐渐走向机械呆板，词的丰富意义日趋失落，单调的语句越来越难给人带来精微细致的感受。这种情形在“文革”中达到顶点，到处充斥着千篇一律的“东风浩荡”、“战歌嘹亮”的话语。语言的退化导致人的感觉与思维的退化，进而使民族的神经迟钝。可以说，“文革”时期的语言是一种奴性化的语言、一种非人的语言，这种语言摧毁人的一切独立意识。朦胧诗人是新时期第一批自觉起来颠覆这种语言的人。他们打破陈腐机械的语言模式和与此相联的思维定势，把丰富的歧义重新注入已经干瘪了的语句。那些习惯于被旧的奴役性的语言机制所操纵的人自然无法适应这种语言的革命，自然要斥之为“晦涩”、“难解”。因此，关于朦胧诗的语言风格的争论实际上是一场要不要人道主义的争论。人道主义在朦胧诗人那里首先体现为语言的人道主义。在此之后，语言的觉醒和复归日益发展为一股不可遏制的潮流，使新时期的纯文学离“大众化”越来越远，逐渐走上了一条漫漫的不归路。

1982 年爆发了一场新时期文学发展道路之争，争论的焦点是中国要不要搞现代派。早在 1979 年，王蒙就在他的《布礼》、《夜的眼》等“意识流”小说中默默地提出了把现代主义引进到我们创作中来的要求。到 1980 年，早期零星的创作实验变成了公开的呼声，戴厚英的《人啊，人》后记、王蒙的《对一些文学观念的探讨》等文章都表达了要向西方现代派学习的愿望。这种呼声到了 1982 年进一步高涨，一些作家纷纷表态，要搞中国式的现代派。这无疑标志着现代主义在

① 孙绍振：《新的美学原则在崛起》，载《诗刊》1981 年第 3 期。

中国的传播已经到了一个新的阶段：介绍与评价开始向大规模的创作实践发展。

先是这一年年初徐迟的《现代化与现代派》发表，引起许多不同的意见。徐文的观点十分偏激，放在80年代初的背景下简直不可思议。他完全从经济决定论的角度看问题，先竭力肯定西方的物质文明，然后指出现代派正是这种高度物质文明的产物，因而适应了历史的发展。他一改前几年人们在评价西方现代派时小心谨慎、遮遮掩掩的态度，大胆地指出："在它继续发展的过程中，我们可以相信，西方现代派文艺也将创作出有利于人类进步的信心百倍的理想主义的作品，描绘出未来的新世界的新姿。物质文明将推动精神文明前进。资产阶级的现代化的物质建设正在为新世界创造它的物质条件，这种物质条件也必然会为新世界创造它的精神条件。这个世界必将到来，则是毫无疑问的。"①徐文搞了一个亚里士多德式的三段论：现代化带来现代派，既然我国要实现四个现代化，我们也将会有我们的现代派文艺。

徐迟的观点在王蒙、冯骥才、李陀、刘心武关于高行健的《现代小说技巧初探》的通信中得到进一步的反响。高行健也是热心鼓吹现代派的人之一，他精通法语，对西方现代主义文学尤其是"新小说"派甚有研究，更重要的是他自己就是个活跃的作家，因而书中对现代派的阐述融进了作者的切身体会，且隐隐以作家为主要潜在读者，更多地是从手法技巧出发，不玩虚套，切中实用，表述上也充分体谅作家当时的理解水平。难怪此书一出来就受到作家们的欢呼，影响很大。所有这些作家都和徐迟一样，特别强调现代派与生产力、现代科学技术发展的关系。例如刘心武认为："蒸汽机发明后，人类的生产方式和生活方式有了一个极大的变化，从而形成了西方19世纪以来新的文学，但随着蒸汽机时代的结束，这些以狄更斯、巴尔扎克、托尔斯泰…… 为其辉煌标志的文学也就成了古典的东西。现在人类已经跨

---

① 载《外国文学研究》1982年第1期。

入了电子和原子时代，并即将进入微电子技术占主导地位的时代，这样，文学，当然首先是小说的写作技巧，便也不能不受影响，而又有新的发展和变化。”[①]这无疑是提倡现代主义的作家们的一种策略。文学接受的新策略是为文学接受向创作领域扩张服务的。要把西方现代主义横向地移植过来，光像初期那样强调它对资本主义的批判性显然就不够了，还须进一步肯定其历史合理性与诱人的发展前景；而这种肯定又很难不进一步隐含对当代资本主义社会的肯定，因此很有必要突出强调现代派是生产力和科学技术高度发展的结果。在80年代初期，对资本主义的重新评价问题尚未提到议事日程上来，而科学技术像语言一样，已经被认为是中性的（这里顺带提一下，科学技术和语言问题只有在“文革”期间才是直接而明确的意识形态问题，这在人类历史上是罕见的。但是真正的奥妙在于：科学技术和语言问题确实是意识形态问题，“文革”不过是以强烈粗暴极端的形式表现这一点而已），是意识形态的真空地带，可以被剥离出来，起掩护作用，所以作家们如此强调科学技术、生产力与现代主义的关系，实在是有迫不得已和煞费苦心的因素在里面。但这正是他们理论的天生的薄弱之处。反对派抓住这一点大做文章，他们断然否定现代化与现代派之间的必然联系，将徐迟等人的观点斥为机械论和经济决定论。反对派都不约而同地引证了马克思《政治经济学批判》导言中有关艺术与生产发展不平衡的观点。他们进一步得出结论：现代派文学只是“20世纪西方资产阶级社会特定的产物”，并不是“科学昌盛，生产发达的社会的普遍需要”[②]。归根结底，在他们看来只有现实主义才是永恒的，放之四海而皆准。其他任何流派都是某一特定历史条件和环境的产物，绝不可乱搬乱套。

提倡要搞现代派的作家们的另一个新的策略是把西方现代派的技巧分离出来，予以特别的关注与肯定。这同样出于一种远离政治

---

① 刘心武：《在新、奇、怪面前》，载《读书》1982年第3期。

② 陈丹晨：《也谈现代派与中国文学》，载《上海文学》1982年第12期。

的考虑。技巧被单独抽出来之后,变成了技术和工具,获得了一种普遍的适应性,也就是说,像科学技术和语言一样被非意识形态化了。《现代小说技巧初探》一书正迎合了作家们对现代派技巧的渴望,书中探讨的许多问题,如"小说的叙述语言"、"怪诞与非逻辑"、"象征"、"艺术的抽象"、"语言的可塑性"、"从情节到结构"、"时间与空间"、"距离感",在后来的几年中无不成为作家争相采用的热门技巧。高行健断言:"艺术技巧是超越民族界限的。"[①]他认为同一技巧可为不同国家、阶级所用,这种观点立刻受到其他作家的赞赏。刘心武指出:"他(指高行健)似乎是尽量把那形式美拆卸为诸种技巧元素,加以考察,这样就让人觉得他是受到了斯大林研究语言学的启发。语言本身不是上层建筑,没有阶级性,只有当使用语言的主体(人)把字词句联起来表达一个完整意思时,才有可能体现出一定的政治倾向、阶级感情或道德观念,因而对于任何一个阶级的人来说,掌握好语言是必要的,在这过程中无妨互相学习、借鉴。现代小说技巧(不是整个形式本身)也应当看作是没有阶级性的,因而对于任何一个国家、民族的任何政治信仰和美学趣味的作家来说,他都无妨懂得更多的现代技巧,从而丰富和发展他征服读者的魅力。"[②]这真是一语道破了天机。李陀、冯骥才等人也表示了相似的看法[③]。从70年代末起,作家开始越来越多地关心文学的形式与技巧问题,这与西方现代主义的传播密切相关。技巧不是非政治的,恰恰相反,它从头到尾浸透了政治与意识形态。对此,现代派的反对者有些倒没有完全看透,他们大多并不反对局部地借鉴一些现代派的技巧和手法,不过他们强调这必须在现实主义居统治地位的前提下进行,应"吸收来发展现实主义创作方法,而不是要我们自己变成一个现代派"[④]。并且,"要借鉴

---

① 高行健:《现代小说技巧》,广州:花城出版社1981年版,第177页。

② 刘心武:《需要冷静地思考》,载《上海文学》1982年第8期。

③ 李陀:《"现代小说"不等于"现代派"》;冯骥才:《中国文学"现代派"》。均载《上海文学》1982年第8期。

④ 晓江:《开放与设防》,载《解放日报》1982年11月23日。

也必须以民族传统为出发点”[①]。

在现代派论争中,《文艺报》是反对派的一块阵地。1982年10月到11月,《文艺报》接连召开两次关于现实主义和现代主义问题的座谈会,就现实主义发展和如何研究、借鉴西方现代主义文艺的问题交换意见。在会上,对西方现代主义的否定态度明显占上风。从1982年到1983年,《文艺报》的“讨论会”专栏连续发表文章,对西方现代主义持严厉批判态度。

到1983年,这场论争进一步升级。这一年10月到12月掀起了反自由化、反精神污染的运动。该运动在思想领域里的主要任务是批判资产阶级的人道主义和异化观。被看作与人道主义和异化问题密切相关的现代主义思潮当然也同属批判之列。在运动期间,邓力群指示,“有关外国文艺的刊物要好好整顿”[②],进行整顿的刊物中就有介绍和鼓吹现代派甚力的《外国文学研究》,该刊编辑部就其在对待西方现代派问题上的“错误倾向”作了自我批评。高行健的《车站》也因借鉴了西方现代派手法而在此期间被停演。在诸多遭贬斥的西方哲学流派中,萨特因为宣扬了“个人奋斗”而成为批判的重点[③]。青年诗人徐敬亚一篇批评现实主义、张扬西方现代文艺观念的诗论《崛起的诗群》被指责为“今日诗坛上的存在主义哲学”,遭到来自各方的批判,徐本人因此作了检讨。广州召开座谈会,以清除文艺界现代派在文学青年中的影响。文坛上提倡要搞现代主义文艺的声音一下子消失得无影无踪。

不过,这种声音很快就又经过变形复苏,并获得进一步的发展,1984年清除精神污染的余波尚在,对文艺研究新方法的探讨却又迅速成为滚滚热潮。其中,“三论”(系统论、信息论、控制论)的科学主

---

① 王先霈:《〈现代小说技巧〉读后》,载《文艺报》1983年第6期。

② 邓力群:《关于清除精神污染的若干政策界限》,载中宣部《文艺通讯》1983年第14期。

③ 《在思想理论战线上必须坚持马克思列宁主义立场》,载《光明日报》1983年10月8日。

义可以看作是上面介绍过的作家们的第一种策略朝文艺理论领域的扩展与深化。而文艺心理学、接受美学在我国的兴起又深具人道主义的内涵。在创作领域,热衷于借鉴西方现代派的青年作家正以咄咄逼人的气势一批批崭露头角。西方现代主义开始从各个方面大规模地渗透进我国的文学中来。

1984 年 10 月 20 日召开的十二届三中全会进一步为这种大规模的渗透提供了良好的契机,会上通过的历史性的《中共中央关于经济体制改革的决定》成为进一步改革开放的纲领性文件,在这之前的 8 月底,中宣部召开文艺工作座谈会,传达胡耀邦关于文艺界要反“左”的精神,到了这一年年底的作协第四次代表大会后,反“左”更成为一段时期内的主流。这一切终于导致了 1985 年创作与理论空前的巨大实绩。

从这里到永恒：新时期文学的时空话语

一

时间与空间作为人类存在的基本方式，构成了一切文学作品的经纬。到了20世纪，人们的时空观发生了一些根本性的变革，这些变革当然也反映在文学作品中。古典的时空观认为时间是均匀流逝的，不可逆的，而空间则是稳定的，唯一的。这是一种“自然”的时空观，与这种理想而又单一的时空观相对应，传统的文学作品便呈现出单纯的连续性与统一性。在那种文学作品中，时间与空间从来没有真正成为一个问题。我们至多只会看到文人骚客对时光流逝的沧海桑田式的感叹，或者是对空间阻隔而造成的在水一方的局面的无奈。

但是，在现代小说中，时间与空间确实成了一个严重的问题。人类发展到现代社会，既有的时空被完全打散、重组。当通讯工具改进了之后，距离缩短了。当越来越广的社会领域被迫接受更狂乱的城市生活的节奏以后，时间变化之迅速，简直就要令人失去时间感了。就时间而言，它意味着个体的生命节奏，社会的有机循环，以及历史的发展进步诸多观念的重新改写；就空间而论，则是私人空间与公众空间的被任意切割交错而带来的“零散化”。在现实中，本应是对应于不同历史发展时期的多种意识形态同时共存。历史发展呈现出出人意料的多向性和任意性，传统的线性时空趋于解体。这种非线性在意识流小说中表现得非常明显。小说以人物内在意识的流动为主导，可以在不同的时空中任意穿行，对传统时空进行切割和重组。

意识流是最早被新时期文学接受的现代派手法之一。其最初的出发点是要通过深入人的心理来发掘自我意识,确立主体。回到人的内心深处是新时期逃离政治和意识形态的第一步。在此过程中,意识流手法是起了很大作用的。另一方面,意识流手法的引入导致了新时期文学的最初的空间化倾向。空间对时间的征服在西方意识流小说中主要表现为电影蒙太奇式的特征:时间序列中的事件、物体被切割重组后,变成了空间中的排列与配置。这正是王蒙复出后最初一些作品中的拿手好戏。且看《春之声》中的一段:"(车)门咣地一关,就和外界隔开了,那愈来愈响的声音是下起了冰雹吗?是铁锤砸在铁砧上?在黄土高原的乡下,到处是靠人打铁,我们祖国的胳臂有多么发达的肌肉!"在王蒙以后很少有人再大规模地专门使用意识流手法,但是意识流化却是不可忽视的倾向。这不仅表现在内心独白中,甚至也渗透到人物的对话中去,年轻一代作家喜用间接引语,人物对话越来越少用或不用引号,这其实也可以看成是一种泛化了的意识流倾向,泛化了的意识流与叙述语言交织在一起。当引号消失了以后,人物的对话仿佛变成了一种嘟嘟囔囔的自言自语的独白,给人以一种朦胧的、模糊的梦幻式的感觉,预示着现实中我们的人际交流已从明晰的对话进入了一种萨特意义上的"粘乎乎"的状态。

这种借鉴其实并非如评论家常说的那样只是一种皮相的搬弄技巧,它有着超越形式的深刻内涵。西方文艺中的空间化倾向的背后隐藏着 20 世纪日渐滋长的对历史的逃避,对历史决定论的怀疑和否定,而这种历史决定论在"文革"的中国恰恰以一种抽象的形式发展到极致,变成了简单机械的因果决定论。历史完全变成了一根预先就被打制好的环环相扣的具有唯一性的铁链,人被绑在这线性的历史因果链上动弹不得,成为僵尸。这种历史观在新时期以前的文学中外化为根据某些"元语句"炮制出来的高度情节性的小说,而后者又为前者服务,为之制造"真实性的幻觉"以麻痹读者,使之接受这种历史观的支配。因此,"文革"后对西方现代派的空间化倾向的接受(象征、意识流),其矛头正指向了"文革"文学及其背后的观念意识。

如第一编的《超文本和跨媒体的文学》一文中提到，最早借鉴西方现代派的几位作家，如王蒙、高行健、李陀等一致把西方现代派的空间化倾向理解为“非情节化”，并认为西方现代派“不注意讲故事或情节性不强的小说，是小说的一种进步和发展”①。因此，他们首先致力于用种种方法来打破故事与情节，这成为初期借鉴中最引人注目的倾向。空间化的努力产生了重要后果，人逐渐从束缚个体的机械因果链上挣脱出来，开始获得自由。

我们看到，由于意识流的引进，这时期的小说中，片段甚至不连贯的事件、场景、画面、情绪逐渐开始从情节中游离出来，它们从而也就进一步获得了象征的意义：换喻变成了隐喻。即使在早期的朦胧诗中，也有着类似的空间化的倾向，北岛、舒婷、顾城等人无不大量使用意象的叠加。北岛声称：“我试图把电影蒙太奇的手法引入自己诗中，造成意象的撞击和迅速转换，激发人们的想象力来填补大幅度跳跃留下的空白。”②

但是初期的空间化倾向是很不彻底的。故事情节仍然相当完整地存在着，意识流更多地是作为技巧附着其上，茹志鹃、王蒙对时间虽然进行了切割，却远未将之切碎，背后也蕴含了具有强烈时间性的永恒。这一切都使得初期的接受者对政治和意识形态的逃离停留在一个较低的层次上。

对西方文学的借鉴以刘索拉、徐星和寻根文学的出现为标志而进入第二个阶段。在此阶段，作家们开始大规模地横向移植，而大量的仿作必然给作家带来一种恐惧，他们非常害怕因而失去“自我”、“个性”，为此他们苦苦追寻自己的声音。找来找去，终于在福克纳和马尔克斯那里得到启悟：文化是人的立足点，只有一头扎进文化中去，才能抓住人的根本。于是寻根派文学出现，中国文化开始被卷入世界性的文化批判的潮流。

---

① 李陀：《论“各式各样”的小说》，载《十月》1982年第6期。

② 北岛：《“百家诗会”小序》，载《上海文学》1980年第5期。

在寻根文学中，中国作家达成了一种共识：原来一个人(个别的事件)可以隐含和代表整个文化、整个历史。于是历史凝固为一个点、一个人、一个象征；时间上的每一瞬间、每一固定的点，都可以包含全部时间流程的所有信息。于是“现在”——被空间化了的时间的点——开始再度与由于政治运动的强迫而被遗忘了的“过去”发生联系，并获得超越现在的意义。杨炼的诗告诉我们：

一切都停留在这刹那，片刻就是千年
每个人的现在怀抱着宇宙的完美岁月之水，
在你内部流动，和你融为一体
世界，裸露最初的神圣

——《西藏·甘丹寺随想》

这种思维方式并不特别现代，但是在现代却具有特别的意义。这也正是一种所谓“全息”式的古老东方思维方式。全息的后果是，大家都不约而同地认为：越是民族的，也就越是世界的。正如我们在第一章里所说的，这是一种新的“万物皆备于我”。

在新时期，理论界的全息学说，文学上的寻根运动，社会上的气功热几乎同时涌现，这绝不是偶然的，它们都指向一种以“虚静”和共时性为基础的时空观。《老子》里面就说过：“归根曰静，是曰复命。”这种静不是要消灭时间，而是要消灭时间的度量，回到一种心理上的原初的混沌状态。试比较一下，在这之前，也就是粉碎“四人帮”以后的最初几年里，大家曾热烈地欢呼一个“科学的春天”的到来，当时盛行的是“科学热”、“知识热”、“文凭热”，《科学文艺》、《科学画报》、《知识就是力量》成为最热销的杂志，老百姓通宵不眠，在各书店门口排起长队，抢购“数理化自学丛书”(以及重印的世界古典文学名著)。借用荣格心理学的术语，这是一个以“动”为标志的“前行”的时代，科学与人道主义是其流行的话语。但是，这两种话语都没有来得及展开就迅速流失了，整个民族连同其文化很快就被卷入一连串更大的骚动之中。为了松弛整个民族的紧张的神经，为了调整全民族的心理失衡，一种荣格意义上的心理“退行”开始了。松、静、模糊、混沌，所有这些中性的、模棱两可的词都是一个巨大的文化上的失语症的表征。人们不能、不愿也无力对现实作出清晰的语言上的表达与行动上的反应，于是就借助于古代的东方话语与流行的西方话语（这两者正好在此一历史时期有一种似是而非的奇妙的契合），来对自己进行一种心理上的救赎和治疗。文学上的寻根运动正是这种时代潮流的象征。

由于文化观念的输入，象征和意识流手法的借鉴有很大发展，它们被进一步空间化。在前一阶段王蒙的《蝴蝶》中，张思远的意识流只将三十年的时间切割成空间，而到了阿城的《棋王》，几千年的时间都被空间化了，在这部小说的结尾处，王一生与九位高手展开决战，这时出现了如下的蒙太奇镜头：项羽、刘邦们目瞪口呆；尸横遍野的黑脸士兵从地上站起，哑了喉咙在移动，樵夫提斧在野唱，母亲用一双弱手一张张地折书签。文化本身是一个空间性的概念，它代表了对时间的否定，因此文化很容易变成象征，甚至可以说它是一种更为空间化的象征。进一步空间化的结果导致抽象的出现。在韩少功、郑万隆等人的作品中，作品与可感知的现实之间的关系被大大地简略了。象征发展为抽象之后，与现实的距离就更加遥远了。如果说初期对意识流的借鉴是为了逃进心灵深处，那么现在则是要进一步跨越时间，逃向远古，逃向一个遥远的、被遗忘的世界。然而，这不仅仅是逃离，更是对失落的自我的追寻。拉丁美洲魔幻现实主义的影响在此清晰可见。莫言曾说过，马尔克斯寻找“拉美迷失的温暖的精神家园”的努力给他以很大的启示[①]。莫言本人在《红高粱》等小说中设置了“我”作为后代子孙这么个叙述人，来讲述先辈的故事，这样就从血缘关系上，使过去的历史同现实保持了密切的联系。这个叙述人的设置，既表现了不肖子孙对生命形态上的“种的退化”的哲学思考，体现出对祖先的精神认同，又弥合了时间流逝所造成的历史断

---

① 莫言：《两座灼热的高炉》，载《世界文学》1986年第3期。

裂。这个叙述人无处不在，无时不往，全知全能，尤其是在“食草家族”系列小说中，他不仅是一个听故事、讲故事的角色，同时，借助梦幻的翅膀，又可以洞悉先辈们当时的心理，还可以和现在的人们发生联系。并且“我”在以旁观者的身份冷静地叙述先辈们的故事的同时，通过叙述时间的交叉，又以参与者的灵敏感觉来感受和再现出先辈们的心理流程。这样，就把过去拉回到现在。

新时期作家已经习惯于将属于不同历史时期的人与事件放在同一个空间中并置，或者让叙述人穿行于不同历史时期。这里有不同的写作策略。一种是以过去与现在的交叉或并置来探讨真实与虚构、现实与历史的关系。例如吴滨的《交城消息》。“我”，一个历史学的博士生，在做着子虚乌有的古城“交”的博士论文的过程中，被他幻想中的历史事件所纠缠：“交城将永不存在。但是，这一座城池、那里面的居民、幽灵、肉体和影子毕竟已使我倍感亲切，他们不时在我周围走来走去，和我搭话，甚至和我肌肤相亲。”小说里有一个有趣的场景，写到“我”半夜回到住所，发现他想象中的两个古代女子“画”和“吕地女子”居然在那里等着他。这场跨历史的聚会到头来只是现实中与他相好的两个女子“河”“岸”用仿古的时装与现代美容厅的手艺同他开的一个玩笑。这使人想起墨西哥实验作家富恩特斯的著名作品《神圣的地区》。叙述者兼主人公归莱魔在他朋友的意大利别墅里遇到了一群过去时代的历史人物，后来发现这场跨历史的聚会只不过是他母亲拍的电影里的一个场景，各个不同历史时期的人物不过是穿着不同时期服装的演员。在此，现实与历史虽然互为反讽地发生着莫名其妙的联系，彼此间却依然存在着不容跨越的界线。但是，在富恩特斯的另一部作品《怀乡的恐惧》中，聚会却是“真”的，街道上到处都是过去历史时期的人物，巴黎成了巨大的跨历史狂欢聚会的场所。我们可以看到，在一些新时期小说中，叙述者也已经可以随心所欲地跨越时间，任意地往返于各个历史时期。最典型的例子是刘震云的《故乡相处流传》。叙事人(“我”)就像小冯尼古特《五号屠场》中那个得了“时间痉挛症”的主人公毕利·皮尔格里姆，挣脱了时间的羁绊，一上来就给曹操捏脚："一到延津，曹丞相右脚第三到第四脚趾之间的脚气便发作了，找我来给他捏搓。丞相的脚，一只像白薯，一只像裂嘴的香瓜。"过了几段，"我"突然变成了20世纪的"刘震云"："老人家睁开眼睛又兴致好时，知道我也是当代中国一个写字的，便也与我聊天，谈古说今。"这种转换事先未有任何叙述上的准备、铺垫和承接。也就是说，我们在这过程中看不到任何对这种情况的解释，也看不到叙述人对这种不合理状况的任何不安。"我"坦然地来回于搓脚人与"刘震云"之间，穿梭于世纪之间，没有任何的惊异。这说明作者如果不是故意要把时间凝固、把过去与现在混为一谈的话，至少已经是对两者之间的界限不感兴趣了。

从文化与历史中寻找自我必然隐含对现实的评判。因为，在一种抽象的、共时性的文化中，历史与现实变成了一种结构性的存在，在此结构性的存在中，对现实的观照能够获得前所未有的深度。于是逃避活动就这样走向了它的反面，而以往的现实主义创作方法是不可能带来那样的深度的。

二

在20世纪的空间模式中，非中心化是其基本特征；一如20世纪的时间模式中，非历史化是其基本特征。远景透视（一种深度模式，在文学作品中呈现为人物的发展，情节线索的安排，意义的呈现）丧失了。现在的问题是，你到底是站在什么样的"位置"上，你的位置挪一挪，你的看法就可能完全两样了。但这是"空间"的位置，而不是时间或者说历史上的定位，要在历史上定位现在是太难了。

19世纪末之前的西方传统小说除了第一人称小说之外，很少坚持用某个人物的意识作为叙述视角。人物视角实际上是工业化社会渐渐成熟时的社会文化形态的产物，是现代社会形态越来越体制化时，渐渐处于与社会对立状态的个人的不安意识，是社会与个人评价规范合一性消失的结果，是一种"空间化"的思维方式。作者不再是上帝。作者缩居于他笔下的某个人物之中，化成了他笔下的某个人物，或者干脆就消失了。

人物视角叙述的出现，标志着叙述主体意识的分界越来越分明，作者抛开了对叙述世界的君临，抛开了叙述者随心所欲的全盘控制，其主体意识移入被叙述人物的主观有限性之内。于是，真理越来越呈现出一种经验性和相对性。人物视角叙述中，叙述者隐身更深，更少可能作评论干预。照例说，这种"目击式"的叙述会加强逼真性。但实际上并不是这么回事：从亨利·詹姆士开始的人物视角小说，并没有给读者强烈的现实幻象。这是因为人物视角小说透露出个人与社会之间的一种紧张状态——只有个人而没有人，只有人生经验而没有体现这种经验的世界。当共同的诠释规范消失时，再客观的叙述都不可能使读者与叙述世界认同。

这种局部个人视角带来道德上的危机和对真实性的怀疑。例如，如果我们选取童年、疯子或非道德者的视角，我们又怎么能担保所叙述之物不被扭曲呢？叙述的一个重要奥秘就是道德上的催眠作用。你见到的是谁的视角，你就容易被这种视角所带走，或者说与之发生"视角的融合"，这几乎是人的一种本能作用，电影和广告宣传就是钻了人的这种薄弱的本能的空子。在大多数时候，我们以为我们是在用自己的眼睛在看，实际上却是借别人的眼睛在看，我们总是不善于运用自己的眼睛，总是把别人的眼睛误以为是自己的眼睛。弥补的一个办法是用多种视角的办法，但是这样又必然容易带来精神分裂。

当然，智力上的低下并不经常使叙述者不可靠，有时甚至能使叙述变得极为可靠，因为现代小说用一个智力上出问题的人物作为叙述者，往往就预先埋伏了这样一个价值判断："被文明社会"玷污的智力与道德败坏共存，智力低下者反能看出这社会出了毛病，例如福克纳《喧哗与骚动》中的班吉。在新时期小说中，空间的破裂表现为视角的破裂，而视角的破裂则往往通过这种"不可靠"的叙述者来体现。在这类叙述者身上，无一不可以见到"班吉"的身影。作家好像有意要让我们通过疯子、傻瓜、特异功能者、非道德者的眼光来重新打量这个世界，因为我们原有的目光已经迟滞了、麻木了、成规化了。这种新的眼光是一种陌生化的、非道德主义的眼光，既给人以奇异的生动性和真实感，又以其与读者的距离感保证我们不会再度为这种目光所带走和同化。格非的《湮灭》是一个由多重视角讲述的故事，其中，树生的视角显然是有问题的，除了他，谁都知道他的妻子金子与人私通。在有一次别人恶意地让他早点回家，使他发现了真相以后，他会这样想："桂嫂这回可真的把我给坑苦了。倘若她不是存心要出我的洋相，干吗要将我诓回来呢？要是我在马祠乡将那副寿材做好之后再回家，少说也已经半夜了。那样一来，什么事也不会发生，金子还是原来的金子，连一根毫毛也不会少。"这种鸵鸟式的主观唯心主义，也未尝不可以说是民族性格的象征，读者虽然不会与他的视角发生融合，但却也不会仅仅对他的愚蠢看法一笑了之。而就是这同一个树生，还会发出另外一些真理性的声音："我渐渐明白了一个道理，一部分人过上了好日子，就会有另一帮人倒大霉，这是没有办法的事。"这话虽是从一个缺心眼的人嘴里说出来的，可却一点也不傻。这个句子的简单朴实和格言意味与说它的人产生一种反差，这反差进一步使这句话具有一种抽象与象征的色彩。故事有一部分是由福寿讲述的，这又是一个"恶"的视角。他向读者得意洋洋地讲述他如何使用诡计剥夺他弟弟仅有的一点点口粮："我说，福禄，我给你从树上抓个八哥下来玩玩怎么样？福禄那双小眼睛顿时一亮，就笑了起来：你抓不到。福禄这小子鬼得很，还知道拿话来激我。我说，哥现在饿得连上树的力气都没有了。这时候，福禄就愚蠢地将手里的那根玉米递给我。只准吃一口，他说。我满口答应，还与他拉了拉小拇指，随后立即从他手中抢过那根玉米吃了起来。""我总是说，人只要稍稍动动脑筋，就不至于挨饿，而天生的笨蛋本来就该活活饿死。"这真是一种可怕的叙述。但是作者显然并不是要读者对福寿进行道德上的评判或产生道德上的愤怒。福寿的眼光，以及我们的眼光，被置入了一个更大的上下文之中，使我们对特定生存中的残酷真相有了一个更大的感悟。

残酷的、非人性的视角不仅象征了一种普遍的恶，更预示了一个非道德主义时代的来临。在格非与福寿之后，如何保证故事的道德性，确实已经成为一个极大的问题。在此，作品的内容与形式确实变成了同一个东西。情节的整齐一致是道德规范的产物。如果在散点透视和时间错乱之后，故事还能完整地拼合起来，那还是认为历史(或现实，或故事底本)有必然的因果规律可循，有稳定的价值体系和规范去抽取。时间改组所做的只是删剪编辑历史时间，使历史被纳入一定社会文化形态的框子(如《剪辑错了的故事》)。而当时空被破坏到不能复原的时候，则是基于如此的信念：历史不服从某个因果规律，其复杂性无法纳入任何现存的价值规范体系。在时间链被破坏后，历史被非叙述化，也就是说，不像在一般的写作中那样被纳入一定的解释体系中。神秘因素可以破坏时间，例如马原的《错误》。小说缘起于一顶军帽的失落，然后一串误解多米诺骨牌似地连环发生了。马原极尽编排之能事，从容不迫地一一拆解了这些误解所形成的连环套，终至真相大白。但是，作家把故事的每一环节抖落清楚后，一个环节的空缺裸露出来了：赵老屁当夜哪去了呢？

在大多数情况下，时间和空间的切割重组给我们带来的是不完全可恢复性，这种不完全可恢复性的话语性在于：(1) 读者的拼接活动本身就有一种意义，这是一种再创造和参与。(2) 拼接所带来的模糊、似是而非是意义之源。(3) 拼接之后的世界总是具有一种残缺性，总有一块两块东西不知去向，再也无处寻觅，这正是解构意义上的“空缺”、“不在”。(4) 因此拼接是一种可重复也必须重复的活动，而非如古典的世界是一次性的完成，但这种重复又不是一种完全的重复。现代小说中的散点透视与多重视角就是这样一种“不完全的”重复。这种手法背后隐含了这样一种观念，即：每个人所处的时间和空间都是独特、唯一而且相异于他人的。从表面上来看，我们可以与人谈话、交往、接触，从而进入他人的世界，但是许多现代小说努力要批判的就是这么一种虚幻的共同时空感。

在格非的《雨季的感觉》的开头，镇长与王秘书谈论日本人轰炸梅李镇给国民党军队造成的惨重伤亡，并且惊讶为什么近在咫尺的辛庄竟听不到半点声响。随后从校长卜侃的视角描述了他对女学生麦泓的欲望，这欲望使他行为乖谬，举止失常，引起镇上其他人的注意。城里一个看上去行踪诡秘的私人侦探来寻褚少良，而后褚被当作日本间谍抓走，卜也受到怀疑。这一切用不同的视角反映出来，似乎在这些扑朔迷离的事件之间有一种神秘的联系。但是从小说结尾处褚少良与卜侃的交谈中我们得知，私人侦探是他的朋友，是被请来参加他的婚礼的。但他可能在请柬上把日子写错了。日本人轰炸梅李，是因为他们的侦察机发现梅李湖边的一群白鹤突然不见，但是白鹤不过是去参加每年例行的迁徙罢了。

无论日本人的成功，还是褚少良的被捕，都是由于偶然的因素(一个重要的标志就是都是出于某种“失误”)所引起的。但是偶然因素在时间上同时出现或者先后排列则给人以某种“联系”的假相，甚至确实造成了某种“联系”。这篇小说暗示我们：如果这世界上确实存在什么普遍的东西的话，这普遍的东西就是“偶然”。所谓生活的秩序、事件的关联，不过是人们的幻觉罢了。在许多的现代小说中，我们分明看到了这种整体性的秩序的瓦解。《雨季的感觉》告诉我们，在大部分的情形下，每个人各自的时空都有各不相干的轨迹，就像京剧《三叉口》中的场景一样。其中当然也有相交的时刻，例如同样是卜侃的妻子勾引镇长的场景，在小说中出现了两次，一次是在卜侃的眼中，另一次则是在镇长的眼中。但是这种重复也是不能完全吻合的。一切都变成了似是而非的“再现”(而不是文学再现生活的那个“再现”)或者说罗兰·巴特意义上的“似曾相识”。

这种“再现”的概念无论在西方现代文学中还是在新时期文学中都是非常重要的。威廉·叶芝在他的《基督降临》一诗中就表达了时间进程的螺旋曲线。海勒在《第二十二条军规》里把“浑身雪白的士兵”和“不朽城”都描绘为“似曾相识的”。在谈到卡夫卡时，瓦尔特·

本雅明认为:“只有从这点出发,才能理解卡夫卡作为小说家所使用的技巧。当小说中的其他人物要对 K 讲点事情时,即便是极重要或最令人感到意外的事,他们也总是顺便说出来,而且用这样一种方式:仿佛他实际上早已知道了这些事似的,仿佛没有什么新奇的东西,无非是以不惹人注目的方式提醒各个主人公再想起他早已忘却的东西而已。”[①]在格非的《褐色鸟群》的开头,一个女人出现了,这时,有一句非常重要的话暗示了整篇作品的结构:“我的寓所里从未有过任何来访者。她见到我并未遵循两个陌生人相遇应有的程序,而是表现出妻子般的温馨。”这种“似曾相识”是对通篇叙事充满的奇异的重复的暗示。正如这个陌生而又熟悉的女人“棋”对叙述人所说的那样:“你的故事始终是一个圆圈,它在展开情节的同时,也意味着重复。只要你高兴,你就可以永远讲下去。”《褐色鸟群》是由一个个的小圆圈组成的。在结尾,一个大的圆圈出现了:这是一个与开头几乎一模一样的场景。但是女人说她不是棋。为了证实这一点,她打开帆布包,里头是一面镜子(而棋的帆布包中则是画夹)。于是,圆圈并不完全重叠,而是稍稍叉开,成为螺旋线,向一个更大的时空开放,从而使意义既在重复中得到强调,又不再局限于一个封闭的圆满性之中。

“再现”可以螺旋的方式出现,也可以自我指涉的方式出现。在《褐色鸟群》中,“再现”已经具有一种自我指涉的特征,而在《锦瑟》中,自我指涉的特征就更加明显了。冯子存的故事总共被讲了四遍,而每一个故事都可以被看成是另一个故事的梦中之梦:1. 乡间隐士(逃跑的皇帝?)被乡民处死。2. 赶考的书生,结局为上吊。3. 茶商的故事。4. 皇帝(3 的梦中之梦)梦见 1,形成轮回。四个梦有相同的结局:死亡;有相同的气氛:恐惧。在余华的《偶然事件》中,自我指涉则以另一种形式出现。与《褐色鸟群》一样,小说的结尾是对小说的开头的一个“再现”。前后两桩谋杀案发生的背景,甚至连当事

① 叶庭芳:《论卡夫卡》,北京:中国社会科学出版社 1988 年版,第 40 页。

人说的话都一模一样。但是,开头那个谋杀案中的两位目击者,却通过一系列对案情的探询,成了结束时那个谋杀案中的当事者。这其实也是一种叙事与元叙事之间的循环,于是又回到了我们前面讲到的那种“中国盒子”式的时空结构。过去与现在甚至还有未来不再是一种线性的进化演变,而是一种奇异的、似是而非的“似曾相识”,以及你中有我、我中有你的相互包含。这种充满了交叉路径的迷宫式的时空观看起来具有博尔赫斯式的神秘主义的色彩,却具有无比的现实性。曾几何时,当我们自以为是高唱战歌胜利地走向未来的时候,却惊讶地发现我们回到了过去。说到底,时间就是那种似曾相识感,就是那种似是而非的重复。

三

视角的问题也是一个怎样“看”的问题。20世纪是影像的世纪,新的媒介极大地改变了人们感知和表现世界的方式,观看的行为日益无所不在,也越来越侵蚀原属于语言文字的地盘。视觉性的观看,越来越成为连结人与世界的纽带,也成为确证自我的手段。

“看”,甚至进一步沦为一种鬼鬼祟祟的窥视。在新时期文学中,窥视的例子实在是太多了。窥视是失去行动能力的象征,也是一种替代和补偿。窥视最强烈的形式就是监视。在“文革”期间,人与人处于高度紧张的相互监视的关系之中,私人生活普遍遭到毁灭性的破坏,人们的内心世界也因此被晾到公众的目光之下而趋于消失。在这种普遍的“看——被看”的关系中,监视者同时也是被监视者。当然,监视只是非常时期“看——被看”的极端形式。但是窥视作为其“弱”的形式,却在当代具有普遍的世界性的意义。归根结底,这是一种权力的关系,是一种人对人的控制的形式。最荒谬的是,它也可以说是人对人的一种新的关怀形式。在当代,人与人之间的关系越来越脱离、疏异和肤浅。空间化的现代生活方式切断了人与人之间真正的联系,或者说把这种联系变成了一种虚假的东西。人变得越来越孤独。在这种情况下,窥视讽刺性地成为失去了人际关系的人对人际关系的一种补偿,成为克服孤独的一种方式。普遍的窥视以荒谬的方式表达了对一种普遍的社会性联系的渴望。

人与人真正的联系是一种时间上的联系,也就是说,存在于历史感之中。观察一下中国现代史,可以看到一个历史不断地被切断又不断地被续上的这么一个过程。“平反”是一个最显而易见的“中断——连续”的实例。《纪实与虚构》讲的就是切断的历史怎样再续上的问题。“母亲”去根据地的行动就是一次切断历史的行动:“在一个孤儿的一生中,她将无数次地切断历史,因她无牵无挂,不需要对任何人负责,她走到哪里算哪里。上海就是这样被我母亲抛弃了。”不仅“母亲”的历史被切割,“我”的历史也被切割:“那年我们搬家,我心痛欲裂,我向往事作着告别。往事不仅有时间的意义,还有空间的意义。搬家割裂了我的空间,将我生命的空间分成一块一块的。”

新时期文学的一项工作就是要恢复人的时间感。一是要恢复记忆,另一则是要重建想象(想象指向未来)。寻根文学是一次大规模的企图恢复种族记忆的行动。但是,正如王安忆的《乌托邦诗篇》所说的那样:“寻根已无法实现,我这一个孩子,无根无底,我的父亲和我的母亲都是孤儿,作了这现代城市的居民,我只可到未来去寻找源泉。”作为整体的过去是不可能恢复了,只有作为片段的过去还能闪现在某些富于包孕的瞬间之中,在这些类似乔伊斯式的“显灵”(或译“顿悟”)的瞬间,世界会有短暂的意义的敞亮。在洪峰的《东八时区》、方方的《桃花灿烂》、格非的《褐色鸟群》等作品中,我们都可以见到这种瞬间的“顿悟”的意义。在林白的《往事隐现》中,窥视引发了“回忆”(回忆的内容实际上是另一次窥视),造成了时间与空间在瞬间的胶合。叙事者从屋外的窗口窥视美丽的女翻译:“她支起身体,她的头发散开,从脸颊垂下来,就在她的头发垂下来的那个瞬间,我突然想起了童年时期久已逝去的一个场景,远处的钟声在敲响,我置身在黑暗中,在蜂拥而来的丁香气息中与过去的我相遇了。”在这部小说中,现实不过是窥视中的几个静止的姿态,往事也不过是几个固定的动作与形象,过去与现在的沟通就是特定姿势的重复：太阳透射过若玉老师的手，“它脱离了人体悬浮在阳光的微尘中，极像一种介于玻璃和玉之间的东西，它鲜明地停留在那一刻，就像那个演仙女的演员在灯光下伸出的手指，在我的精神历程上，有着某种路标的作用”。

这种在“瞬间”恢复记忆，通过“瞬间”与过去遇合，正是普鲁斯特在《追忆逝水年华》中表达的重要观念。最早发现现代小说的空间性的美国批评家约瑟夫·福兰克指出：“普鲁斯特懂得，为了体验时间的流逝，超越时间并且在他称之为‘纯粹时间’的瞬间同时掌握过去和现在，这是很有必要的。但是，显而易见，‘纯粹时间’根本就不是时间——它是瞬间的感觉，也就是说，它是空间。通过人物不连续的出现，普鲁斯特迫使读者在片刻时间内空间地并置其人物的不同意象，这样，对时间流逝的体验将与他们的感受完全连结起来。”[①]与《往事隐现》十分相似的是，在《斯万宅边的小径》中，叙述者藏在灌木丛中，从窗子里看到音乐家万特伊展开一张乐谱。当多年后第二次窥视时，老万特伊已死，他的女儿用和她父亲当年放置那张乐谱时同样的姿势，将她父亲的照片放在一张小桌上。马塞尔发现的连接过去与现在的桥梁是：“我们称之为现实的，乃是那同时萦绕着我们的记忆与感觉这二者之间的某种关系。”“我必须再次深入到我的意识深处。那么，想必是[斯旺离开时的]铃声还在那里，而且在它与此刻之间，还存在着我一直不知不觉地贮藏在心中的、无限延展的过去时光。……我现在决心在这本书中大胆表现的，正是这种具象化的时间概念、这种认为过去的时光仍为我们的内心所紧紧把握住的观念。”简而言之，要想重现往事，就必须有某种现实的感觉与刺激物，在此基础上形成与对过去的感觉的追思和回忆之间的结合。而“当一连串的现实感觉加上过去某事或某个感觉的意象时，感觉与记忆就结合到了一起。逝水流年就被再次找回”[②]。而这只有

① 约瑟夫·弗兰克等：《现代小说中的空间形式》，秦林芳译，北京：北京大学出版社1991年版，第15页。

② 纳博科夫：《文学讲稿》，申慧辉等译，北京：三联书店1991年版，第335页。

通过文学作品才能实现。

在《追忆逝水年华》的最后，当死已临近之时，马塞尔高兴地感到：通过回忆，生命的存在可以继续下去。而在《乌托邦诗篇》里，叙述者认为："怀念还具有一种很好的功能，它可使我们的经验，按照比时间空间更真实的原则，重新组织，让这些经验得到转变，成为最有益的记忆。"这是一种把时间"凝固"起来以便更好地贮存的方法。它起着一种"精神救赎"的作用，也是一种不合时宜的做法。通常的情形则像新写实主义小说中所描写的那样，人们被现实拖得团团转，根本没有时间去回忆，或者说整理有关过去的记忆。刘震云的《一地鸡毛》结尾处写小林得知小学老师病逝，想到小时候自己掉到冰窟窿里，老师把棉袄给他穿，上次来家里也没给老师洗把脸，很难过，但"等一坐上班车，想着家里的大白菜堆到一起有些发热，等他回去拆开散热，就把老师的事给放到一边了。死的已经死了，再想也没有用，活着的还是先考虑大白菜为好"。这是记忆的丧失与淹没的过程：在生活的流动之中，对往昔的记忆就像点点星火般微弱地闪烁，最后淹没在平凡的波涛之中。记忆变得无比微弱，时间在当前的纷繁杂务中流失，剩下的只是活下去的欲望。这里绝对不可能有高潮，只有一个连一个小小的旋涡。《乌托邦诗篇》里描写的那种记忆，正是对《一地鸡毛》里描写的记忆的救赎。但两者都有一个共同的特点，那就是静止。确实，在80年代中期以后的新时期文学中，又有要回到那种古老的静止与伟大的混沌中去的倾向。陈村的《一天》里要了个小小的把戏，在"一天"将要结束的时候，读者突然发现这"一天"已经被偷换为许多年了，张三这一天出门上班的时候还是个学徒工，下班回家的时候已经是个退休老人了。张三的这一天等于那一天等于许多年。对《归去来》的叙事者来讲，他遇到的仿佛是一个时间被冻结起来的情境。《爸爸爸》中的丙崽也是顽强地抗拒时间的一块顽石般的东西，他抗拒一切变化，也抗拒一切意义。在《九月寓言》中，我们可以感觉到丰厚的生命的热烈的涌动。但是这种涌动是在原地打转，并不向前发展，也就是说，并不构成时间。

在文学作品描写的这种虚静状态中,我们体会到日常生活的永恒性,它是无比坚固、不可摧毁的。虚静状态既是意义的黑洞,也是意义永恒的摇篮。

寻找第三种"然"：新时期文学的真实话语

一

对文学艺术来说，"真实性"是一个极为重要的问题。任何一部作品，都必然具有某种真实观。不同的时代有不同的真实观，而一部文学史，其实也正是真实观变迁的历史。

在20世纪，人们的真实观发生了很大变化，或者甚至不如说出现了根本性的危机。最突出的一点是，过去人们以为是真实的、牢固的、确定无疑的许多东西，现在看来竟是一点也靠不住了。人们对什么是真实的，什么是虚假的，越来越感到茫然不知所措。过去时代的真实观是一种非真即假的表达式，对此有严格的判断标准，人们可以安心地生活在真—假势同水火的二元对立之中。但是现在却不行了。真与假的界限变得越来越难以分辨。世界变得晦暗不明。真实感的丧失带来普遍的茫然、焦虑以及不懈的追寻。人们从来没有像现在这样渴望知道各种事实和真相。人类新工具的进步似乎为此提供了前所未有的可以超越时空去窥视世界的手段：电视、卫星通讯、传真、电子邮件等。但是这些先进的工具与其说使我们穿透以往种种虚假的外壳，倒不如说带来了无数自相矛盾的信息，使我们越发停留在事物的肤浅的表象，阻碍了我们对事物核心的深入。与传统社会不同，现代社会是一种通讯社会。在通讯社会，欺骗的手段更加精致，更加微妙。

这是一种带有普遍意义的真实感的丧失。反映在文学上，那就是出现了形形色色的“不真实”的作品。这种“不真实”其实包含这么两层意思：一是对以往的真实观的反叛，再就是对一种新的真实观的探索。19世纪现实主义的真实观其实是一种“镜子说”，像司汤达、巴尔扎克这样的经典作家都认为作品是大路边的一面镜子，真实地照出人生的状态。但是，对现代人来讲，这面镜子如今是非常地靠不住了，或者干脆说就是已经破裂。文学也是一种欺骗。另一方面，也可以说并不是现代文学变得“不真实”，而是这个世界变得不真实，现代小说真实地反映了这个世界的不真实（或者说是真实性正在发生变化）的状况，从这个意义上来讲，它又是非常真实的了。这是一个悖论。这个悖论还意味着，文学艺术已经不能反映这个混乱的世界了，文学艺术只能反映文学艺术自己；另一方面，只有通过文学艺术，才能达到更高一级的真实，这种真实必须以取消现实性为代价，或者说，在某些人看来，如今只有一种东西是真实的，那就是文学艺术所创造（虚构）的世界。

让我们以经典的现实主义的叙述模式为基点，再进一步探讨新时期的叙述方式在两个不同方向对之的改造。经典现实主义追求这样一种“真实”，即力图在客观的叙述描写中不着形迹地完成作者的主观思想，使二者达到一种完美的结合。到了现代，人们发现这种“客观”是站不住脚的，而隐藏在现实主义的“客观性”背后的主观意图也就随之成了一种无根的浮夸的产物。现代小说对之的扬弃，无非是从两个方向：要么索性不加隐讳地暴露作品的主观性也即虚构性，要么在客观性上继续狠下苦功。

先来看看第一种努力的方向。新时期作家对文学作品的“虚构性”有一种强烈的体认，这固然是受到了西方现代主义思潮的影响。但这影响实在是有许多错位与尴尬的成分在里面。实验小说的先行者王蒙认为：“小说最大的特点恰恰在于它是‘假’的……小说是根据生活的真实来的，但它本身是假的，这是它最大的一个特点。英文管小说叫做‘fiction’，‘fiction’本身的意思是虚假。这个‘假’是非常严肃的假，是从生活当中来的，是根据真的东西变出来的。但是它变了,它变的方式是通过虚拟。”[①]王蒙的话可以说是概括了80年代初到中叶一度流行于某些作家之中的那种虚构策略。其对应的作品我们可以举出《蜗居》、《泥沼中的头颅》、《减去十岁》、《大公鸡悲喜剧》、《高原的风》、《冬天的话题》、《脸皮认领启示》、《007337》等一大批来。这些作品大多出自那些不甘落伍的中年作家之手。既然认识到文学艺术可以不必如数学上的集合映射般地与现实对应,那么他们也就获得了对现实进行夸张、扭曲、变形等处理的自由。在这些作品中,我们都能看到卡夫卡《变形记》的影子。但正如王蒙所说,这个“假”是非常严肃的假,是从生活当中来的。也正如前文所提到的,宗璞总结自己小说的某些荒诞特征时说,这是“透过现实的外壳去写本质,虽然荒诞不成比例,却求神似”[②]。对这些作家来说,荒诞只是一种技巧,一种用来突出地强调现实的手段。小说依然是一面镜子,虽然这面镜子有点变形,照出来的是一个多少变得扭曲的世界,但是,既然世界的本质依然稳定坚固地在那里,读者也就很容易把扭曲变形了的映像还原为原来的物体,并且由于作者的这种处理而获得更加深刻的印象。

宗璞的这种真实观不仅在努力求新、勇于实验的中年作家中具有代表性,甚至在更年轻一代的作家那里也得到回应。王安忆在一篇分析《百年孤独》的文章里指出:“小说的另一种是往往被叫做‘现代派’的那类,表面上距离现实很远,甚至违背了现实,事实上则是揭示和反映了更为真实的现实。它们表达的是抽象化、概念化了的现实,是西方理性主义发展的果实。其间,自然的公认的时空状态被个人的主观时空状态替代,目的是为了表现其更为本质因而更为真实的生存状况。”[③]前面宗璞短短的一句话提到了“本质”(现实主义的经典语码)和“神似”(来源于中国古代画论的中国古代真实观:不求形

① 王蒙:《漫话小说创作》,上海:上海文艺出版社1983年版,第78页。
② 宗璞:《小说和我》,载《文学评论》1984年第3期。
③ 王安忆:《游戏的规则》,杭州:浙江人民出版社1991年版,第69页。

似，但求神似)。难怪后来会有人把这一类作品称为“假荒诞”，甚至认为它们代表了“中年作家的虚空”①，进而引起80年代末的真假现代派之争。时至今日，这类争论早已引不起人们的兴趣，而夸张变形也已经变成司空见惯的“陈腐”技巧。但是，无论如何，王蒙、宗璞等人的变形实验是新时期文学真实观发生变化的第一步。现实第一次以陌生化的形态出现在作品中，这种陌生化固然是有限的、可还原的，但文学毕竟开始了摆脱现实束缚的第一步。至少人们不再拘泥于“形似”，也就是说，虽然他们认定了作品仍然必须反映现实的本质，但是究竟如何来反映这个本质，却是可以仁者见仁、智者见智了。文学开始获得一种形式上的自由。而我们可以看到，形式上的自由一旦发展起来，其必将获得自身的生命力，反过来进一步推动人们的真实观的发展。

到了80年代中叶以后，一种新的真实观开始发生、成长，其突出的标志是在许多小说中出现了“元虚构”的因素。所谓元虚构，也就是叙述者在小说里谈论自己的小说创作，戳穿自己的叙述技巧，告诉读者所有一切不过是自己的虚构。这股潮流应该是从马原开始的，很快就得到了许多青年作家的响应。“我就是那个叫马原的汉人，我写小说……我用汉语讲故事，我现在就要告诉你我写了些什么了……我再去编排一个耸人听闻的故事。”(《虚构》)等到故事讲完了，往往意犹未尽，还煞有介事地对小说文本进行技术性的解释，如《冈底斯的诱惑》最后一节，马原专门A、B、C地谈了文本的结构、线索和遗留问题。洪峰和马原一脉相承：“在我所有糟糕和不糟糕的故事里边，时间地点人物等等因素充其量是出于讲述的需要。”(《极地之侧》)在行文之中，他亦不时地让“我”插入，打断叙述，自我表白：“作为讲述人，我愿意让它充满悬念从而使观众听起来夜不能寐。”(《瀚海》)格非语：“我的故事犹如倾圮已久的废堆……我急于叙述这些片段是因为我除此之外无所事事。”(《陷阱》)苏童在《死无葬身之

① 《假荒诞：中年作家的虚空》，载《批评家》1987年第1期。

地》中以“作家”的身份出现，自称“我写这篇小说的第一节是在深夜…… 你不知道我写这篇小说的想法有多奇怪”。吴滨在《交城消息》中写道：“我想这很清楚，上述一切完全来自于我的想象和虚构。”叶兆言在《枣树的故事》中说：“我深感自己这篇小说写不完的恐惧。事实上添油加醋，已经使我大为不安。我怀疑自己这样编故事，于己于人都将无益，自己绞尽脑汁吃力不讨好，别人还可能无情地戳穿西洋景。现成的故事已让我糟蹋得面目全非。”

在西方，这种类型的小说被称为“元虚构小说”。有些后现代主义作家如约翰·巴思在其作品中把这种叙述形式推向了极端，使一部小说同时也就成为对该小说的评论，对所有小说的评论，以及对文学理论的评论。这是一种消弭各种类型的文本（小说、批评、政论等）的界限，将其杂糅于一炉的极端实践，许多人把它看成是小说解体的征兆。80年代以来，元虚构的因素在新时期小说中大量涌现，甚至像《迷失在开心馆》那样极端的探索也已经出现，如叶兆言的《关于厕所》。严格地说，这种手法古已有之，斯特恩的《项狄传》里就有过大量的应用。在菲尔丁的《汤姆·琼斯》第一卷中也可以看到类似的话语：“读者，在我们一起前进之前我想告诉你，就像我常常做的那样，在适当的时候，就从故事的历史线索中走出……”在菲尔丁那个时代，作家并不为他故事的真假担心。但是到了19世纪，“真实”已经开始成为一个问题，所以作家要处心竭虑地从作品中隐去，以制造一个客观的效果。到了现代，“真实”已是土崩瓦解，聪明的作家觉得与其捉襟见肘地继续一手遮天，还不如先下手为强地主动与读者一起分享对真实的疑问，这样倒能够获得一种批判的、负面的真实性。作家不再承诺什么（不负这一方面的责任，并不等于在任何方面都不负责），也就不再强求读者非得接受什么（真实意味着责任），而是变得十分潇洒。《冈底斯的诱惑》的题记是这样的：“当然，信不信由你，打猎的故事本来是不能强要人相信的。”这是一种无奈。

这种文学的自我否定其实正是对现实中的实践主体的自我否定的一种象征或者说是替代。文学从观照与批判现实，走向了对自身的观照与批判。这种替代或者说是“置换”,究竟是进步还是退步,是批判的深化还是虚化,是进取还是逃避?应该说是多种因素并存。在现实的普遍文本化、符号化以后(这种文本化、符号化绝不仅仅是后现代社会来临的产物,而是我们古已有之、于今为烈的一种倾向),在批判文学与批判现实之间确实具有了一种相通性。这种对小说真实性的有意破坏,对小说虚构性与欺骗性的戳穿——仿佛类似小说的“自杀”行为,如今已是一个普遍的话题,它究竟出自怎样的背景,代表了怎样一种含义,实在很有研究的价值。这是一个带有普遍性的世界潮流。但是,在中国新时期出现的这种趋势,却绝不仅仅是对西方现代主义的机械摹仿。西方的元虚构小说,有一个最大的反叛对象,那就是西方庞大而深厚的现实主义传统。这一传统可以一直追溯到亚里士多德。它代表了一个用二元对立(真—假,现象—本质,正—误,善—恶等)支撑起来的稳定的价值体系。所有的西方式的道德准则、行为规范都依赖于上述两极的严格对立。在尼采以后,西方传统的二元对立趋于崩溃,真实观随之转型。西方现代主义(包括当下人们喜欢谈论的所谓后现代主义)既是这种断裂的征候,又进一步推动了传统二元对立的瓦解。元虚构小说的出现是这一过程中的突出范例。但是,中国文学从来就没有这种亚里士多德式的现实主义传统。那么,我们的元虚构小说又是针对什么而发的呢?它是否起到了什么破坏作用?

我们的文化传统,对真实与虚幻的界限一直持一种含糊、暧昧甚至是无所谓的态度。无论是道家庄生梦蝶的寓言,还是《金刚经》上的名言“一切有为法,如梦幻泡影,如露亦如电,应作如是观”,都向我们展示了一种迥乎不同于西方的真实观。就像《红楼梦》中所唱的那样:“假作真时真亦假,无为有处有还无。”在这种真实观的支配下,小说一向被看做是“假语村言”,游戏笔墨,或者是忧愤心情的发泄,却并不指望靠它来观照现实,认识真理。这种态度的转变是到了“五四”以后才发生的。文学革命最大的后果是引进了西方现实主义体系。鲁迅、茅盾以及文学研究会的作家致力于反对那种“瞒和骗”的文学,认为文学可以并应该揭示人生的真相。但是这一现实主义走向后来是迷失了。在极左路线的支配下,文学重又走上了瞒和骗的道路。到后来,“写真实”竟然可以成为作家的罪状(例如,“写真实论”成为江青出面主持的《部队文艺工作座谈会纪要》列举的所谓“文艺黑线”代表性论点“黑八论”之一)。另一方面,我们文化传统中又有反过来用艺术的、游戏的、随心所欲的眼光来看待现实的一面,这一主观化的倾向在“文革”中发展到登峰造极的地步,以至可以完全抛弃历史与自然的规律,泯灭现实与虚幻的界限,生活在一种极度的空虚与幻觉之中。粉碎“四人帮”以后,以“暴露文学”、“伤痕文学”为代表,出现了向“五四”现实主义复归的趋势,“真实”又一度开始成为衡量文学作品价值的标准,真与假又开始作为对立的两极出现。与此相关的是盛极一时的人道主义思潮,因为对“真实”的关注与对人的本质(那种本真状态)的追寻是一致的。但是,人道主义思潮很快就走上了下坡路,没能在新时期中国成为主流话语。这其中的原因是非常复杂多样的:主导意识形态的干预,后工业形态商品经济的遽然来临,西方现代思潮中的非人道主义因素(零散化、主体移心、符号化等)的干扰……可以说存在着从经济、文化、政治、社会各个层次上对人道主义的消解。

真实感的丧失还应从更深远的语言传统来看。几千年封建专制(极左路线只是它的一个现代变体)的瞒骗策略严重地摧毁了人们的真实感。其典型代表为“文革”语言:这种语言脱离了现实,自我指涉,自我增殖,恶性膨胀,最终成为没有担待、不负责任、永无承诺、无法兑现的语言游戏。这是一种没有“所指物”的语言。荒谬的是,西方后现代主义文学追求的似乎也正是这么一种“狂欢化”的语言。正是在此意义上,“文革”语言与后结构主义的语言模式有着惊人的相似之处(更为巧合的是,最早的后结构主义者,如巴特、索莱尔等当初对“文革”都顶礼膜拜,克里斯蒂娃更对毛主席的语言观推崇备至),虽然前者是一种具体的社会状况,而后者只是对人类语言形态的一种终极寓言。东西方的话语方式,在此种历史情境下乖戾地、似是而非地契合,实在是具有极大的反讽意味。在这种狂欢化的语言的滚滚奔涌中,"文革"使人们最终达到了一种"普遍的猜忌"。这种"普遍的猜忌"使真实性无限动荡,使真实之物不断受阻而难以现身,并使人们普遍地丧失了信仰。而正当人们试图从这种巨大的阴影中走出来的时候,新的幻灭,新的理论模式(例如后结构主义的语言观)又把人们拉入新一轮没有"所指物"的语言游戏之中。现实重新具有了一种真幻迷离的色彩。这不能不说是历史的错位给我们开的一个巨大的玩笑。

因此,真实性的问题在新时期必然要陷入极大的矛盾之中,既要强调文学作品的真实性,又要暴露文学作品的虚幻性,以把现实与文学严格地区分开来,把想象严格地划定在文学艺术的圈子里(我们再也不能用文学的、幻想的方式来搞政治了)。同时,真与假、现实与想象的分界线已经遭到了极大的破坏。许多作家,尤其是先锋派作家,已经不愿为这种问题所困扰。因为对真假的执著,最终给人带来的是羞辱感与更大的幻灭感。这一点在不同的作家作品中的表现是各不相同的,但在对待"真实"的这些不同态度中折射出的则是我们这个时代共同的问题。在这些态度的两极是极端的写实(新写实主义)与极端的虚构(先锋派),它们分别对应着由于真实与虚幻的界限的消失所带来的不同书写策略。以马原为代表的先锋派作家以戳穿文学的虚幻性的自虐、自嘲性的手段来揭示现实的虚幻本质。在他们那里,文学的虚幻性既是现实的虚幻性的折射,又是对此虚幻性的虚化了的批判。在这些貌似游戏的笔墨后面,在对文学技巧的过分炫耀也即有意破坏(这两者实为一体)后面,精英意识依然存在,我们依然能在作品中看到叙述人活跃的身影。他们一面在否定旧的文学神话,一面仍在编织新的文学神话。而在新写实主义小说中,作者似已隐去,文学技巧退居幕后,生活好像是自动地在那里展现自己,这也是受了诺曼·梅勒一类的作家乃至法国新小说的影响。从世界范围来看,"超级现实主义"在本世纪文学和绘画领域的出现一方面与"人的解体"有关,另一方面则是受影视、摄影一类新兴艺术压迫的产物,80年代的"纪实文学热"更是与新写实主义小说的兴起有直接的关系。

许多评论家都论述过新时期文学尤其是新潮作品中的这种倾向,将之描述为"冷漠叙事"、"残酷叙事"或是"情感的零度"。看起来这种倾向是对文学作品虚构性的一种反拨。如果现实主义甚至自然主义都无法摆脱主观性的幻觉,如果先锋派的虚构实践只能沦入一种无休止的自我指涉,那么,能不能找到某种方式,把文学作品的客观性推向极端,从而重建生活的真实性?新写实小说是这样做了。在作者退场以后,我们确实感到一种"刻骨的真实",但这也是一种碎片的真实,一种丧失了生活的整体联系的真实。我这里要强调的是,即使是摄影机镜头,也不可能是完全客观的,只要开口说了话,就不可能保持纯粹的客观性,甚至沉默本身也是一种主观的态度。所以,只有不同样式、不同程度的主观。有时,超然的态度只是为了在一个更大的上下文中表达一种更加强烈的感情。我们可以从此类文本的某些边缘地带细心体会这一点。例如杨争光的《黑风景》像叙述一件平常的事情一样叙述着极不平常的事件。小说中有土匪、无赖、村民、流亡者各色人等,其是非善恶,作者一概不置臧否,不流露好恶倾向。开头写土匪残酷地折磨种瓜人,"摆弄得很仔细很认真,他们像做一件平常的事情一样做着这一切"。问题就出在这个"像"字,如果我们对之进行结构主义式的置换,也可以把上文中的主语换成"新潮作家",他们的态度只是"像"客观,而不"是"客观。

在余华这样的作家的作品里,我们已经看不到"像"这样的字眼,但作家的主观态度依然存在于叙述人的感觉与角色的感觉的双向流动之中。这种技巧可以一直上溯到现代主义的先辈福楼拜。对包法利夫人在剧院的那一段描述,就既是从爱玛的角度出发的,又包含了作者的声音。这已经包含了一种对话性的复调的性质了。这种复调可以说是大大地丰富了作品原有的"主观性"的含义,代表了真正意义上的现代叙述话语的本质。

真与假的问题表面上是一个认识论的问题,实际上又是一个伦理学的问题。所以与真假界限瓦解有关的另一方面是信仰的失落与个体的“零散化”。真假概念的模糊涵盖了从传统的“忠”、“信”等观念的解体到方生即灭的人道主义思潮的式微的各个方面。新时期的真实话语既是对现实状况的折射,又是对这种状况的逃离,从而成为一种虚化了的批判的武器,但同时也预示了未来一种新的自我的诞生的巨大可能性。

二

在生活日益“零散化”,功利主义盛行,道德与理想失落,“日常生活伦理”居于主导地位的今天,文学的“精神指引”功能虽然遇到重大困难,却并未丧失殆尽,它通过转变自身的形态而继续存在下来。新时期文学一方面被日常生活的巨大物质性所同化,一方面仍然孜孜不倦地寻找着重建真实性的各种可能途径。在这种追寻中,出现了某种“超现实”的倾向。这种倾向当然有其必然性,当现实向人们关上了真实的大门以后,在另一个领域里追求另一种性质的更高的真实,应该是顺理成章的。在此,西方现代主义作品的影响是十分明显的。寻根作家郑万隆在《我的根》里指出:“从本世纪20年代起,或者说是从福克纳他们那样一批作家开始,他们想追求事物背后某种‘超感觉’的东西,也就是那些理想的内容与本质上的意义。我暂且还说不清这些东西是否实在。但他们认为,这是支配着现象世界更高的真实。”[①]而被公认为新时期最具有宗教精神的作家之一的史铁生则说:“博尔赫斯是神,他说的绝对是神的语言。我认为我们这几年看的文学作品中,最神秘的最棒的,卡夫卡是一个,博尔赫斯是一个,我觉得博尔赫斯比马尔克斯还棒。这个人绝对有四维意识或五维意识。……他已经在另一个大系统里。”[②]

---

① 郑万隆:《生命的图腾》,北京:中国文联出版社1986年版,第5页。

② 《文学的民间评奖和文学的理想——史铁生和李劼一席谈》,载《文学角》1988年第3期。

这里,我们不能不提到魔幻现实主义的意义。马尔克斯认为他小说中的种种超自然的魔幻现象,如心灵感应、鬼魂出现、万物有灵等都是真实存在的:“拉丁美洲的日常生活告诉我们,现实中充满了奇特的事物……我的所有小说,没有一行不以真事为基础的。”[①]另一位魔幻现实主义作家安赫尔·阿斯图里亚斯也写道:“一个印第安人或混血儿,居住在偏僻的小村,叙述他如何看见一朵彩云或一块巨石变成一个人或一个巨人;或者彩云变成石块。所有这些都不外是村人常有的幻觉。无疑谁听了都觉得可笑,不能相信。然而,一旦生活在他们中间,你就会意识到这些故事的分量。在那里,人对周围事物的幻觉和印象渐渐地转化为现实。”[②]无独有偶,张炜在《九月寓言》里也描写了许多超自然的神秘现象,如鬼魂对话,路遇黑煞,喝毒药反而治病等。有人问张炜这些描写是否属于隐喻或象征,张炜回答说,这是一种“真实存在的神秘”:“我想不出再有多少夸张。大概我写过的所有情节,包括大多数细节,都是真实存在的……生活中的确每时每刻都在发生一些奇怪的事情。在当地人看来,既然妇孺皆知,哪里还有什么神秘和‘魔幻’? 过去我们的文学中写了过多的经过过滤的东西,只要是违背了一种普及了的‘哲学’,就一概不能写,如实记录也不行。这样做的结果就是把读者弄简单了,他们都开始自觉不自觉地从书本出发评论生活,转而又依据书本评论书本。这多可怕。”[③]

国内的研究一般比较少注意到西方现代派的兴起与 19 世纪末 20 世纪初西方心灵学走红的关系。心灵学的范围包括梦游、催眠、泛灵论、行为自动性、心灵感应和幻觉经验等。作为西方现代派三大基石之一的弗洛伊德心理学即是从中脱胎而来的,只不过进一步蒙

---

① 加西亚·马尔克斯、门多萨:《番石榴飘香》,林一安译,北京:三联书店 1987 年版,第 56 页。

② 安赫尔·阿斯图里亚斯:《论魔幻现实主义》,载《现代主义文学研究》,北京:中国社会科学出版社 1989 年版,第 872 页。

③ 张炜:《关于〈九月寓言〉答记者问》,载《九月寓言》,上海:上海文艺出版社 1993 年版,第 359—360 页。

上一层“科学”的色彩而已，其大弟子荣格更是终生对之沉迷不已。心灵学从神秘主义角度对个性和自我本质的关注，对生命及世界的非实证主义态度，既构成了对这个“机械化”世界的反动，也构成了西方现代派文学的“大气候”。

心灵学在新时期虽然终究未进入主流文化，亦为赫然显学。气功即是它的一个通俗化的分支，也是它在具体操作实践上的体现。如果我们仅仅把它看成伪科学或宗教迷信在世纪末的再度沉渣泛起，实在是未免有些把问题简单化了。科学主义与神秘主义之外并非绝无第三条道路可走，事实上，20 世纪这两者已逐渐有合流的倾向。新的人文主义的声音往往要用旧时代的话语来表达。如果说，心灵学在“五四”时期代表了一种逆历史潮流而动的话语，经鲁迅等人的痛斥后已经找不到自己在那个时代的位置的话，对于它在新时期的再度复兴，倘若我们剥去那陈腐的外衣，隐然可见一种更加灵活的对待“真实”的态度，一种对世界和文本的“复数性”也即无限可能性的体认。当然，问题马上就来了，无限的可能性与无可能性之间究竟有多大的区别？在新的世界观尚未具有实体化的现实性之前，对世界无限可能性的认识首先至少可以起到一定的“准宗教性”的精神引导作用，即在“可能性”的层面上消除人们在“去神秘化”之后的焦虑。也就是说，在“必然性”的神话话语消失之后(上帝死了，“千年王国”与“末日审判”一同消失了)，“可能性”的神话话语(作为一种过渡性的话语?)取而代之。

从这个角度来讲，新时期的作家、知识分子对气功这种非主流文化现象的关注和热衷已经可以成为一个严肃的课题了。作家中的“气功热”、“特异功能热”与他们对待文本的真实性的态度恰恰是一致的。重新认识现实中的超现实因素与文学中的超现实主义这两个现象在新时期同时发生，这不是偶然的。余华这样写道：“1989 年元旦的第二天，安详的史铁生坐在床上向我揭示了这样一个真理：在瓶盖拧紧的药瓶里，药片是否会自动跳出来？他向我指出了经验的可怕，因为我们无法相信不揭开瓶盖药片就会出来，我们的悲剧在于无法相信。如果我们确信无疑地认为瓶盖拧紧药片也会跳出来，那么也许就会出现奇迹。可因为我们无法相信，奇迹也就无法呈现。”[1]

如果我们仅仅把这段话理解为余华对“奇迹”的向往与依赖，恐怕就太小看这位不同凡响的作家了。余华既相信奇迹是存在的，又相信在通往奇迹的道路上有无穷的障碍，最大的障碍就是我们自己。也许奇迹只能在精神领域实现，于是我们只能转向文学艺术去开拓“另一种真实性”也即无限的可能性，于是，小说的世界既成了现实世界的无限可能性的象征表达，也成了现实世界之无限可能性难以实现的寓言。在构造艺术世界的无限可能性也即再造另一种真实的过程中，西方现代派文学促成了许多新时期作家对自身心理障碍(即余华所说的“可因为我们无法相信……”)的突破。其中，卡夫卡以其独特的历史意义给许多新时期作家带来了强烈震撼，使他们意识到以往对“真实性”的理解的狭隘性，并促使他们从狭隘的真实性的束缚中解脱出来。

最早尝试使用现代派手法的女作家宗璞提到：“卡夫卡的作品在我面前打开文学的另一世界，使我大吃一惊！有人说卡夫卡始终是一个谜，一个禅宗的公案。其作品本身给予文学创作如后来的某些派别的具体影响且不必说，我从他那里得到的是一种抽象的，或说是原则性的影响。我吃惊于小说原来可以这样写，更明白文学是创造。何谓创造？即造出前所未有的世界，文字就从你笔下开始。而其荒唐变幻，又是绝对的真实。在‘文革’中，许多人不是一觉醒来，就变成牛鬼蛇神了吗?”[2]余华本人也说过：“那部短篇(指《乡村医生》)使我大吃一惊。……《乡村医生》让我感到作家在面对形式时可以是自由自在的，形式似乎是‘无政府主义’的，作家没有必要依赖一种直接的，既定的观念去理解形式。在某种意义上说，作家完全可以依据自己心情是否愉快来决定形式是否愉悦。……这种形式使我的想象重

---

① 余华：《虚伪的作品》，载《上海文化》1989年第5期。

② 宗璞：《独创性作家的魅力》，载《外国文学评论》1990年第2期。

新获得自由，犹如田野上的风一样自由自在。”[①]

于是，世界观、真实观变成了一个形式的问题。“当我发现以往那种就事论事的写作态度只能导致表面的真实以后，我就必须去寻找新的表达方式。寻找的结果使我不再忠诚所描绘的事物的形态，我开始使用一种虚伪的形式。这种形式背离了现状世界提供给我的秩序和逻辑，然而却使我自由地接近了真实。”[②]余华认为他的所有努力都是为了更加接近真实。这种真实不是日常生活的经验的真实(我们以为是真实的生活，其实是靠不住的，具有形形色色的欺骗性)，而是精神的真实。在余华的眼里，前者已经是麻木、重复和缺乏想象的代名词，是不真实的了，作家需要的是后一种真实，那是一种纯粹个人的新鲜经验，有关它的答案像天空的颜色一样随意变化。

表面上看起来，这像是主观唯心主义式的对生活的逃离，但不妨亦可将其看做是对虚伪的生活的否定和对另一种真实的、无限丰富的生活的向往，虽然这种生活因为不具有现实性而只能生存在文本之中。马克思认为人类历史就是从必然王国向自由王国的发展。在新时期，这种自由体现为形式的自由，体现为余华所说的“表达的真实”。因为世界并非一目了然，面对事物的纷繁复杂，语言感到无力并时时作出终极判断。为了表达的真实，语言只能冲破常识，寻求一种能够同时呈现多种可能，同时呈现几个层面，并且在语法上能够并置、错位、颠倒、不受固有序列约束的表达方式。从这个意义来讲，新时期的种种文学形式实验，既是对既往真实性的背离，也是对新的真实性的向往。真实性最终变成了形式性。

以前面第一部分探讨过的新时期出现的元虚构小说而言，一方面，它们把文学作品的虚构性撕破给人看，另一方面，它们又体现出在虚构中重造一种更高的真实的努力。在元虚构小说出现以后，在叙述变得越来越不可靠的情形下，在文学自我摧毁的努力中，文学究

---

① 余华：《川端康成的遗产》，载《外国文学评论》1990 年第 3 期。
② 吴亮：《马原的叙述圈套》，载《当代作家评论》1987 年第 3 期。

竟如何确保自己的价值呢？元虚构是无奈的退缩，是对责任的逃避，是以游戏方式表达出来的对谎言的揭穿，但也是一种积极主动的撤退，当文学退回到一个空白的起点以后，新的可能性也就开始闪现了。王安忆在《叔叔的故事》以后的作品是对此极好的说明。这些作品大多具有元虚构的特征，但是严肃的意味却格外浓烈。王安忆明明白白地在作品中把她虚构这类作品的过程展示给读者看，但读者却感受到更加强烈的一种真实感。这是通过何种途径达到的呢？

这里，我们可以把王安忆在《叔叔的故事》以后的作品与福克纳的《押沙龙，押沙龙》作一个比较。在西方现代主义小说中，叙述视角的暂时性、假定性和不可靠性是一个重要特征。在《押沙龙，押沙龙》中，昆丁和谢雷维是靠不可信的来源（有偏见的，或是小道的）得知苏特潘的故事的。这些来源多半是罗沙·克尔德菲尔德小姐，其中还经过了许多中介。显然，种种证据是已经受到某种程度的篡改了。视角的暂时性也表现在微观的结构层次上。在《押》中，句子层次的暂时性是以思考性或假设性副词（可能、大概、或许）和表示条件的助动词（可以、必须）形式表现出来的。这使文本中的某些章节令人困惑，大大削弱了叙述的权威性。为了让读者保持冷静的、旁观的态度，作者首先让小说里的叙述者（昆丁）与其所观察调查的对象（苏特潘）保持理智和感情上的距离。有意义的是，叙述者的南方悲剧史的重建竟在哈佛进行，在地理上和南方远隔万水千山，而且他还和一个加拿大的局外人谢雷维合作。当小说发展到第八章时，昆丁和谢雷维对苏特潘谋杀案的认识已到了山穷水尽的地步。然而，他们没有停止，而是超越重建，进入纯粹的思辨。叙述行为的标志消失了，所有的权威性和可信性问题也随之消失。文本从各种人物叙述的模仿转到不可调解的混同，从人物的“说话”转到作者向我们直接“展示”苏特潘、亨利和冯之间发生的事。谋杀案之谜是“解决”了，然而，并不是通过斟酌证据、作出结论的认识论程序，而是通过“事件可能发生”、“文本说事件必定会发生”这样的想象性设计。在品钦的《第 49 个人的呼喊》里，面对着认识的绝对极限，俄迪柏·马丝痛苦地叫喊：

“我能设计一个世界吗?”而昆丁和谢雷维则显然毫无焦虑地设计了一个世界。他们置获得对我们世界的可靠性认识的棘手问题于不顾,即席创造了一个可能的世界。他们在虚构。通过虚构,艺术家从旁观者变成了创世者。

同《押沙龙,押沙龙》相似,在《叔叔的故事》(以及《纪实与虚构》等其他小说里),王安忆用了无数个以“我想……”引出的句子。在《叔叔的故事》的开头,叙述者就警告我们:“这是一个拼凑的故事,有许多空白的地方需要想象和推理,否则就难以通顺。我所掌握的材料不多且还真伪难辨。”不可靠的材料不外是四种:1. 外界有关叔叔的种种传言;2. 叔叔自己对自己的叙述;3. 叙述者的亲眼目睹(这一部分之不可靠,是因为“这部分材料既少又不贴近,还由于我与他相隔的年龄的界线,使我缺乏经验去正确理解并加以使用”);4. 叔叔所写的作品。在小说的进程中,叙述者不断地跳出来告诉读者哪些描写来自上述四种材料中的哪一类,其可靠程度又如何,叙述者进行了怎样的加工和处理,又有哪些场景完全是叙述者自己的推想。例如:“关于叔叔和妻子的关系,我已进入了主观臆想的歧路。这几乎和所有人的想象都不一样,和叔叔自己从小说及平时言谈中透露出的信息也很不一样。没有人能提供我可靠的材料,夫妻之间的私事只有他们自己知道,且谁也不会作真实的表达。这一段材料的空缺只有靠我的想象去填补。我填补的方法大致是这样:在两个基本属实的已知的情节之间,设计一个最合理因而也是最简捷的过渡,好比在两点之间最紧密的连结是一条直线。……但是,偏差是难免的。”

我们可以看到,叙述人处于一个非同寻常的位置。“我”与“叔叔”的关系正是这一位置的表征。在血缘谱系上,“叔叔”与“侄儿”既不是垂直的继承,也不是水平的并置,而是一种“斜向”的关系。对王安忆这一代作家来说,“叔叔”应该是指王蒙、张贤亮、陆文夫、高晓声这一代中年作家。这两代人既有血缘关系,又不是垂直的继承。在《叔叔的故事》中,叙述者当然是代表了王安忆一代的视角,但是,通过那种元虚构的手法,这里实际上形成了多种复杂的声音:距离、认同、审视、疑问、批判、对抗。“叔叔”的故事是对《牧马人》、《绿化树》这类文本的一次改写。在这次改写中，经典的“右派”故事框架表面上还保留了下来，实际上却已经面目全非，而意义则获得了极大的丰富。甚至可以这么说，在一种对话式的逻辑中，通过元虚构，“叔叔”的故事变成了“王安忆”的故事，变成了“我们”的故事（“我们”当然也就包含了读者，在叙述者坦率而狡猾地留下了许多空白点让读者去绞尽脑汁的时候，当叙述者向读者袒露其创造过程的时候，他实际上已经把自己下放到了读者的位置，而读者则上升到作者的位置，二者的视线开始了一种建立在新的基础上的融合），或者说变成了“叔叔”、“王安忆”和“我们”之间的一种三重的故事。作者最终把真实性交给了读者，写作变成了一种自我观照。在叙述者进行无穷的疑问、推断、假设、肯定的同时，读者既保持了一种清醒的距离感与批判意识，又被作者这种狡猾的坦率和真诚带入了一种更高的催眠状态之中，获得了一种更高的真实感与参与感。作品无比抽象，同时又具有极为生动的丰富性，感人至深。

《叔叔的故事》确实展示了一种新的写作方式的可能性。严肃的小说早已被逼上了一条抽象与理性的道路，这绝非主动的选择，实在是出于无奈，因为感性的领域日益被其他的东西（例如电影和电视）所侵占，到处是铺天盖地的感性（倒不如说是感官刺激），所以真正的小说家通过走另一条路来与之对抗。但这很像是一条饮鸩止渴的道路，因为它与小说的本性看起来是相悖的，所以很早就有人在预告小说的终结。可是，《叔叔的故事》又燃起了我们的希望：如此的抽象竟能激发我们最深处的情感，公然的虚构竟能蕴涵深切的现实性——说到底，一种貌似摧毁小说的活动其实是在拯救小说。

在《乌托邦诗篇》、《纪实与虚构》和《伤心太平洋》等作品中，王安忆走得更远了。她把“纪实”与“虚构”这两极推向极端，让两者相互渗透，相互证明，好似要将由“先锋派”与“新写实”所代表的两种倾向熔于一炉。一方面，个人的经历甚至私生活被原封不动地搬进作品；另一方面，作者又在创造一种神话般的历史，这种历史中融进了一般史实、个人经验，尤其是个人欲望。例如，在《纪实与虚构》中，作者为重建家族神话进行了一次次的精神漫游，面对种种可能性，选择的理由逐渐成为主体的欲望："现在，我必须要从这几种下落中选择一种，作为今天的我的血缘道路。……关于蒙古贵族的说法最合我心意……于是我最后选择了'并入突厥'这一条道路……我必须要有一位英雄做祖先，我不信我几千年历史中竟没有出过一位英雄。没有英雄我也要创造一位出来，我要他战绩赫赫，众心所向。"这种以欲望为动力的绝对的虚构需要绝对的真实性来担保和补偿。因为，"我们虚构的关系是建立在我们真实的关系之上"，"我的每一次虚拟关系情节都不是从空想出发，也许我的目的地是空想，但出发地永远是现实。就像蜘蛛，它得立足于坚实的一面墙壁，才可向空中吐出蛛丝。那蛛丝能否抵达对面的墙壁，要看它运气如何"。

在《叔叔的故事》中，我们已经可以看见真实与虚构的交相作用，在那里，真实更多地是以一种抽象的形式出现。"叔叔"的形象给人以强烈的真实感，但"叔叔"是整整一代人、一代文化形象的抽象集合。而在此后的一些作品中，真实更多地是以个人经历与个人内省的形式出现。当外在的交往与人际关系蜕化成一层虚假而又空洞的外壳之后，对真实的追寻由外转向内是很自然的了。失去了(或者说不愿建立)与现实的真实联系的孤独的自我使新时期小说中自我与童年的对话以及对童年的回顾成为普遍形式："所以，这种自我关系的故事将永远伴随我，我总是不断地和过去的我发生情感的、哲学的、教育的关系。这也是由于我的孤独境地所造成。"(《纪实与虚构》)在此，我们发现真实又开始变成一种以我证我的活动。80年代中叶以后，小说家本人(以及他人)的名字频繁地出现在小说里，这应该是从马原开始的。马原在他的许多小说里皆引进了自己，不像通常虚构小说中的"我"那样只是一个假托或虚拟的人，而是直接以"马原"的形象出现。在《叠纸鹞的三种方法》、《拉萨生活的三种时间》、《虚构》等一些小说里，马原成了马原的叙述对象。这一点，早就引起了批评家的注意。吴亮指出："《西海的无帆船》中插入了一整段姚亮的自我辩解和对马原惯然的指控，这节外生枝的题外话产生了某种颇有恶作剧意味的滑稽效果，好像一个机器人被接上了电源有了自己的行动意志以后开始蠢蠢欲动试图脱离和反抗制造它的工程师——姚亮显然是马原想象中的人物，可是他已经具备能力抗议他的主人马原对他的任意描写了。……我觉得，马原一定在内心深处怀着某种希望被人叙述被人评价被人揭露的愿望，而这种愿望的最好的满足方式显然是他自己的小说——既然他已经把他的小说看成了唯一的真实，既然他已经部分地生活在他的小说里，他就更无意识地充分运用这种便利了。"[①]这是作家按捺不住自己的表现欲，还是为了制造另一种真实性？吴亮的分析仅从心理学角度进行是不全面的。归根结底，我以为这是中国作家终于发现自己的位置的标志。他被逼得退回了文本的领域(就像卡夫卡笔下的饥饿艺术家)，但又以此为乐，以此自娱，还沾沾自喜(也像卡夫卡笔下的饥饿艺术家)。在一些新时期小说中，还出现了其他当代作家的姓名，例如洪峰的《极地之侧》提到了迟子建；王安忆的《纪实与虚构》提到了孙甘露；王朔的《懵然无知》提到了刘恒和刘震云。这在以往的文学中是非常罕见的，其意义也正在于此。

这也是一种消除作品与世界之间的界限的努力，作家一方面退回了文本的领域，另一方面又希望在文本领域内能延续自己现实中的生命。这就像后现代主义画家罗森伯格将实物粘在油画布上，使其立体化，或者使绘画各成分在其周围的环境之内或在环境之上继续存在，如在《香客》中，他使画中一片画好的条纹在一把椅子上延续存在。而约翰·巴思则让虚构的人物干预现实，还在小说中介绍真人真事，这些真人真事多半出自他本人。巴思接连不断地将自己化为小说中的人物，将小说中的人物化为自我，结果是我们无论如何也搞不清这些人物的确切地位。

这种以我证我也以另一种形式出现，即以文本证文本的形式。在新时期小说中普遍存在着一种双重的写作，文本中还套着另一层

---

① 吴亮：《马原的叙述圈套》，载《当代作家评论》1987 年第 3 期。

文本。例如苏童的《井中男孩》、《南方的堕落》，吴滨的《交城消息》，刘继明的《前往黄村》等，甚至在《小鲍庄》这种“寻根”作品中，也还有书中人物鲍仁文与编辑记者炮制的《鲍山下的小英雄》这类副文本的影子。在《叔叔的故事》中，叙述者多次透过叔叔的小说(虚构的虚构)来分析观看叔叔的历史。例如，从叔叔在小说中写青年“右派”开煤气自杀，分析叔叔可能有过自杀的念头，但绝不会用煤气。甚至有时候，“我就直接从叔叔自己的小说里摘录了那样的情节——‘当孩子们随了班长的口令全体起立，他觉得孩子们是在一齐安慰他并且原谅他’”。这是一种让虚构的世界相互引证的方法。新时期的始作俑者，恐怕依然要算是马原。他在《涂满古怪图案的墙壁》的题目下，有一段摘自《佛陀法乘外经》(这是马原一直在写的一部经)的话，这段话又正好提到了《涂满古怪图案的墙壁》。这是一种自我循环、自我指涉、自我证明、以我证我、唯我至上。循环导致重复，重复导致再现，再现导致预言，最终使作品成为某种形式的寓言。

这种写作方式当然可以说是受到了西方现代主义文学的影响。例如，像纳博科夫的《暗火》就是一个大规模的双重写作。在传统的西方戏剧中，“戏中戏”更是一种成规化了的形式。但是，我们对这种文本结构是应该比西方人更熟悉的。这里面其实更体现了一种东方式的世界观。早在《阳羡诸生》这样的六朝志怪里，世界就是以无穷叠套的“珍珑”的形式出现的。根据这种东方意识形态，世界万物虽然虚虚实实、千差万异，却在不同的层面上体现出相同的结构。所以介子可以包纳须弥，观一叶而可知秋。何必向外界探索与扩展呢?万物皆备于我，至多察看身边的一些日常事物就可以了，一茶一饭皆有真意。可以说，东方式的封闭心态、闭关锁国、不重科技等皆与此有关。而后来的“一句顶一万句”、“人有多大胆，地有多大产”等恶性语言游戏也不过是这种东方世界观的现代形态和进一步推论而已。从极端的意义来讲，在那样一个年月，一切写作与文本，尽管具体形态可能各有差异，但却都可以说是某个唯一的、至高无上的“元文本”或者说“种文本”(又译“生成文本”，借用克里斯蒂娃的符号学术语)

的体现或推衍。1978年5月,《光明日报》发表《实践是检验真理的唯一标准》。文章在重新提出要恢复马克思主义的是非观、真实观的同时,其矛头也就指向了这种以我证我、自我推衍的理论游戏。到了80年代,理论界又兴起了一股“全息”热(“双向同构”是其在文学理论和批评中的反映),这种理论外借鉴“混沌”学说,内承接《易经》的意指符号实践,它表明,新时期的语言活动再度失去了它的“所指物”,成为无穷交叠的能指与所指的延异,它必须再度依赖一个“种文本”与之共生,这个“种文本”体现为后现代化了的东方意识形态。

最终真实依然变成了一种欲望。人物的性格可以是虚假的,欲望却是真实的。在叶曙明的《死岛》中,每个人都根据自己的欲望来阐释“吉夫岛”失踪之谜。问题的缘起就很荒唐,本身就是一个虚构,而金博士的虚构(阿五)又引出一连串的虚构(阿五的孙子也来了),一种荒唐的说法会引发更多更荒唐的说法,细节也在不断地增殖,不断生动。新问题不断增加:例如阿五的真伪问题。每一个人都在为之贡献细节,添油加水,推波助澜。这些说法彼此矛盾,但也奇妙地彼此隐含,彼此支撑,彼此印证。到最后,“吉夫岛”神秘失踪之谜已经无关紧要,要紧的是每一个有关或无关者的权力欲望,或藉此成名,或欲以此发财,或欲借此改写自己的历史。这表明,在所有的真实都变得动荡不已、界限模糊之后,只有一种真实变得越来越凸出,越来越清晰,越来越真实,那就是欲望。

三

在李锐的《北京有个金太阳》的结尾,仲银对叙事人谈了他许多年在狱中苦思冥想后的成果。仲银发现,在我们通常所说的偶然与必然之外,还有第三种“然”,这个“然”才真正地支配着我们的命运。这个然到底是什么呢?仲银却说不清楚。

仲银这个破落的乡村小知识分子的想法是很有意思的。这第三种“然”正是虚幻与真实之间的界限被打破之后的结果。在真实与虚幻之间还有第三种东西存在吗？如果有，又怎样来反映它？这正是现代文学的重大课题。这是一种介于“真正的现实”和“魔幻现实”之间的第三现实。这种现实既非看得见摸得着的事物，也不是纯粹的幻觉和梦境，而是两者的中和物。

新时期文学也致力于这第三种“然”。传统的真实观、历史观已经不可靠，它们过于理性化；但是人们也不能生活在极度的虚幻之中，靠空气过日子。于是，现代性就体现为那种半真半假的状态。在这种状态中，物体都具有一个大致的形状，其边缘与轮廓却模模糊糊，并且飘忽摇摆。这是一种妥协的结果，人们在其中可以享受一种两全其美的长处。作家把作品处理得既有些因果性，又不完全遵从因果性，既有些现实性，又有些梦幻的色彩，真真假假，虚虚实实，似乎告诉了你真相，似乎又不尽其然。例如格非的《傻瓜的诗篇》中的“傻瓜”指的是什么？最后暗示是一条狗，但也不一定，院长说就是主人公，总是有未穷尽之处。在《世事如烟》里，人与人、人与物、物与物、情节与情节、细节与细节的连接都显得若即若离，时隐时现。余华觉得这样才能够体现命运的力量，即世界自身的规律。在韩少功的《归去来》里，主人公觉得周围的世界失去了可靠的稳固性。重返城市后，他甚至对自已的名字开始怀疑。

这是一种介于白天与黑夜之间的“黄昏”的状态。密涅瓦的猫头鹰为什么注定了要在黄昏起飞呢？——那正是白天和黑夜失去了它们各自的特性，消融在一起的时刻。这意味着清晰的视觉和真正的洞见是不能相容的。但是，这第三种“然”会给人带来恐惧感。心理学家做过这样的实验：给狗看圆的纸片，并通过喂食训练它作出某种反应。再给狗看方的纸片，也让狗在这纸片与某种行为之间建立条件反射。以后无论给狗圆的或方的纸片，狗都能作出正确的反应。然后逐渐把圆的纸片变形，当变成一定程度的椭圆时（也就是变成狗的第三种“然”的时候），狗就表现得狂躁不安，行为失常。混沌与模糊肯定会给人带来恐惧。界限的消失令人失去实在感。我们过去对各种神话、寓言为什么不感到不安与惊奇呢？因为我们要么完全相信，要么完全不信。

现在呢，人们有时会分不清神话与现实，既相信又不相信，既希望又绝望，充分地体会着意义的不明给人带来的恐惧。人们还远远没有适应这真实与虚幻之间的第三种状态。但丁的《神曲》的开头写在森林里碰见一狮一狼一犬，但是他并不感到恐惧，因为那时有上帝为明晰的意义与价值体系作担保。但是在波德莱尔的晦暗而又充满了喃喃呓语的象征的森林里，读者却不能不感到恐惧。

真实观说到底是一种欲望，一种信念。到了80年代后期，人们强调虚伪(以及人性的弱点等否定性的东西)是基本生存状况，以显示自己的不虚伪，这是一种戳穿欺骗，非神圣化，又是替自己开脱，使自己摆脱道德上的责任——终于可以不为自己的胡作非为，不为自己的软弱，不为自己的虚伪等负责了。卸掉了责任，也就是卸掉了真实，仿佛进入了气功那样的放松状态，这是一种逃避吗？人们争相摆脱道德的束缚，沉浸在各种方式的游戏之中。人们羞于以真诚的方式来真诚地表达真诚的思想、真诚的感情，仿佛有一种无形的压力，在这种压力下，话一出口就变了形。人们一定要以一种看上去不真实的表达方式，一种类似调侃的方式，半真半假地来进行表达，否则我们就会窘迫。我们把世界(意义)搞得半明半暗(灰色和晦涩)，在反讽中潇洒，在反讽中真诚。世界的根本的对立与矛盾已经深深地渗透到我们的言谈方式中去了。从这个意义上说，游戏成了最严肃与最真诚的生活方式与意义表达方式。本来，游戏与不真诚、虚假等联系在一起，现在，真正意义上的游戏却是最真诚的，特别是故意表现为游戏的游戏。而那种严肃的仪式、常规、教条、信念(通常所谓的非游戏因素)却变得无比虚假，甚至可以说，变成了演戏，变成了游戏！生活变得不真实了，生活变成了游戏。而专业的游戏(例如小说)却要担负起真诚的重任，游戏成了最后的乌托邦的解决方式。

如前所说，自古以来，我们一向不太重视认识论的问题。到了今天，真实更不是现成的东西，完成的东西，结束的东西，不是固定的状态，而是一个过程。在消失的真实中已有新的真实在形成。

无论如何，对真实的追求本身一定是真实的。

在绝望中诞生：新时期文学的反讽荒诞话语

一

反讽与荒诞作为一对孪生物，是新时期文学中最常见的话语之一。这两者其实正是一张纸的两面。反讽更多地具有一些形式的意味，从根本上来说，它指的是一个词、一个事件、一个人与其赖以获取意义与生存的上下文（或曰情境）发生了不符、背离或冲突。如果市井无赖常用的歇后语出现在法庭庄严的判决书中，或是打扮得花枝招展的人闯进了被悲哀笼罩的葬礼仪式，这就是那种最简单最日常的反讽。

现代语言学认为，孤立的、个别的词是没有意义的，它的意义必须由其特定的上下文来决定。这一理论也适用于对于人的基本观点：孤立的、个别的人也是没有意义的，他的意义存在于他与别人的各种关系之中。但是，问题马上就来了，在现代社会中，人与人的关系已经成了一个真正的问题，甚至可以这么说，人与人已经在某种意义上失去了相互间真正的联系。那么，是不是因此人就失去了意义？许多悲观主义者就是这么认为的，他们认为世界失去了意义，这就是荒诞。荒诞派剧作家尤奈斯库认为："我们生活在一个彼此不能理解的世界上，在这里，是一片混沌。在这种混沌中，应当去寻求一种真理或者什么意义吗？那是没有必要的。"①但是对更多的人来说，意义的虚无对荒诞来说只是一个起点，在《西绪福斯神话》这部关于荒诞

① 《法国作家论文学》，王忠琪等译，北京：三联书店1984年版，第569页。

的现代圣经中，加缪认为，现代人一旦认识到世界之荒诞性以后，并不选择自杀，而是起来与之抗争。

加缪所谓的抗争与我们传统意义上的抗争简直毫无共同之处。说来也真荒诞，他的抗争就是要人们向西绪福斯学习，顽强地把荒诞维持到底。这似乎有点令人费解，加缪的意思也就是说，一定要捍卫现实中对那些重大的不协调，尤其是人的意图与现实的不协调，而不是对之进行粉饰。“荒诞”原先作为一个音乐术语，就是指音调上的不协和。在音乐上，音调的不协和会给人非常紧张的感觉。加缪正是希望我们生活在这种非常紧张的感觉中，他认为这种紧张而不舒服的感觉才是唯一的真理。

上面是西方有关反讽与荒诞的经典观念，一旦搬到新时期文学中来，不可能不发生变化。但是，构成反讽与荒诞的那种不协和的基调，却保持了下来。新时期是一个多种不同性质的历史话语冲突交汇的场所，一个真正的“复调”的时代。这里，反讽与荒诞可以说正好分别代表了两种相辅相成的过程，一是意义的相互冲突与无限增殖，这指的是反讽；其次是意义的失落与虚无，这指的是荒诞。按照常理，每一个人的行动都必须预想为有其内在的意义，缺乏意义就成了对行动的嘲笑。一方面，新时期文学中大量出现的反讽话语可以看成是现实中相互冲突、无法协调的种种矛盾在文学作品中的反映。另一方面，荒诞的话语则与“非中心化”的倾向有关，旧有观念崩溃，原有价值体系解体，行为规范失调，历史颠来倒去，这一切都令人有无所适从的荒谬之感。

从最抽象的角度来看，这两方面正好又对应了构成历史原型的基本发展模式。在人类的发展过程中，无论是在政治、文化，还是在最琐屑的日常生活领域，都一直存在着一个“离散—重组”的问题。这个“聚散消息”的老问题在现代文学中以什么样的面目出现？也就是反讽与荒诞。反讽与荒诞是传统的“离散—重组”问题在现代的新形式。现代社会的“离散—重组”与以往有一个很大的不同。在过去，“离散—重组”是一个分裂—统一的过程，重组意味着把破裂之物复原过来，因此这也就是一个可逆的过程。但是，现代人、现代社会的分裂就不是可以再简单地复原的了。这是一个不可逆的过程，借用解构批评家希利斯·米勒的一个寓言，就是：顽皮的孩子拆了父亲的表，但却沮丧地发现怎么也装不成原来的样子，不是这里多了螺丝，就是那儿少了一个齿轮。所以，在今天，所谓的重组并不是真正的重组，应该给它加上引号。传统的表达式也应该重写，试比较：

传统社会：离散—重组

现代社会：离散—“重组”

新的“重组”的矛盾、不协调与似是而非的性质就是反讽与荒诞的源头。这是一种不稳定的、带着过渡性质的“重组”。其乖戾、荒谬、头重脚轻和出乎人们意料的性质为之蒙上了一层意味丰富的喜剧色彩。在新时期文学中，我们到处可见相互矛盾的物象之间、人物之间、事件之间的不协调的组合。这种矛盾的组合可以以极端的二元对立的形式出现，就像莫言在《红蝗》中所说的：“总有一天，我要编导一部真正的戏剧，在这部戏剧里，梦幻与现实、科学与童话、上帝与魔鬼、爱情与卖淫、高贵与卑贱、美女与大便、过去与现在、金奖牌与避孕套……互相掺和、紧密团结、环环相连，构成一个完整的世界。”当然，在更多的时候，对立双方并不一定以如此极端的形式出现，对立也更多地具有一些模糊的性质，呈现出“微讽”的色彩。

在品钦的《万有引力之虹》中，美国军官龙·斯罗士罗普和他的情妇做爱的地方，恰恰也是纳粹的 V-2 火箭落下的地点。斯罗士罗普的特异功能实际上是品钦和他所不能理解的世界开的一个玩笑。玩笑的荒谬性在一定的范围内成了世界之荒谬性的写照。

“万有引力之虹”既是火箭飞行的轨道，也是我们的世界的根本规律：“这条巨大的真空弧线是那种推动这个星球……的某种情欲的真实写照。……它经过高点，然后坠落，潜入，燃烧，直到一种最终的快感高潮……”在小说中，性高潮和火箭爆炸，大脑皮层的兴奋和火箭的推进燃烧，变态和轨道变化，爆炸后的破坏和性虐待等全绞成了一团。

飞弹的爆炸是现代社会生活破裂的一个象征。你永远搞不清爆炸在什么时候、什么地点发生,爆炸的完成是一个瞬间,爆炸的可能性却永远在那里埋伏,爆炸消灭一切差异和意义。而爆炸的不可琢磨的偶然性和无序性甚至比爆炸本身还要令人感到恐惧。另外,爆炸也是传统思想观念体系解体的象征,总之,它既令人兴奋,又使人恐惧不安。对此现代作家作出了自己的反应,他不能容忍生活在这样一种绝望地等待爆炸的状态中,解体之后必然要有新的组合,因此要重新建立一种有序性。飞弹的落点与军官做爱地点的吻合就是一种新的"有序性"。这个"有序性"并不是客观存在的,而是作家品钦的发现或者说是创造。这个"有序性"并没有解决问题,倒是带来了更大的问题。我们说这种荒诞和虚无的"有序性"就是反讽,它具有一种真正现代的特色。

这种重建绝不可能是以英雄的气概来从头收拾旧山河,而注定了只能是这个荒诞世界的再度折射,就是说,与拆散实为一曲两阙,互为表里。这也就注定了要成为反讽,发出可怕的不协和与滑稽的声音。

这确是一种全新的组合,乖谬与不协和是它的基调。在此,思想领域与现实领域有着惊人的对应性:过去被看作是势不两立的事物开始溶解、混杂并结合起来。这种并置确实很类似人们在梦中所见到的风马牛相及的情景,使我们的世界蒙上了一层梦幻的色彩。弗洛伊德试图证明大脑做梦的活动在收集和梳理那些不同种类的没有关联的奇特因素时,能获得一种特殊的连贯性,一种新的逻辑,而西方现代派作家则努力在文学艺术的领域建立这种新的逻辑。艾略特说过:"当一个诗人的头脑处于最佳的创作状态,他的头脑就在不断地组合完全不同的感受。"[①]20世纪的许多艺术家和作家都把梦视作

---

① T·S·艾略特:《玄学派诗人》,见《艾略特文学论文集》,南昌:百花洲文艺出版社1994年版,第22页。

代表了世界图景的范例。在梦中,现实和非现实、逻辑和奇想、平庸和崇高形成了一个难分难解、无法解释的整体。

西方现代派从梦境学来的对细节间关系的任意组合,不仅表达了我们生存于两个不同的层次、两个不同的世界的感觉,而且也表明了这两个领域的全面的相互渗透。因此,其中任何一个领域既不从属于也不对立于另外一个。存在的两元论当然不是什么新思想,然而,人们从来没有像现在这样强烈地体验到存在的双重性,以及人类理解力所面对的藏在每一种现实现象背后的陷阱和骗局。

这也是一种新的齐物论么?差异在消失,对立在消失,世界失去了对抗性,似乎不大见到过去那种"不是东风压倒西风,就是西风压倒东风"式的你死我活般的对抗。矛盾的双立更多是协作关系,但却是以一种反讽的方式进行协作,矛盾在反讽中达到一种荒诞的协和。究竟是新的协和尚有待确立,反讽的情景只具有某种过渡性,还是不协和是人类永恒真实的写照?

以往的思维方式要求人们在提出一个问题的时候就必须暗指这个问题的解决,而如今人们却不得不把种种问题悬置在那里。新时期的文学经历了一个从对问题与矛盾感到焦虑到对之宽容的转化过程。在此过程中,反讽起到了心理缓冲器的作用。人们接受了现实中的矛盾是不可解决与不可协调的这一事实,而反讽提供了对这些矛盾的想象性的解决方法。在此过程中,原本是典型的西方话语形态的反讽转化为中国式的调侃,其突出的代表是王朔。王朔的语言是一个巴赫金意义上的"狂欢化"的场所:其中各式各样的"文革"语汇、政治术语、领袖语录、民间俚语、江湖切口、广告用语共聚一炉,相互指涉,在语言的乌托邦中想象性地摧毁了社会等级制度。问题在于,这是一种新的话语形态,但从中却并没有产生出新的意义。我们所能见到的是旧有意义从冲突激荡到相互抵消、和平共处,却没有新的意义从中产生,因而无可避免地具有一种荒谬感。

王朔是个了不起的文体家,他的语言具有极大的魅力,但这肯定只是对中国人甚至只是中国内地人而言。如果拆散开来看,王朔的语言没有任何新的元素。正相反,它充满了各式各样的陈词滥调。但是,只是稍微变换了一下话语的位置和结构,王朔就使得陈词滥调变成了绝妙好文。正是反讽与戏拟造成了这一点铁成金的过程。王朔是个将过去年代的陈词滥调与具体情境进行奇妙组合的大师。王朔通过编排陈旧的政治性的语言来消解那种政治性的语言。在这过程中,他依赖并且以滑稽的方式重新发掘了陈旧的政治性的语言的魅力。这是一种非常奇怪的东西,一种政治化的非政治化。

在“文革”那样的极端政治化的年代里,强有力的政治“元语言”支配着其他各类语言,决定着它们的面貌。甚至连日常语言、民间语言、私人语言也被高度政治化了,到处充斥着单一、机械、呆板的政治术语。我们如今正在远离那样的时代,但是正如冰川纪过去后,地球上依然布满冰河交错的痕迹一样,我们的语言仍然充满了过去时代的遗迹。在我们要将这种语言遗忘的时候(可以这样说,新时期文学的所有文体实验和语言实践就是要涂抹掉这种旧的语言记忆),王朔却采用了一种似乎完全相反的策略,仿佛要重新唤起我们的记忆。这里有着非常丰富微妙的含义:一方面,往昔陈旧话语与现实情景的荒谬捏合,既突出了过去那些陈旧话语的机械可笑与非人特征,也因此而戏讽了该组合另一极中的现实情景。即通过把那些陈旧话语荒谬地嵌入现实情境,既体现出乖戾可笑的不协调,也在无形中暗示两者之间的相似与联系,让过去与现实相互嘲笑;另一方面,在对往昔陈旧话语的滑稽摹仿中,又隐约可见一种味道很怪的怀恋。这不光指的是王朔,也指我们读者。我们都是从那个时代走来的,我们已经在那样的语言中浸泡得太久。我们虽然吃够了那个时代的苦头,但已经是那个时代的一部分,不可能与之完全决裂。说起那个时代,我们虽然有一种强烈的异己的感觉,但又怎能说没有一种剪不断理还乱的依恋呢?那个时代也已经是我们的一部分了。此外,当年的政治语言虽然机械、呆板,却别有一种奇异的征服力,它是神谕、暴力、格言的组合,是人类制度化语言(克里斯蒂娃语)的高度浓缩。它必定是在某一方面迎合了我们的天性(邪恶的还是神圣的那一部分?),否则当年何以能有如此的煽动性?可笑与可怖的神性也有可笑可怖的神性的魅力。当时光流逝,过去那个时代与我们有了距离而又未完全消失,当往昔的陈旧话语远去而又重来,甚至变形为新的形式(例如广告用语),我们对之的感情是十分复杂的。王朔抓住了我们这种复杂的感情。

王朔的语言是"互文性"(或译"文本间性")的突出范例,在其中,我们可以听到各种历史的话语在卑琐情境中的滑稽交响。

《永失我爱》:

"我怎么就不如他了?"——原是《红楼梦》里薛宝钗的话。

"红肿之处艳若桃花"——鲁迅杂文。

"一慢二看三通过,创他个百日行车无事故的记录"——交通术语。

"只能是预备役的新郎新娘"——军事术语《浮出海面》。

"如果你想了解长势如何,我可以告诉你,一点不喜人。"

"医生说,残废是不可避免的"——"文革"中报章上报道农村生产形势的常用语。

《过把瘾就死》:

"我滚鞍落马,跌落尘埃"——《封神演义》一类古典小说中的套话。

《刘慧芳》:

"明知山有虎,偏向虎山行"——样板戏《智取威虎山》唱词,又是"文革"中常见的豪言壮语。

《我是你爸爸》:

"所有的努力都将是螳臂当车结果只能是自取灭亡"——"文革"时代报刊社论常见套话。

“在充分尊重对方的主权和领土完整的条件下”——外交术语。

《玩的就是心跳》:

“青春的岁月像条河,流着流着就成浑汤了”——前一句是电视剧《蹉跎岁月》的歌词。

“特别睹物思人是吗?慢慢地,慢慢地给我痛说家史”——样板戏《红灯记》唱词。

“毛主席他老人家跟咱们熟吧?我要不截长补短地去天安门遛遛,他老人家是背头还是分头我也容易搞混。”——领袖人物。

“我其实心里特苦,这点苦水儿我不倒给你倒给谁?”——忆苦思甜。

“别以为她跟你特铁,我当着你面就能把她勾搭走,我们一直围而不打不是因为她骨头硬而是怕你心眼窄”——“围而不打”是平津战役中制订的战术之一。

《各持一词》:

“这一伸不要紧,就要把自己的手伸进虎口了,幸亏工人民兵大叔及时地一喝。这一喝喝得好,喝得及时”——双重的滑稽摹仿。“这一……不要紧”等原是评书中的常见句式,又是“文革”中的常见句式。

在王朔笔下,“特务”、“伪军”、“太君”、“流氓”、“卑鄙”、“无耻”、“深沉”、“沉痛”、“严肃”、“苦出身”、“人民”这些词的出现频度极高,但它们都是用在一个“不适当”的场合,因此都发生了词义的偏转。王朔最经常描写的是一群特殊的痞子,他们时而互相指责对方为流氓(流氓如何指责流氓是流氓?这是一种“元”流氓或曰“超”流氓吗?),时而作严肃状,满口过去时代的严肃话语,嬉皮笑脸地说出一些崇高的话,充分享受着亵渎的快感。但是,如果不是从那样一个时代过来,对那些词的意义有充分的了解和感受,王朔作品的反讽性就要大打折扣了。王朔的机智与幽默建立在他对话语的误用上面,或者说依赖于不同话语之间的相互冲突与不协调。但是所有的矛盾、冲突和生活中那些重大的不协调又通过王朔式的调侃和平共处于王朔的文本之中了。这既是对矛盾的嘲弄,也是对矛盾的认同,既尖刻又宽容,而且归根结底是宽容。这与另一类作家有着明显的区别。像莫言这样的作家也刻意把"崇高一卑下"等原先水火不容的对立的两极进行并置,例如在《红蝗》中把城乡的差别归结为大便方式的不同。但是在莫言式的亵渎中我们可以体会出对立两极之间的紧张对峙,毋宁说莫言是在捍卫和突出不同性质的事物的尖锐对立。而在王朔的反讽中,我们就不再有这种紧张了,一切都以轻松的方式进行,不但矛盾的双方在相互嘲弄中相互认同,我们也与矛盾在相互嘲弄中相互认同。我们以一种可笑的方式接受了矛盾,我们与矛盾不再是一种相互异己的关系,而是在一种滑稽的情境下达到了统一。于是,王朔式的反讽归根结底变成了一种自嘲,一种轻松的绝望心情。王朔的策略是抢在主体蒙受羞辱之前先把他"空"掉,使他变成一个"橡皮人",足以承受来自各方的压力,五毒不侵,同化矛盾,超越矛盾。这与一种遥远的东方智慧有着密不可分的关系。不可协调的矛盾对西方人来讲意味着精神分裂,但是我们却可以在矛盾中安然处之,甚至自得其乐。当然,西方人对待矛盾的态度也正在改变,在一种所谓的后现代主义文化中,他们对矛盾也越来越宽容了。如果因此要说王朔有后现代主义色彩,当然也未尝不可,但是这种说法必定具有一种王朔式的反讽意味。反讽既是焦虑的体验,也是焦虑的宣泄与净化。最终,在一种语言的无政府主义中,幻想与欲望得到了满足。

当我们说王朔的文本具有文本间性,是一种混成的文本的时候,我们其实也就暗指了王朔作品的"戏拟"、"仿作"意味。在王蒙,还有新时期的实验小说家的作品中,戏拟是一个重要的手法。马克思说过,历史上的重大事件都要发生两次,一次以悲剧出现,一次以喜剧出现。新时期小说的戏拟都具有作为后来者的模仿行为所呈现出来的喜剧色彩。例如在《故乡相处流传》中,莎士比亚那个著名的有关生死的沉思变成了曹操在一次战前会议(战争由与袁术争夺一个小寡妇引起)上骂骂咧咧的话:“在一次曹府内阁会议上,丞相一边‘吭哧’地放屁,一边在讲台上走,一边手里玩着健身球说:‘活着还是死去,交战还是不交战,妈拉个X,成问题了哩。’”《湮灭》里那个傻乎乎但又爱思考的树生,在发现妻子与人通奸后才终于得以与妻子同房,他感到很兴奋:“……我脑子里突然冒出这么一个念头来,要是让我现在就死掉该有多好啊。正是在这个晚上,我又琢磨出了一个道理:有时候人死掉也是一件蛮不错的事呢。这样一想,金子一次次地寻死觅活也就没有什么可奇怪的了。要知道,如果没有亲身经历,想要明白这个道理是不可能的。这就像什么人曾经说过的那样:你想知道梨子的味道,就得亲口尝一尝。”我们可以看到,这种戏拟是一种“堕落”的过程。原作的那种严肃、崇高的意味下降为仿作中的平庸、滑稽甚至是无耻的状态。也许人类的任何模仿行为都隐含了某种滑稽的意味,但是我们更应把这种戏拟造成的“堕落”状态看成是“上帝死了”以后人类生存状态的真实写照。据我看来,“上帝死了”这种说法是不确切的,上帝是不可能死的,人类永远需要上帝。但是上帝又确实似乎不见了,他上哪儿去了呢?不是上帝死了,而是上帝“堕落”了,变形了。上帝堕落为贝克特的戈多。戈多就是对上帝的滑稽摹仿,甚至戈多也还能继续堕落。在美国剧作家杰克·格尔贝的《秘密接头》(这部戏剧又是对《等待戈多》的滑稽摹仿,写一群纽约吸毒者聚在一起等待贩毒牛仔的到来)中,戈多又进一步堕落为贩毒牛仔。看来,这是一个无穷下降的过程。当旧的神话死去,新的神话必然诞生,上帝永远在寻找他那(不断堕落的)替身,而这一切就是以反讽、戏拟和荒诞的方式发生的。

二

反讽与荒诞也体现为悲剧性的失落。在现代主义文学之后,还存在着悲剧吗？看来是非常困难了。悲剧是一种卢卡契意义上的“总体性”的观念。它代表了一种重大的对抗，标志着有罪与无辜、自由与必然、有意义与无意义之间的不可取消的矛盾，它以同这些矛盾的斗争来衡量生命的意义和人的尊严。

现代主义所表现出的重大问题已无法再利用悲剧因素的辩证形式，因为它以个人权利及其对真实性的追求为中心，而不是以对普遍意义的信仰为中心。而后现代主义作家则更进一步放弃了有罪与无辜、有意义与无意义之间的辩证法，而把悲剧因素转化为荒诞与反讽因素。

在古典悲剧中，英雄人物的死亡必须具有重大的理由，体现出历史的必然与命运的冲突。试想，如果哈姆雷特不是死于那场惊心动魄的斗剑，而是自己走在路上一不小心摔死了，那该给人多么奇怪的感觉。但是，这种反讽的情境在新时期小说中是屡见不鲜的。在新时期小说中，英雄人物大批莫名其妙地死亡，他们或死于自己擦枪时的走火（《红高粱》中的任副官），或死于敌人的冷枪（洪峰《东八时区》中的王路），甚至干脆死于外出小解（周梅森《国殇》中的白云森）。对习惯了期待英雄的悲壮的死的人来说，这是一个嘲弄，一个“反高潮”。作家好像有意要让这些英雄们“不得好死”，以此来体现历史的偶然性与差错性。这是一种在文本的边缘处消解历史的整体性和统一性的努力。人们拒绝历史的完整性，而总是要从中抽掉一块，使它显得残缺不全，使它的意义自相矛盾。不但历史是这样，现实生活也是如此。新时期小说非常强调生命与过错、失误的关系，这方面最杰出的例子是叶兆言的《艳歌》。迟钦亭与沐岚的结识源于一个误会（误以为沐是另一个他心目中的女孩子），但也就勉强谈起朋友来了，大家不冷不热，颇有些谈不下去的意思。沐岚提出分手，迟钦亭原是无可无不可的，甚至还有些解脱感，便恶作剧地送给沐岚几本尼采和叔本华的书，不料此举竟令后者大为感动，于是又主动来找迟钦亭。于是关系又延续下去，直至结婚生子。叶兆言表达了这么一层意思：生命始于差错，生命的基本状态是差错。一切都错了，但是错了以后我们却并不死去(差错并没有带来悲剧),而是继续沿着差错阴差阳错地似是而非地生存下去。生活之中到处是一道道的裂痕。在《桃花灿烂》中,“星子想,一只碗摔破了之后,即使很完整地粘合起来,可以盛水可以装饭,但那又何尝不仍是一只破碗呢?”这是一个整体的象征,最根本的破裂是“文革”,“文革”是人生的大破裂,这种破裂是很难修补的。但是,裂痕、差错、失误并不构成悲剧。

悲剧显然要依赖于某种核心价值的存在,以及这种价值的毁灭。当上帝死去后,谁来替这种价值作担保呢?价值必然要隐含一种层级体系,道德、法律、社会成规等。但是,在现代文学中,秩序发生了根本的动荡。没有一个东西有自己固定的位置和明确的形状,任何矛盾中的一方都可以与对立的另一方交换位置,不再有等级和秩序了。在极端的情形下,层级体系往往以一种颠倒的方式出现。这是一种头重脚轻的现实,到处都是一种不平衡、不符合、不相称。我们可以说这是目的与手段、精神与肉体、理想与现实的不符或者说是本末倒置。最具有反讽意味的是,最高度的秩序化和制度化,往往也就是最大的混乱和最根本的秩序颠倒的源泉。在卡夫卡的《城堡》里,主人公为了达到目的可以把城堡主人的情妇引来睡觉,但比这件事情小得多也容易得多的事情——找到那位主人并请求他批准在村子里落个户口(对他是主要事情)却永远做不到,这是荒诞的。而在韩少功的《火宅》里,语管局的官比下属还要多,这应该是同一类性质的颠倒,一种对官僚主义的真实写照。卡夫卡的寓言还隐含了更深的一层含义,它表明了人类生存的一个最根本的本末倒置,一个最大的荒诞:为了忍受痛苦,结果却要付出更大的痛苦;为了活下去,结果却是比死还难受。

另一个颠倒则表明历史确实具有某种头重脚轻的性质,或者说常常有某种逆向性的发展。按照进化论,理应是后代胜于前代。但是现代派作品却往往热衷于写种族的退化。在卡夫卡笔下,父亲总是强者,而儿子则是弱者。例如《变形记》中,父亲靠其儿子维持着自己的生命,像一个巨大的寄生虫附着在儿子身上。他不仅消耗着儿子的力量，而且吞噬了他的生存权利。在新时期的大量作品里，父亲与儿子更是呈现出一种逆向的继承关系。新时期文学中的"父亲"形象是一个非常值得研究的课题。从各种意义上讲，这都不是一个可亲可敬的形象。这里有对父亲的恐惧(洪峰《奔丧》)、反感(方方《风景》)、羡慕(王安忆《叔叔的故事》)、蔑视(王朔《我是你爸爸》)，就是没有爱。在新时期文学的"父—子"关系中，我们更多看到的是种的退化：压制、吞噬，前代战胜后代。这一点，《叔叔的故事》里是有非常精彩的证明的。叔叔与他的儿子大宝有一场惊心动魄而又极其窝囊、令人扼腕沮丧的肉搏。结果是叔叔赢得了胜利，一个可耻的胜利，骨子里是失败，叔叔也知道这一点。在余华的《世事如烟》中，算命先生发现了生存与长寿的奥秘："那四个子女与算命先生的生辰八字都有相克之处，但最终还是做父亲的命强些，他已将四个子女克去了阴间。因此，那四个子女没有福分享受的年岁，都将增到算命先生的寿命上。"父亲战胜儿子，从种族的传承发展的角度来看，就是失败，是对父亲的嘲笑和生存意义的丧失。

如果把儿子看成是父亲的另一个自我或者说是其自我的延伸，则父亲战胜儿子也是一种自我摧毁。我们已经从不同的角度探讨了自我指涉的问题。在这里，自我指涉表现为自我否定与自我摧毁。这是自我异化的终极阶段。卡夫卡的《在流放地》写一个军官好用一种特制的行刑机器来细致地、津津有味地杀人。当别人要废除这种残酷的刑罚时，这个刑罚机器的化身不动声色地从机器上卸下犯人，又无动于衷地自己躺了上去，亲自操作机器把自己杀死。在余华的《往事与刑罚》里，那个刑罚专家把最后的最完美的刑罚留给了自己："他在这个刑罚里倾注了十年的心血，因此他不会将这个刑罚轻易地送给别人。"但是，同样是自我摧毁，卡夫卡笔下的刽子手残酷而镇静，余华的刑罚专家则在给自己行刑时，屎尿横流，吓破了胆子，最后不得不选择上吊这一"被糟蹋了的刑罚"。我们看到，这也是本文第一部分所谈到的那种"堕落"的情形——从高级自戕向低级自戕的堕落。自我摧毁本身就是荒谬的，是对自我的一种反讽；而自我摧毁的流产则是一种双重的荒谬,是对反讽的反讽。

反过来说,王朔式的反讽本身也是一种自我摧毁。当主客体的界限消融,主客体的对抗失去了意义,也失去了成功的可能,主体似乎就只能转而向自己发起进攻,这就像癌症病人的那种情形(癌细胞与正常细胞共生共存)。好像只有通过主体的自我否定,才能否定客体,脏水必须与孩子一起泼掉,反之亦然。自我否定与自我毁灭需要极大的勇气,但却是软弱的结果。这是反讽与荒谬的终极情形。

三

荒诞派艺术试图以振聋发聩的办法使我们觉察这个世界的状况、现实的可笑、自我的分裂及无所不在的死亡。它把人描绘成陷进了不可理解的力量的旋涡之中,且又往往被剥夺了甚至最基本形式的人与人的交流手段。在自我的完整与独立、传统的现实观念及交流的真正能力均被看作是幻想而被抛弃之后,看来接着出现的将是艺术家本人大概也会抛弃我们通常称之为"戏剧"、"小说"或"诗歌"的这几种交流形式了。"荒诞的创造者丢失了一切幻想,甚至不幻想自己的作品是必要的。相反他要求我们无时不想到他的作品纯属偶然。他希望人们能在作品上写下一行题词:'本可不作'。"[①]但是写作活动依然在继续。这就明显证明,在荒诞的核心中有一种根本的模棱两可性;作者希望通过描述事物的无可非议的混乱来使我们获得深刻的印象,而他本人显然不希望接受这种混乱。最为荒诞的戏剧是舞台上空荡荡而观众厅也空无一人;而最为荒诞的小说则是一字全无的一页页白纸。艺术家不愿意完全否定自己的作用,这表明他对于交流的可能并未完全失去信心。就像白乐天所说的那样,如果真是"道可道,非常道",为什么又要有《道德经》五千言呢?

这其实正是一个悖论,如何既说话又不说话?如何以说话的方

---

① 《萨特论文选》,施康强译,北京:人民文学出版社 1991 年版,第 60 页。

式来反对说话，达到沉默？逻辑学的矛盾律与排中律不允许我们在肯定一件事的同时又否定之，但是在现代小说中，这已经根本不是个问题了。如果我们能够既是某个东西，又不是某个东西，那我们当然也就能通过说话(非沉默)来达到沉默。当然，这已经不是传统意义上的说话了。在卡夫卡的《乡村医生》中，相互否定矛盾的感觉与经验套叠在同一时空之中。病人“病得很重”，“是健康的，最好把他从床上赶下来”，“也许是病了”，“已不可救药”。对医生的态度是：恳求医生“让我死吧”，笑脸相迎，呜咽，“你要救我吗？”，喊叫，愤怒，蔑视，“我对你极不信任……我恨不得把你的眼睛抠出来”。同样，我们在王蒙的《来劲》中看到主人公“他也就是她它得了颈椎病也就是脊椎病、龋齿病、拉痢疾、白癜风、乳腺癌也就是身体健康益寿什么病也没有”。或者如海明威《一个干净明亮的地方》所写的：“这是虚无缥缈。全是虚无缥缈，人也是虚无缥缈的。人所需要的只是虚无缥缈和亮光以及干干净净和井井有条。有些人生活于其中却从来没有感受到，可是，他知道一切都是虚无缥缈的，一切都是为了虚无缥缈，虚无缥缈，为了虚无缥缈。我们的虚无缥缈就在虚无缥缈中，虚无缥缈是你的名字，你的王国也叫虚无缥缈，你将是虚无缥缈中的虚无缥缈，因为原来就是虚无缥缈。”这一大堆荒谬的胡言乱语并不是精神分裂，也不仅是主体在狂乱的现实面前的无所适从，它更像是一种沉默，用说话来达到的沉默。

在西方现代派作品中，我们经常可以看到一种反对话逻辑，小说中的人物表面上在进行对话，其实是自说自话，各说各的。例如《第二十二条军规》中温特格林在对话中没头没脑地大叫艾略特，以及尤索林与精神分析医生关于鱼的对话。在残雪的小说中，我们也到处可以看到这种“非对话性”。对话支离破碎，接不上榫头。人们从来就恐惧沉默，因为沉默容易让人联想到死亡。为了填补沉默的空白，为了克服对孤独的恐惧(如前所说，因为人们已经失掉了真正的联系)，人们在大量地说话，但对所说的内容已经越来越不关心了，仿佛说话并不是为了交流，而是为说话而说话，说话变成了一个形式，徒具外壳。这里面，我们只见到说话的欲望，这真是人类交流的可怕图景，就像公园里常有的情景那样，草坪上放了无数个收录机，每个收录机都在播放自己的东西。结果，我们得到的是毫无意义的刺耳的噪音。如果说沉默代表了无意义，则说话本是为了克服这种无意义，为了创造意义。但当说话仅仅代表了欲望，而非代表意义的时候，说话也就变成了沉默。

沉默可以是加缪《局外人》中莫尔索那种在法庭上一言不发的沉默(这不同于周作人的所谓"一说就俗")；可以是丙崽式的翻来覆去只一句话，"X吗吗"；也可以是《喧哗与骚动》中吉·康普森的近乎不连贯的独白；也可以是孙甘露笔下语言的那种疯狂的自我繁殖；更可以是王蒙与王朔的那种饶舌和"胡言乱语"，答非所问，顾左右而言他。归根结底，用"胡言乱语"来沉默，是一大发明。

但是沉默并不仅仅意味着死寂。沉默的一面是死亡，另一面则是无限丰富的意义，孕育了新生，还有美。这也正是加缪和余华的区别所在。加缪在《西绪福斯神话》中谈到：一个人在打电话，我们在玻璃隔板之外听不见他讲话，却能看见他那些毫无意义的姿势。我们不禁诧异，他怎么还算个活人呢？这里加缪强调的，是当交流中止后，当语言被抽掉时，从某个角度和距离上人所显示出的非人与机械的特征。加缪的《局外人》正是在读者和他的人物之间置放了一块玻璃隔板。世上还有什么比玻璃窗后的人更显得愚蠢可笑？玻璃似乎能让一切穿透而过，它只阻隔了一样东西：人的姿势的意义。事物是透明的，意义却是不透明的。谁能说我们人与人之间没有这层玻璃隔板呢？但是，余华《世事如烟》中的一段描写则似乎正与加缪相反："透过一扇窗户他(司机)看到了一个少女的形象。少女似乎穿着一件黑色上衣，少女正在洗碗，少女在洗碗时微微扭动着身体，他的嘴似乎也在扭动。他于是明白了她正在唱歌，虽然他听不到她的歌声，但他觉得她的歌声一定很优美。"隔了玻璃反而滤掉了不纯的声音，剩下了美与无限丰富的意义。

当荒诞把世界的意义"空"掉了以后，也就又创造了无穷的可能性，为一个世界的新生创造了可能。有的中国作家毕竟还是在荒诞中见到了真情："我是这样看的，荒诞派决不是闲得无聊弄些离奇古怪的事来哗众取宠，相反，荒诞派对生活是认真而又认真的，这才在人们司空见惯的生活中，在人们正正经经自以为是的所作所为中，问出一句话：这到底是要干嘛呢？真就问得人瞠目结舌无言以对，于是冷静下来会多有一步思考。所以，荒诞派其实是一种积极的倾向，他无非是看出了为人的歧途罢了。"[①]从最根本的意义上说，文学是恐惧的结果。有两种恐惧的文学：一种由恐惧而寻求中心；另一种由对中心的恐惧而要离心，从而产生新的恐惧。这是一个永恒的过程。因此，文学也永远会像人生那样，在意义与无意义之间摇摆，在希望与绝望之间盘桓。我们在本文开头就谈到加缪《西绪福斯神话》中的两个基本点：一、人生无意义，世界无真理；二、一定要捍卫生活中那些重大的不协调。但是加缪的逻辑最后隐含了一个最大的不协调，即在一个申明不可能有真理的世界中一定会有一个真理与之不协调！就像鲁迅所说的那样，绝望之为虚妄，正与希望同。

① 史铁生：《〈瀚海〉序》，载《作家》1988年第1期。

模仿中的欲望

王安忆的《叔叔的故事》(多么了不起的杰作!)其实也是可以拿来当文学史读的。我总觉得它是中国当代文学史的一个活的隐喻。这么说当然有些奇怪,虽然写的是作家,那里头似乎并没有牵涉到文学作品什么的,却只有一大堆叔叔和女人们的纠葛。问题就在这里,那些女人就是叔叔的作品。叔叔在不同的历史时期和不同的女人的不同的关系,正是当代文学曾经走过的历程。譬如,大姐和小米这两个女人,就分明是古典主义和浪漫主义在 70 年代末和 80 年代初的回光返照。而叔叔的那一次莫须有的"国际恋爱",则无疑构成了对中国文学"走向世界"的刻骨铭心的反讽。

叔叔频频穿梭于欧亚之间,"心里不免会有一种登上国际舞台的心情,他想他的生活已是一种国际化的生活了,在这种生活中,他多么自如啊!他望着他的德国伴侣,尤其觉得骄傲。他觉得这一个德国女孩的友谊和理解就像一架桥梁,沟通了他和世界民族的关系。他已经融进了人类,而不是一个经过长期隔离而离群索居的中国人"。小说描写了叔叔与德国女孩(照我看也就是中国文学与西方文学)之间似是而非的相互理解与默契:"两人讨论了很久,你驳斥我,我驳斥你,然后渐渐达到一致。这时候,叔叔和女孩都有一种感动的心情,他们觉得他们接触到了一个深刻的问题,并且在这问题上达到互相的理解。"

可是,当叔叔在欲望的驱使下要对德国女孩采取实质性的步骤的时候,一切相互的交流、理解和融洽就立刻土崩瓦解。叔叔对她动手动脚,遭到对方的坚决抵抗,而叔叔也就"忽然间,对这女孩充满了刻骨的仇恨。由于这女孩固执的不服从,叔叔竟劈脸给了她一巴掌,叔叔脸上也挨了狠狠的以牙还牙的一巴掌。女孩用德语说着些什么,他一句不懂。他看见女孩忽然变成了一个陌生人,一个陌生的、高傲的、冷漠的外国人,他们之间丝毫不了解。……叔叔突然破口大骂起来,他不知不觉中骂的全是他曾经生活过的那小镇里的粗话俚语,是那女孩从未学习过的,也是一句不懂"。在欲望受到阻遏的瞬间,意指过程的网络也被突然切断,意义之间表面的和谐被打破,出现了巨大的缝隙,语言与欲望的关系也就在这裂缝中豁然现身。从符号学的角度来看,人与人,文本与文本,人与文本,它们之间的关系其实是动荡而模糊的,欲望应当是贯穿联系其间的纽带。换言之,人和文学,说的都是一种欲望的语言。《叔叔的故事》抓住了这一要害,当然也就获得了穿透许多分界线的可能性,而这些分界线本来是很难飞越的。

色空不二,欲望必然同时是内在的和外在的。一方面,欲望是"我"自身的迫切的愿望;另一方面,欲望在指往对象的过程中,必须也必然受到"他人的目光"的引导,成为一种模仿行为,被纳入人际交流的轨道,也被纳入国际文学交流史的轨道。欲望总是提醒我们前一方面,而每每强迫我们忘掉后一方面。当我要大肆装修居室之机,我总以为这完全是我自身内在的要求,而非受了隔壁邻居家金碧辉煌的刺激;在马尔克斯走红之际,他吸引我们的似乎就完全是他本身的、文学的价值。其实呢,虽然二者都同样真实,也根本不可能截然分开,后者才是真正有意义的入口处。自我在最初是看不见自我的,必须经过"镜像阶段"。我这里要歪曲地使用拉康的术语了,一切他者之物都可以成为自我的镜子,进而成为自我的构筑物。从这个意义上讲,第一世界与第三世界,都要成为对方的镜子。另一方面,一国的文学,在走向世界、参与国际文学大循环之前,当然是不可能有自我意识的。可是,在参与进去之后,是不是就真的有了自我意识呢？如果有,又是怎样一种自我意识,这里的情形究竟怎样,如何演化,如何分裂?

让我们还是回到《叔叔的故事》。在出国游历、讲学并受到欢迎的过程中，叔叔体会到一种“世界公民”的感觉，这当然也是一种自我意识。他与德国女孩的关系似乎原本也十分和谐、默契。在交谈中，他提到“文革”，女孩立刻摆出自己民族中的法西斯阶段与之映衬、交换，于是双方都各自成为对方的镜子，并由此体会到一种满足。这里也确实存在着一种交流，这种性质的交流在我们大家的日常生活中该不是陌生的吧。我理解王安忆是把叔叔当作中国当代作家的化身来写的，那么，叔叔的感觉在中国作家中是否具有代表性呢？韩少功说过这么一番话：“人类的太阳都是同一个太阳，人类的敌人都是同一个敌人，人类的任何一段历史都是同一段历史。由一个人血缘上溯都有千万对父母，循血缘下延则有千万个子孙，于是单复数不再有差别，一个人和整个人类则合二为一，互为表里。当你以人类的目光关注这个星球的时候，也许远古就成了昨天，大洋彼岸的陌生异族则不过是你竹篱笆那边的邻居。……想到这些，我就开始写《爸爸爸》。”①

这是一种非常美好同时也比较新鲜的感觉，这种感觉在新时期以前的中国作家中似乎还不曾出现过，它构成了激励一批新老作家的一个新的信念。对诺贝尔奖的渴望，比较文学的一度兴盛，应该说同这种感觉是分不开的。但几乎在同时，另一种感觉也就悄然而至了，就是叔叔在企图对外国人动手动脚失败之后的那种感觉。欲望受到了阻遏，甚至还极端性地由此导致了彼此间的暴力；语言急遽地向后退缩；更重要的是，一种真正深刻的自我意识在同一时刻突然产生。自我与自我意识诞生于欲望的挫折之中，并总是同某种程度的匮乏、不和谐、得不到满足相关，这一点从儿童身上是很容易发现的。可是，再要退回到过去已经是不可得的了，各式各样的焦灼与烦恼也就由此而生。

焦灼之一是一种“迟到感”（黄子平语）。许多中国作家都表达过类似的感觉。什么东西都比别人慢半拍，任何形式的实验和探索都

① 莫应丰等：《湘军诸将小说笔谈》，载《文学角》1988年第1期。

早已被人家穷尽了。假如任何一个开端就是结尾,欲望就必定会遭到最大的挫折。事实上它根本就无从展开,成为无以附丽的幽灵和孤魂。主体进入不了一个正常的位置,主体间性又如何发生?这确实是一个令人惶惑不安的问题:作为一个中国作家,他究竟应该怎样证明自己?特别是一些具有“先锋性”的作家,他们就像刘索拉《你别无选择》中的森森一样焦虑:“他挖掘了所有现代流派现代作品,但写出来的只是那些流派的翻版。这种探索不断折磨他。有没有一种真正属于他自己的音响?他自己的追求在哪儿?”这段话本身对刘索拉又具有一种反讽的意味。在《你别无选择》中,我们可以看到一帮音乐学院学生对生命、创造的原始的渴望,以及对陈规、教条、前辈的不恭与反叛。小说表现对独创的追求,本身却是《第二十二条军规》的彻头彻尾的仿作。我们在刘索拉身上看到的怪圈充分地展示了模仿的两重性,这两重性与文章开头谈到的欲望的两重性是分别相关的。一方面,模仿行为以其重复性和单调性,构成对自我的泯灭和对生命的威胁;另一方面,只有通过模仿,自我才能与他者处于一定的位置与相互关系之中,自我才能得以凸显,也才有可能谈到独创性等问题。其实每个人在走向社会化的过程中也要遇到这两方面的问题,自我最终是以一种镜子折射般的方式在他人那里发现自己的。个体社会化的过程,其实也就是对他人的无穷的模仿的过程,自我的扩张与退缩,主体之间的差异与同一,必然同时发生在这个过程中。最终,模仿行为成了一种类似本能的东西,在极端的情况下甚至直接变成欲望本身。在模仿行为中体会到的快感与焦虑成为一种极为普遍的东西,存在于个体的交往之中,存在于政治之中,也存在于文学接收和跨国界的文化传播之中。弗洛伊德晚年对他所称的“自居作用”十分关注。他在《超越唯乐原则》、《自我与本我》等著作中对自居与欲望、本能之间的关系作了大量的研究。所谓“自居作用”,其实也就是我说的模仿行为。在弗洛伊德看来,爱欲在现实生活中追求两种依恋方式:一种是对象爱,表现为占有另一个人的欲望;一种是自居,表现为与另一个人相像的欲望(试想两个人恋爱中的情景吧)。

但是人们究竟想要占有被爱恋的人的什么东西呢？而且人们期望与什么样的人相像呢？弗洛伊德在欲望形成的童年阶段，在对成年的恋爱发生的影响中，以及在部分说明成年人恋爱过程的史前史中，寻找问题的答案。男孩用把自己与其父亲等同起来的方法来对待他的父亲。有一段时间，这两种关系并肩进行着，直到男孩对他母亲的性的欲望变得更强烈，并且发现他的父亲成为他们之间的障碍为止；从这开始，奥狄帕斯情结才产生。然后他与他父亲的自居作用染上了敌对的色彩，并且为了取代父亲在父母关系中的地位，这个自居作用变成一种摆脱其父亲的愿望。从此以后他与他父亲的关系就充满着矛盾冲突，看上去好像自居作用中固有的矛盾冲突从一开始就变得明显了。

这当然还只是弗洛伊德描述的家族罗曼司中的情景。这里的几个欲望关系我们不难在新时期文学中找到其对应物。新时期文学还非常像一个孩子。弗洛伊德总喜欢在爱欲中看出对抗来，把孩子对父母的依恋说成是一种本质上的对抗关系："很清楚，对奥狄帕斯情结的压抑并不是件容易的事情。对于实现孩子的奥狄帕斯愿望来说，孩子的父母，特别是他的父亲，被视为一个障碍；所以为了实行压抑，他幼稚的自我用在自身建立起同样的障碍来增强自己。可以这么说，他从他父亲那里借来力量做这件事，这个借贷是特别重要的行为。超我保留了父亲的性格，同时奥狄帕斯情结越是强大，它屈服于压抑就越快。"[①]当孩子成长起来，父亲的角色由教师或其他权威人士担任下去，他们的禁令和禁律在自我典范中仍然强大，且继续发展。旧的对抗关系还未消失，新的对抗关系就又出现了。这样就会有多重的自居，在一定的条件下还会失去控制："如果它们占了上风，变得数量很大，并且过分强大以致彼此不相容，那么一种病理上的结果就已经为期不远了。在不同的自居作用相互间被抵抗切断的情况下，

① 《弗洛伊德后期著作选》，林尘、张唤民、陈伟奇译，上海：上海译文出版社 1986 年版，第 183 页。

自我的分裂也会到来；可能被描写为‘多重人格’的病例的秘密就是不同的自居作用依次占有意识。甚至在并非这样严重的时候，各种自居作用之间的矛盾冲突还是存在，在这些矛盾中使自我功能开始分离。”①

新时期文学的情形就是这样，它有许多潜在的“父亲”（模仿对象），它们之间存在着竞争。可是新时期文学又是这样的孩子：一个早熟的婴孩，一个晚熟的成人。它过于急切地要确立从根本上讲是脆弱的自我，却又不得不从（各种意义上的）父亲那里大量地“借贷”，而且自我愈是脆弱，自立的欲望愈是急切，“借贷”也就愈是泛滥。此乃新时期文学种种过度的自尊自恋、自轻自贱的精神病症候之源。一方面拼命地模仿，一方面又对之恐惧厌恶，讳莫如深。说谁受谁的影响，这是一个特别敏感的话题，作家视之为自身难言的创口，评论家却又特别热衷于揭这块伤疤。一部有影响的新作出来了，评论家总是热切地为它寻找一个祖宗，作家则恼羞成怒，矢口抵赖。诸如此类的情形不胜枚举。说洪峰的《奔丧》是受了加缪的《局外人》的影响，洪峰很不高兴，讲了一些负气的话；说张贤亮的《男人的一半是女人》模仿了劳伦斯的《查特莱夫人的情人》，张贤亮就赶紧申辩他压根就没看过那书；邓刚的《迷人的海》问世之后，有的评论者将其与海明威的《老人与海》作了比较，邓刚为了洗刷这个不白之冤，不惜将自己贬了一通：“在我看来，海明威的风格是简炼，几乎没有什么形容，精练极了；而我的语言是啰哩啰嗦，大量的修饰和形容，两者风马牛不相及。海明威表现主题的方式是隐蔽的，手法比较深刻老到，而我则是比较浅，比较简单。……为什么咱们中国出现一部小说，非得在外国找个‘父母’不可呢！”②

问得真好，反过来再问一句，为什么对“父母”问题这么忌讳呢？其实谁是否真的看过什么作品，是否真的受了哪个作家的影响，已经

---

① 《弗洛伊德后期著作选》，上海：上海译文出版社 1986 年版，第 179 页。

② 《记作家、评论家的一次专题对话》，载《文学评论》1984 年第 5 期。

是次要的了。当连一般性的比较也变成了恶意的指控的时候，“父母”问题实在已经变成了敏感的情结。考虑到中国长期的传统宗法社会的性质，这还是容易理解的。比较一下中外儿童的成长史，它们当然要遵循一些基本的、相似的原则，例如，都是通过镜像阶段的自恋和自居作用确立自我。但是，区别马上就来了，自恋和自居究竟朝哪个方向发展？西方的儿童比较倾向于在对象身上发现自我，也就是说是一种发散型的自我投射；而中国的儿童则倾向于在自我身上发现对象，其自我是内敛的。两者正好有些相反，其结果是西方的儿童在家族罗曼司中，也即在与父亲的竞争中处于比较有利的地位，而中国儿童则往往是这种竞争的失败者。关于这一点，《叔叔的故事》里是有非常精彩的证明的：叔叔与他的儿子大宝有一场惊心动魄而又极其窝囊、令人震惊扼腕沮丧的肉搏。结果是叔叔赢得了胜利，尽管只是一个可耻的胜利。我看到那一段，心里真有说不出的不舒服。

这样就产生了不同的结果。虽然都是在与对象的替换与移置中完成自我，方向却反了：一个是用自我替换了对象（家长等），一个是用对象替换了自我。于是，东西方的模仿观也就很有些不一样。在西方，从柏拉图以来，对模仿一直有着两种态度。柏拉图是看不起模仿的，认为那不过是第二世界第三世界的东西。他的态度代表了西人对“起源”和“独创性”的向往，这种向往最终导致上帝概念的产生。柏氏这一脉在近现代亦有回响，突出的例子就是尼采。妙就妙在尼采是反上帝的，反上帝是为了当上帝，他是想通过杀死上帝来替代上帝、成为上帝，骨子里仍然逃脱不了对上帝的渴望（一种极端的渴望）。从模仿、替代父亲到渴望上帝，再到杀死上帝，这确实是自我无限扩张膨胀的过程；是否走完了一个反讽的圆圈，走向了对自身的解构，这不在本文的话题之内。西方对待模仿的另一种态度则可以追溯到亚里士多德，即对待模仿十分宽容。这条线上有古典主义的模仿观，有维柯和当代的艾略特、迦达默尔。他们把模仿当作一种很自然的在世的方式，而给予高度的关切与重视。所谓“独创性”云云，并不构成缠绕他们心头的梦魇。说到底，从柏氏与亚氏开始的各家都从理性的角度关注模仿,并逐渐发展出严密的模仿理论的体系。

在中国,一向是有模仿行为,而无模仿理论。模仿被挤压在无意识的领域,过去还很少进入理性的层面。西人对父亲的模仿与替代要上升为对上帝的模仿与替代,我们则止于对父亲的自居。而且不是“我”替代了父亲,而是父亲“替代”了我。所以上帝的概念压根儿就不曾有机会出现,上帝的某些功能也由父亲代为实现了。因此比起西方来,我们的父亲更是一个威严的、全能的、不可超越的形象,我们与父亲之间的差异与界限也就更加分明、更加壁垒森严。作为家族罗曼司的事实上的失败者,孩子不得不将对抗和仇恨进行压抑和转移,转入无意识的领域。

无意识的领域之一是咒骂。比较一下东西方骂人方式的不同,是可以看出一些各自的家族罗曼司在无意识领域的差异的。有意思的是,咒骂总容易同性有关,西方有“四字经”,我们有“国骂”,东西方在这一点上是一致的。不同点在于,西人咒骂中指涉性的方式或泛指或当下就与对方直接有关;而我们则避开对方,绕个弯子,指向对方的母亲甚至是祖母,例如“国骂”。这里的潜台词是显而易见的,便是要以对方的父亲自居。既然在家族罗曼司中面对强大的父亲无所作为,只好在潜意识中,在想象的领域过一下做父亲的瘾,通过想象性地以父亲的身份欺压他人来补偿和转嫁现实中真实的父亲对自己的真实的压迫,释放掉一些危险的心理能量。回想一下我前面提到的弗洛伊德的向父亲“借贷”的概念,确实是有道理的。可悲的是,越是借贷,孩子的自我就越是脆弱。在这过程中,自我把自己完全奉献、交给了父亲,父亲的形象越来越高大、丰满,孩子的自我却日益萎缩、空虚。孩子失去了本质,其本质最后必须完全由父亲来提供。更糟糕的是,在这场步步退缩的败仗中,孩子对父亲的仇恨却一点也没法消失,甚至进一步发展了,再加上恐惧,统统转入潜意识的领域,化作情结,化作对父亲或起源问题的异常敏感,化作新时期作家对模仿问题的忌讳。

回过头来再看一看邓刚他们的牢骚,就十分好理解了:你说他们模仿了什么人,岂不也就像在骂他们一般吗?日常生活中也是这样,在中国,如果随便管别人叫儿子,那是十分严重的,但在别的民族就不一定如此。这问题还可以从另一个角度来看。当年中美曾计划合拍一部故事片,叫做《相逢在北京》,大旨是歌颂中美民间的友谊,主要情节为两个中美青年从在长城上相识到相爱的过程。美方原先提出的设想是男主人公为美国人,女主人公为中国人。我们坚决不同意,一定要对调一下。美国人觉得很难理解,也拗不过我们,也就照我们的意思换过来了。这里头有好几层含义:以往的创伤,自尊自卑,性别的歧视……诸多情结化作国际文化交往中的这么一个小小的插曲。由此可见,影响的焦虑不仅是纵向的(以父子关系为象征),也可以是横向的(以两性关系为象征)。而这又似乎可以向上追溯到我们的传统。《易经·系辞上》里早就说过:"生生之谓易,成象之谓乾,效法之谓坤。"乾和坤作为男女的代表,后来实为不平等之二元对立,而"效法"(即模仿),是女性的。这么说来,叔叔的失败就更是必然的了。铁凝曾与茹志鹃一起到丹麦汉学家何莫邪先生家里做客,何先生热情地请她们欣赏他收藏的许多中国春宫画,并给予高度的评价,还扬言要把那图挂到餐室里去。这使得铁凝很不高兴,她感到何先生的收藏和研究是带着对中国文化的玩味,连带着便对她们也不尊重了。铁凝是中国作家,又是女性作家,她以其独有的视角与敏感,触及了中外文化交往中的一个重要的问题。双重的身份引发双重的交往(其实还不止双重,这里的关系要复杂得多),考虑到不同文化之间的交往与不同性别之间的交往的关系,考虑到文化的性别(我们的文化是一种什么性别?),再考虑到模仿之中的性别差异,铁凝的遭遇就成为中外文化交流史中的一个特殊而又极富说明性的寓言了。

值得注意的是,在中国文学中,虽然早就隐含了对模仿的轻视的态度,对模仿问题的明确的自我意识却是随着"五四"新文学一道诞生的,同与世界文学的交往有关,又同个性主义和个体意识的觉醒有着千丝万缕的联系,这不是偶然的。上述情形从一开始就出现了。

当年茅盾否认自己受左拉的自然主义的影响，认为自己倒是得益于托尔斯泰。其实，他的许多作品都是有着很深的左拉的影子的，却跟托翁实在有些风马牛不相及（除了《子夜》第二章结构上的一点点痕迹），茅盾的虚晃一枪不过是心理学上的一个小小的花招而已。对模仿的另一种态度也是在一开始就产生了的，那就是鲁迅——最具独创性而又是最大程度上的模仿者。鲁迅对待模仿的坦然而又健康的态度是无人能及的，简直看不到丝毫的不安与焦灼，称他是哈罗德·布鲁姆在《影响的焦虑》中所说的那种“强力诗人”，怕是一点也不过分。但他是模仿之后而成的“强力诗人”，是布鲁姆所难以想象的。

到了新时期，过去的一些问题又重新过了一遍，当然也有了一些新的情况。在新时期，对模仿坦陈其事的态度也是有的，这大多在一些新人身上。例如苏童、孙甘露、马原等，常常谈到他们对他们所敬爱的大师的作品的感受，以及大师的作品对他们的影响。这里多少有些虚虚实实，好似犯人的口供一般。例如马原很愿意谈论霍桑、拉格洛孚之类的古典作家对他的影响：“我的朋友李潮说我的《零公里处》是中国 60 年代的《哈克贝利·费恩历险记》，我认为这是对我的最高评价。我一直有在小说里达到古典主义境界的愿望。我刚写完一个中篇《旧死》。我以为我在这篇小说里实现了这个愿望。”[1]由中国的先锋派作家来渴望古典主义，是故弄玄虚（像茅盾那样），还是意图复归？但至少有一点是肯定的，那就是中国作家都隐隐有这么一种看法，即现代主义必须有古典主义作内核，作后盾，现代派作品倘没有古典的底子和功力撑腰，那是虚的，玩不转的。这个观点在美术界就更显豁了，一谈到毕加索，总要说起他古典写实的功力如何如何，好像这是他其他作品的担保和信用证似的。考虑到中国几乎不曾经历这么一个古典主义的阶段（还未真正开头便刹了尾），这种渴望和幻想也是意味深长的。

---

① 辛晓征：《马原访问记》，载《文学角》1988 年第 2 期。

在影响的焦虑的支配下，福克纳和马尔克斯成了“两座灼热的高炉”[①]，对大师的无限景仰甚至可能导致了一种新的神话(化)的产生：“我(史铁生)看了他的《去年在马里昂巴》后觉得，他假如不通神就不可能写出那样的作品。他完全是站在那个位置(指上帝——李按)上来看世界，他稍微移动一点，就能获得很大的变化。所以我觉得中国当今的小说，太在其中。不能够时而在此，时而在彼。……博尔赫斯是神，他说的绝对是神的语言。”[②]史铁生并没有因此而自卑，他找到了一个新的对抗的方法，就是让自己也神化。这当然是比较极端的例子。另一批作家用的是另一套对抗的策略，走出了不同的路子。郑万隆认为：“既要承认西方文学大师为我们提供可能与方便，同时也要极为清醒地意识到任何传统在成为我们文学发展动力本身也就构成为我们继续前进的障碍，这就需要一种超常的自我意识。在发展中不断找到自己，不断地能选择自己，也即是找到自己身上的超常性，超越一般经验世界的能力，选择自己未来的道路。”[③]

自己身上的超常性在哪里呢？这批人发现了一个隐藏着的深厚的母体，转而向母体“借贷”。我说的就是所谓的“寻根派”。轰轰烈烈的寻根运动偏偏发生在大规模的文化横向移植之机，这是一点也不奇怪的，与自我成长过程当中的影响的焦虑有着千丝万缕的联系。我在一开始就说过，模仿具有两重性，而且分别对应于欲望的两重性，即弗洛伊德所说的生的本能与死的本能。荣格从此发展出一套有关前行与退行的理论，比弗洛伊德要健康明朗。个体走向社会，适应外部环境，对付日新月异的外部世界，这就是前行。从一开始，人就按照他的先天的倾向以一种特殊的心理功能去把握世界。由于以一种特殊的方式作为开端，精神活动在方向上就是片面的。如果这种心理功能的片面性占据了太大的优势和太强有力，在它的整个进

---

① 莫言：《两座灼热的高炉》，载《世界文学》1986年第3期。

② 《文学的民间评奖和文学的理想——史铁生和李劼一席谈》，载《文学角》1988年第3期。

③ 郑万隆：《走出深渊》，载《世界文学》1988年第5期。

程中，它就会把一切经验和能量都尽可能地吸收到自身中来。然而毕竟有一天(对中国文学来讲，就是在“走向世界”之后)，原有的心理功能不再能够应付和适应环境，这时候就需要有一种新的心理功能。这一改变使人原有的自信和把握随之瓦解，人显得茫然无所适从，这时候就需要对各种混乱无序的心理值重新加以协调。

怎么协调呢？退行的倾向就出现了。退行首先是指从纷扰的外部世界中暂时退回到内心世界中去。荣格认为，一个人只有当他适应了自己的内心世界，也就是说，当他同自己保持和谐的时候，他才能以一种理想的方式去适应外部世界所提出的需要；同样，也只有当他适应了环境的需要，他才能够适应他自己的内心世界，达到一种内心的和谐。这两种适应作用相互依赖，前行与退行缺一不可，对其中任何一方的忽视与偏废都会造成心理的变态。值得注意的是，荣格所指的“内心”，也就是无意识有其特有的含义，主要指远古传下来的种族神话原型。荣格指出，退行作用有一种好处，就是可以激活无意识中拥有的丰富的种族智慧的原型。这种种族智慧往往保证了一个人能够成功地解决他在现实生活中所面临的种种迫切问题。荣格主张人应该周期性地退缩到自己的内心深处，这样做的目的并不是为了逃避现实，而是为了从无意识能量贮藏所里获得新的能量。其实，我们每天晚上睡觉做梦的时候，就是在退行，在从无意识中汲取能量。考虑到文学的“白日梦”的性质，文学在根本上不也是一种退行吗？

如果说中国文学走向世界是前行，寻根当然就是退行。退行是健康的、治疗性的，是为了协调内心的不平衡，从而更积极有力地投入与外部世界的冲突中去。这也是不容置疑的，但一不小心就会成为一种矫饰，滑向一种新的心理冲突，或者成为变态心理学意义上的“退缩”。在《叔叔的故事》中，叔叔在国际旅行时，愈是认识到自己的“世界人”的性质，就愈是要小心注意让自己的言行举止格外富有中国传统的特色，像喜谈老庄啦，喝茶而不喝咖啡啦，等等。说到底，这是一种表演、迎合，是一种姿态。而且“传统”云云，不过是西人眼里折射回来的所谓“传统”罢了,归根到底你还是受了一种“他人的目光”的引导,你感觉到的自己的本能的欲望也事实上成了对“他人”的欲望的(有时是拙劣的)模仿。本来居以自尊之物,却成为自卑的结果。这有时还会发展成更严重的情形。例如,在同德国女孩发生暴力冲突、欲望猛然受挫(也就是国际交流受阻,真相大白)之机,叔叔突然无法控制自己地破口大骂,而且骂的全是他曾待过的那个乡村的土话俚语。这就不是退行,而是退缩了。退缩作为一种应急反应,是肌体在外界强大刺激或威胁下一种自动的防卫机制,它暂时完全切断与外界的联系(就像电路里的保险丝在电流过载时自动烧断一般),表现为肢体的麻痹,婴儿般的蜷缩,或返祖行为。从退行到退缩,这之间只有一步之遥,因为它们都是一种强迫性的重复行为,背后都是本能在起作用。但是,退行是积极的,而退缩是消极的。退缩是鸵鸟的行为,是一种“自欺”。所以,在涉及“民族风格”这样的问题的时候,一定要小心,总要让它成为退行,而不是退缩才好。

到现在为止,我们以模仿为中轴,以欲望为焦点,分析了文学接受中的一些“症候”。也许已经到了该作些结论的时候了。中国文学究竟如何进入一个世界格局中恰当的位置,如何获得一种比较健康的接受心态,模仿与独创的关系究竟如何?我们该知道,所有的欲望都产生于一种匮乏,欲望不断地努力争取满足这种匮乏。但是,用拉康的话来讲,欲望总是从一个能指转向另一个能指,而这是一个无穷的过程。人类的语言(包括文学!)正是靠了这种匮乏才发挥作用的,因此一旦进入语言,就必然要变成欲望的牺牲品。从这个角度讲,也许我们已被“抛入”,已是永无宁日了,王安忆的《叔叔的故事》(我真是忍不住地偏爱这部作品)正表达了这个意思。而且不巧的是,自我的解体偏偏与自我的建立同时发生了。另一方面,情形也许并不像看上去的那么糟糕。虽然“色即是空”,欲望总是对象的“不在”,而且似乎模仿也是一种空,但是,模仿刺激了欲望,欲望诱发了模仿,而就在欲望与模仿的相互转换与相互作用中,意义产生了,尽管伴随着所有的焦虑与不安。

归根到底,这里还是同一和差异,或者说区别和相似在起作用。一种虚假的和谐与同一当然只是古典主义的幻想,但差异也绝不会像后结构主义者想象的那样是无穷的延异与鸿沟。自我解体了,但新的自我又会从欲望与模仿的交互关系中产生;毕竟,模仿是人在世的根本方式,我们应对之报一种更加积极的态度,而事实上我们对它的奥秘还了解得远远不够。也许,根本的问题在于,我们是从自己身上看到别人呢,还是从别人身上看到自己?

走向象征的森林

象征是非常奇妙的东西。它与人类一起生长,因此非常古老了;但是它又非常年轻而新颖。旧的象征,有的死去,有的进入了语言的博物馆,但是有许多历史悠久的象征依然还生机勃勃地活着;而新的象征表达式则更是川流不息地涌现,像巫师的咒语一样,召唤着新的灵魂。象征是文化的密码,是语言对语言的超越,是人类与生俱来的渴望,也是文学最基本的要素。

中国文化的伟大传统同我们古代文学中极其丰富而生动的象征是密不可分的。但是,同样在我们这个传统中,又存在着把这些象征竭力削减、压缩成比喻和影射,把符号和意义纳入单一狭隘的轨道的倾向,造成对人性、创造力和生命的钳制和扼杀。这种情形在“文革”中获得了空前的发展。在“文革”中,“象征”既泛滥成灾,又极度贫乏;“红太阳”喻领袖也只允许喻领袖,“青松”喻革命情操也只允许喻革命情操,“西风”喻帝修反也只允许喻帝修反……符号与意义的派生关系变成了一个萝卜一个坑,而且萝卜在各自的坑里永世不得翻身。例如,知识分子就永远被埋在“臭老九”这个坑里。这种象征方式进一步导致文学(甚至史学、哲学)失去了所有其他特性,变成了单一、机械的影射,成为文化专制主义的工具。

“文革”后,象征作为最先引进的现代话语,其最初的矛头正指向了那种压制性的象征。始作俑者王蒙对这一点有非常清醒的自觉意识。他的《布礼》中有一段标着“年代不详”的段落,当时大家都觉得这是象征,并纷纷猜测这里头的象征意义,王蒙自己则说:“《布礼》那个场面如果说有象征意义的话,不是比喻也不是影射,这不是赵姨娘的象征，也不是马道婆的象征。”[1]象征的多义性强调作者与读者的自由，因而对人具有一种解放的性质。这对当时广大的已经形成思维定势的读者和批评家的意义尤其重大。在小说《杂色》的某一处，王蒙突然跳出来直接向他们说话：“好了，现在让曹千里和灰色马蹒跚地走他的路吧。让聪明的读者和决不会比读者更不聪明的批评家去分析这匹马的形象是不是不如人的形象鲜明而人的形象是不是不如马的形象鲜明而人的形象是不是不如马的形象典型，以及马的臀部和人的面部的描写是否完整、是否体现了主流与本质、是否具有象征意味、是否在微言大义……种种高妙的见解也尽情去发表澄清吧。”这无疑是对“左倾”文艺路线的讽刺挖苦。同时，在对读者的调侃中更流露出一股要把他们从非人的感觉和思维习惯中解救出来的浓浓的善意和人道主义精神。

王蒙和朦胧诗人笔下的象征与西方现代主义文学中的象征虽然同具多义性和开放性，两者又有根本的不同。前者的多义性是统一的、和谐的，它指向背后一个完整的理性存在，由此产生一个起统摄作用的中心，因而其开放性是有限的，并从根本上洋溢着启蒙式的乐观主义色彩。例如《风筝飘带》中的那只风筝，它具有从高尚到卑微的各个层次的象征意义，这些意义都围绕着主人公诗意的理想而起作用。然而在西方现代主义文学中，中心消失了，象征意义朝四处分崩离析，并以恶的形式无限增长，呈现出一派死亡的景象。

奇妙的是，王蒙在 70 年代末对待象征的这种态度，倒与西方后现代主义的手法更有似是而非的暗合之处。在奥地利作家托马斯·伯恩哈特的《改正》中，就在叙述者发现荷勒的那只吃饱了的鸟神奇莫测，并开始考虑主人公罗尔泰默的那朵黄色的纸玫瑰时，他随即便拒斥了这些试图发现一种深层意义的尝试：“我们不能走得太远，这样会致使我们去猜测，一切事物中以及其背景后都隐藏着一种怪现

① 王蒙：《在探索的道路上》，载《当代文学研究参考资料》1980 年第 2 期。

象，一些谜一般的、富有意义的东西。其实这只是一朵纸玫瑰，别无其他意义。一切不过是它本来的样子而已。我想，如果我们总是把我们觉察到即看到的一切，把我们当中发生的一切同含义和谜相联系的话，那我们早晚会发疯的。我们只能看见我们看得见的事物，它不是别的什么东西，只是我们所看见的东西而已。”象征的多义性走到极端，便是否定象征，这是后现代主义的标准特征之一。但是对王蒙来说，他否定的是象征的意识形态化和概念化，而不是象征的多义性本身。

从王蒙开始，中国作家进行了重建新的象征表达式的工作。这是新时期文学最重要的内容之一。从王蒙的《风筝飘带》到张承志的《北方的河》到王安忆的《红色的茹草》，新时期的新理想纷纷寄存在一个个新的象征符号上，这是一种重建新的民族神话的努力。这一条线索可以称之为生命象征的发展轨迹，它追踪起源、精神、生命、家园、理想等。值得注意的是，这种追求不光体现在像“金牧场”、“九座宫殿”、“柔然”这样的宏大象征符号上，也幻化为“雕花烟斗”和“烟壶”这样的“微小象征”，甚至体现在更为细小微妙的语言平面上。在90年代以前，新潮作家喜欢为一个名词配上许多在日常语言中难以与之搭配的形容词或动词，例如，非人格化的名词和人格化的形容词搭配，抽象的名词与表示具体动作的动词相配，或者反过来。这方面，莫言是一个极端的例子。应该说，这是一种对语言施展巫术的行为。在如此这般点石成金的处理之后，平淡乏味的名词们似乎一下子被注入了生命的原液，变得“活”了起来，意义获得了增殖，也就是说，变成了程度不等的象征。

这是一种对平庸乏味的日常生活的克服、逃离和疏异。早期的余华就进行过这样的努力。他说：“我并不认为人物在作品中享有的地位，比河流、阳光、树叶、街道和房屋来得重要。我认为人物和河流、阳光等一样，在作品中都只是道具而已。河流以流动的方式来展示其欲望，房屋则在静默中显露欲望的存在。人物与河流、阳光、街道、房屋等各种道具在作品中组合一体又相互作用，从而展现出完整的欲望。这种欲望便是象征的存在。”①

余华小说中的“欲望”无疑是一种人格化的东西，仍然属于那个伟大的人道主义传统的回声，这里就显出早期的余华（还有马原、孙甘露、格非）与新小说派的区别了：他们是追求意义的，并努力将意义进行增殖。而罗布-格里耶则拒斥意义，要回到现象学意义上的纯净的物体：“物件将逐渐失去它们的不统一和它们的秘密，将放弃它们虚伪的神秘性，那可疑的内在性，即罗兰·巴特所称的物件的‘浪漫性’。物件将不再仅仅是主人公模糊灵魂的模糊反映，他的痛苦的形象、他的欲望的支点，或者说，如果物件必须接受这种强加于它的规定性，那也只是在表面上，只是为更清楚地表明这一切对它们来说是异己的。……我们每天目睹有见识的人越来越厌恶那些内含的、比喻的和魔术般的词汇。与此同时，表明视觉的和描写性的词——限于度量、定位、限制、形容——为未来小说艺术指出了一条艰巨然而可行的道路。”②

这就可以解释为什么新小说在新时期几乎毫无市场，而所谓的魔幻现实主义却大行其道：新时期渴望的恰恰是那种“内含的、比喻的和魔术般的”词汇。这是一个极大的悖论。曾几何时，我们被“文革”的“内含的、比喻的和魔术般的”词汇搞得亢奋、疲惫和极度贫乏。到头了，我们还得依赖另一种“内含的、比喻的和魔术般的”词汇来对它进行克服和救赎。为了拯救日益贫血苍白的现实主义或者说现实，作家们欣喜地发现了一种把它“魔幻化”的办法。魔幻现实主义作家胡利奥·科塔萨尔在他的短篇小说《秘密武器》里这样说：“奇怪的是人们以为铺开一张床就真的是铺开一张床，握手就永远是握手，打开一筒沙丁鱼罐头就永远是打开这筒沙丁鱼罐头。”这多么像 80 年代的余华！但这里又是一个颠倒的接受过程。中国的魔幻现实主

---

① 余华：《虚伪的作品》，载《上海文论》1989 年第 5 期。

② 罗布-格里耶：《未来小说的道路》，载《现代主义文学研究》，北京：中国社会科学出版社 1989 年版，第 596—597 页。

义追求意义的增殖,把平常的事物拔高、疏异和升级到象征的高度,而拉美的魔幻现实主义是把神秘的东西当作平常的、现实的东西来写,而并不是把它当作一种象征或是寓言。以平常心来对待神奇的现象,在中国恐怕只有张炜的《九月寓言》是这样做的。

新时期文学中的象征肩负着双重的使命,一方面它要收拾一片文学旧河山,克服精神分裂式的"文革"象征话语及其流毒,另一方面又要重建新的意义结构。这一手破坏一手建设的两方面的工作是不无冲突的,而这种冲突又与现代象征的特殊属性相关联。象征是为了寻找和展现意义,象征从本质上来说是渴望总体性、统一性和连续性的,但是现代象征的分裂性和多义性特征又阻遏了意义的实现。这种欲迎还拒的矛盾的态度在当代现实中无疑是有对应物的。象征的双重性在经典的现代主义作家那里就已经出现了。例如艾略特的《荒原》,既是对于一战之后世界一片废墟的状况的诊断和批判,同时也是要求取缔混乱换之以新事物的强烈呼唤。他用象征和神话的方式求助于艺术和文学的连续性来给人类提供新的立足点。像福克纳和海明威这样的作家认为,现实中的统一性和连续性已经消失,但他们仍在作品中不懈地奋斗抗争,往往怀旧式地、临时地、假设性地追求着具有整体性的象征:福克纳依赖于历史和美国南部特有的、已为人们所接受的家族神话,海明威则把希望寄托在自然、荣誉和勇气的象征代码上面。

现代象征的二重性给上面这些西方现代主义作家带来了极大的痛苦和绝望,但是却并没有给80年代的新时期作家带来多大的困扰,因为在80年代,新的象征往往仅仅是旧的神话。只是到了90年代,张炜和王安忆才以各自的形式突出地感受了这个问题。我们这里来看看王安忆。在《纪实与虚构》里,缺乏家族传说构成了叙述者的一大苦恼:"在夏天乘凉的晚上,人家在讲家族传说,我们家就讲现代童话。这一类现代童话,见到什么就可说什么,随意性很强,假造的成分很明显。不像家族神话,具有绝对的规定性,它使听的人们无条件地承认。现代童话从现实出发的创作方式告诉人们,这世界是一个后天的充满选择性的世界，使人摒除崇高的观念。而家族传说超越了人们的认识，它将世界置于‘知’之上的渺茫境界之中，使敬仰之心油然而生。……家族神话呈现出一种变异的形态。家族神话在此出现了一种荒诞的意味，好像滑稽戏一样。祖先脱去了神圣的外衣，以骚扰后人为乐事。……他们失去家族神话原先的崇高的精神领袖的作用，而总是介入具体的实事。……像鱼和树那样优美的象喻已为一些鸡啼狗叫的俗事取代，神话的意境消失，却增添有一种社会新闻的味道。”

王安忆从相互对立的两极出发，希望最终能够把它们统一起来，但这个任务看来实在是太艰巨了，在作品的结尾，象征与现实并没有如她所希望的那样胜利会师。张炜的做法与王安忆完全相反，在《柏慧》和《家族》中，他主动地把那种对立进一步推向极端。这是两种最严肃痛苦的处理方法。另外一些作家，例如格非，则采取了更狡猾的态度，他们对世界满腹狐疑，不愿意也不能够遽下结论，因而躲进一些暧昧而晦暗的象征中把自己和自己的态度隐藏起来。在格非的一些小说中，经常出现梅雨的象征。梅雨代表了意义的晦暗不明，又象征着存在主义式的“粘乎乎”的生存状态。梅雨又是季节之交过渡时期的自然现象，又对应于现实中历史转型时期的渐变的模糊色调。正如形而上学和信仰对现代人来说不再是某种不言而喻的事情一样，世界本身对于现代人来说也失去了本身自明的性质，对世界的神秘和可疑性的意识，在历史上还从来没有像今天这样强烈，这样盛行。但丁的《神曲》一开始描写了一座昏暗的森林，森林中的虎、豹、狼使在人生旅途中的诗人胆战心惊。但丁创造的这个境界虽然具有浓厚的神秘主义意味，然而却井井有条。对于但丁时代的读者来说，森林和这三种动物所包含的意义都是不言自明的。那个时代的人们都生活在一种井然有序的信仰里，上帝的光辉映照在哪怕是最小的一粒沙粒上，一切都有明确而固定的位置与作用。可以说，但丁式的神秘主义在本质上并不是真正神秘的，因为不管在地狱、炼狱还是天堂里，始终都有上帝的稳定而确切的影子。但是波德莱尔的“象征的森林”虽然没有但丁森林的三只野兽，却更加叫人不安，更具神秘性，因为没有上帝在那里安排人们的位置，保障人们的安全。也就是说，意义不确定了。

暧昧晦暗的象征能够进一步发展为更为阴森恐怖的象征，它们散发着非人化的死亡的气息。在萨特的《厌恶》中，人变成了行尸走肉："我看见的是一个陌生人的脸，简直不像一个脸，然后是他的手，他的手像一条肥大的白色的虫握在我的手里。我马上把他的手松开，他的臂膀软绵绵地垂下来。"这种意象在残雪的小说里是很多的。请看《旷野里》中的一段："夜里，他们俩醒着，做梦的时候，她发现他的脚伸得那么长，长得给人一种陌生的感觉。那冰冷的、骨节分明的脚掌触着了她的枕头，一个脚趾肿得像胡萝卜。"弗洛伊德把人的本能分为生的本能和死的本能，这两种本能同时存在于象征(象征也是人类本能化的活动吗?)之中，甚至可以说必须通过象征才能表达出来。同传统的象征不同，现代象征对死亡有着强烈的自觉的迷恋。象征的这一黑暗面不是以健康的而是以衰败的景象吸引我们。它是一种返祖的原始主义，是对文明的摈弃和不满。康拉德《黑暗的心》是表现这一主题的重要代表。这部小说的叙述者马洛承认，茂盛的丛林的吸引力对克兹来说，并不像他所认为的那样，是"崇高、优美、甚至是自由自在的……而是卑贱、龌龊的，然而因此更吸引人——他自己就非常明显地觉察到了这种可怕的吸引力"。

如果说传统的象征和神话能够超越时空的话，现代象征和神话则越来越变得短命，越来越变成一种暂时的、局部的、个人的话语。马尔克斯在《百年孤独》中用黄色来象征死亡，苏童用红色来象征死亡，红色在莫言和王安忆的作品中又是另外的含义。但是，这些暂时的、局部的、个人的话语又总是体现出一种似是而非的总体性和整体性特征。在格非的《青黄》中，那个神秘莫测、介乎名词和形容词之间的"青黄"究竟指的是什么，谁也搞不清楚。叙述者对"青黄"的意义的苦苦追踪总是被引入歧途。有人说"青黄"是一个漂亮少妇的名字，有人说它是一部记载九姓渔户妓女生活的编年史，有人干脆告诉他说青黄是一条狗。在托马斯·品钦的第一部小说《V》中,赫伯特·斯登瑟在他死去的父亲的笔记中发现了一个缩写字母V,然后也开始了对这一个字母的含义的追寻。到头来他发现V代表着一大批以V打头的人和物:维纳斯、金星、圣处女、维苏威火山、维罗尼卡……几乎包含了无限的多样性。但是,在《青黄》中,除去这条虚无缥缈的主观追寻的线索以外,通篇还存在着反复出现的对"青黄"的暗示性的客观描写,例如黄昏、黄梅、黄纸、黄叶、黄云,小青、青草、青石板、青年。这些意象的重复出现具有一种神秘的宿命的力量,隐隐约约地暗示了另一种普遍整体性的存在。但这种整体性又具有一种似是而非的"破碎"的性质,正如"青黄"零零碎碎地洒落在文本的各个角落。

新的破碎的总体性还有另外的构成方式。在方方的《桃花灿烂》中,宿命与偶然是密不可分的。水香向星子讲她与粞的第一次性生活时,星子正好看到门口一大排桃花开得十分粲然。这些灿烂的桃花便与水香讲述的那一切一起深刻地留在了星子的脑海里。后来桃花这一象征在星子生命中的关键时刻反复出现,作为一种宿命性的障碍,构成了星子和粞的人生悲剧。星子在那一刹那间看见桃花是偶然的,这是一种局部的象征,但是桃花本身又指向一个更为悠久的传统的表意和宿命系统,对人具有一种控制性的力量。

最重要的象征当然还是人的象征。新时期作家在对人物进行象征化处理的时候,有三种命名策略,一种是把人物的名字疏异化,例如《褐色鸟群》中的"棋"。娜塔丽说过,纪德就避免给他笔下的人物起那种世代相传的常见姓氏,因为那种姓氏会一下子就把人物牢牢固定在同读者过于接近的生活环境里,他宁愿使用少见的名字。第二种策略是把人的名字熟悉化,例如陈村《一天》中的张三。叶兆言甚至在他的许多小说中都使用张英这个名字来指不同的人。这两种策略恰好反映了上面谈到的新时期象征的二重性,其极端的表现形式就是人物丧失了姓名,变成了一个抽象的符号。例如余华在《世事如烟》中以1、2、3、4、5、6这些数字来称呼他的人物。余华最喜爱的作家卡夫卡的长篇小说的主人公，整个名字仅仅是一个大写字母K。乔伊斯则用可以作多种解释的大写字母H、C、E来称呼《芬尼根的守灵》中那变化多端的主人公。人物被抽象泛化，意义在不断减损的同时得到了增殖。与此有异曲同工之妙的是，新时期文学中很多重写的"日本鬼子"，已经远远不是一般意义上的"日本鬼子"了，正如刘震云《故乡相处流传》中的曹操也不是特殊的曹操，而是历史上一切封建统治者的象征。新时期的"敌人"已经变成了一种象征的敌人。这种泛化抽象的过程又导致了虚化的效果，使敌中有我，我中有敌，敌我的界限虚虚实实，模糊不清。这在现实中是有对应的，我们早已目睹了敌友换来换去，没有永远的敌人也没有永远的朋友。这里我们可以看到象征的力量。象征是一种建构，同时也是一种批判，而且这种批判比一般的批判要深刻得多。但是，在象征的层面上，批判一方面达到了前所未有的深度，另一方面又变得抽象和虚化，逐渐丧失了力量，成为一种含混而虚弱的姿态。

在一个仪式逐渐解体和荒诞化的时代，文学的象征以弱化的形式继续承担着神话和仪式的功能，并以此维系着精神的（尽管是溃散性的）传递和延续。现代象征仍然以启示的方式艰难地支撑着一个破碎的统一体。它像一种半透明的物体，我们透过它模糊而遥远地凝视着语言背后逐渐远去的存在。中国古代思想的精髓是"天人合一"。其实，"天人合一"也就是一切象征的最理想的境界。在现代，"天"和"人"矛盾重重，各据一方，合一已经成为一个不切实际的荒诞的梦想，但是对这个梦想的渴望却比什么时代都要强烈。

第三编

文学的对话

- 忏悔与救赎：与莫言谈《蛙》
- 走向狂欢：与余华谈《兄弟》
- 新媒体中的文学：关于网络超文本与交互性的对话
- 作家的第二口气：关于王安忆的对话

忏悔与救赎：与莫言谈《蛙》

严锋：刚看完《蛙》，非常震撼，作为你长期的老粉丝，在此首先向你致敬。您的这个新作，是近来文坛少有的对现实的一种尖锐的关注，而且这个时机恰好也在整个社会，包括我个人一直很关注计划生育政策到底要往哪个方向走的时机。您这个作品为这个敏感题材提供了一种非常感性而又个人化的角度。

莫言：我还是希望读者首先还是从文学的角度来读它吧。因为这部小说的生成也是最早从人物生成的。人物经历了这些事件，所以小说也自然涉及了这个敏感题材。

严锋：请问《蛙》最初的创作念头是和您姑姑有关吗？

莫言：对，是和童年时期农村的很多记忆有关系。我的很多小说都是从一个真实人物渐渐地发展过来的。姑姑呢也是这样，她是我们高密东北乡圣母级的人物，有很高的威信，接生了三代人，数万条生命通过她的手来到了人间。当然小说中的姑姑和现实中的姑姑区别是很大的，现实中的姑姑晚年生活是很幸福的，她在计划生育工作期间实际上也偷偷地帮了许多人。她绝对不是小说里那样是个铁面无私得像一个判官那样的那么一个人物。她是非常有人情味的。很多人找到她，让她帮忙，她就悄悄地帮助。有的人家第一胎就生了个女孩，还想生第二胎，那么就撒谎说这个婴儿生出来就夭折了。这个当时很严格，你这个光说是夭折不行啊，第一要有接生医生和护士的证明，第二还必须有这个实物来证明，必须拿出死婴给他们看。那我姑姑当时就帮人家玩"狸猫换太子"那种把戏。

严锋: 在小说中姑姑给人那种"天使与魔鬼"的感觉,这是文学上的加工,超越了个人的情感?

莫言: 这是文学上的加工。现实中的姑姑可能哪里都有,但小说中姑姑这样的人只有在那样的时代里才可以产生。这跟整个的社会背景,我们五十年来的社会政治生活都有关系。为什么从 50 年代初期那么一个阳光灿烂的、天真的少女,慢慢发展成那么一个带着三分匪气的、粗野的、霸道的人物,因为她本身的生活遭受了巨大的挫折。那个飞行员,她的第一个恋爱对象,也是她唯一的恋爱对象,叛逃到台湾,给她带来了很多的麻烦。

严锋: 这个是真的事情?

莫言: 这个是假的。这都是我虚构的。当然这飞行员不是个坏人。这个飞行员在临走的时候,尽管他不爱她,还是给她留下了一条生路,故意扔下一本日记,然后在日记里骂她,帮她洗清了,否则她就说不清了。正是因为这个挫折让姑姑发生了巨大的改变。她从党的极其信任的宠儿突然变成了一个不被信任的人,因此她重新获得了信任之后,会用一种"愚忠"的方式,用一种极端的方式,来证明自己的坚定和革命,而且带了一种强迫的病态的疯狂来完成这个任务。这就是时代对人的巨大的扭曲。到了她八九十年代退休之后,当计划生育这个问题本身在社会上出现了非常复杂的混乱的局面之后,她在忏悔,反思自己做过的事,反思社会的变化。她可能因为许多东西想不明白,陷入到巨大的困惑、痛苦当中去。最后我想她也很难判断自己到底做得对还是不对。最终到话剧的部分我认为她还是一种悔罪的心理,她认为自己做错了,或者说起码不应该这样做。尤其这三个死在她手术台上的女性,每人临终的时候都留下一句话,我想这是促使她产生这种灵魂震颤的重要原因。

严锋：我觉得这是您这部小说直指人心的地方，同时这也对您自己，包括对我们现在整个的文学，有一个很大的突破：关于赎罪的主题。在我们中国文学当中，忏悔、赎罪，向来稀缺。

莫言：我想从80年代开始，尤其到了90年代以后，“忏悔”，实际上变成了我们知识分子口边特别热的，特别俗的，最后要滥到泛滥成灾的那么一个词儿。每个人都在要求别人忏悔，甚至逼着别人忏悔，很少有人对自我进行忏悔。我觉得从这些方面来讲，我们现在已经到了不要去指责别人，不要逼着别人忏悔的时期，而是到了应该往里看，进行自我忏悔的时期。我这本书给台湾版写了个序，最后一句话就是：“他人有罪，我也有罪。”你要从这个意义上来讲，你就会对别人宽容，我们对恶魔也会持一种同情的态度，感觉到他们也是不幸的，他们是害人者，他们实际上也是受害者。这个我觉得是这么多年来的一种反思吧。

严锋：好像蝌蚪也是这样的人物，在他身上有你自己的影子吗？

莫言：我毫不暧昧地，非常明确地说，确实有我自己的影子。我也在军队里面服役，被提拔成军官，入了党，然后也是妻子在农村，然后也是计划生育政策，我也在组织的帮助和教育下坚决地领取了计划生育证，家里人也是想不通，而且如果我当时没有那么多的个人方面的考虑，不去想自己的所谓的前途，那我应该是可以生第二胎的。因为我太太当时是农村户口。正因为我考虑到我个人的发展、前途，我要在部队当更大的军官，我要追随更辉煌的前景，所以我没有再要第二胎，没有再要一个孩子。那么当我年过半百的时候，反思起那段经历，感觉到自己还是有罪的，不应该那么做。那么在小说里就表现得更加地尖锐了。蝌蚪最后导致的是一个悲惨的结局，这个是他的一生当中最沉痛的一块伤疤。尽管还有许许多多冠冕堂皇的理由来为自己辩解,但我想到了他的晚年,他会越来越感觉到这种辩解是无力的,是说服不了人的,不但说服不了别人,也说服不了他自己。到最后陈眉怀上了他的种子,那么这个时候他还是可以用各种各样的方法让陈眉终止妊娠。但是他还是决定了,不管我要承受多少道德的谴责,或者其他的惩罚,这个孩子一定要生下来。我想这样的决定也是他对从前的一种弥补、救赎。但事实上这样的方式并不能解除他的罪,也并不能减轻他过去所犯的罪责,反而甚至是在以赎罪的形式制造出一场新的罪恶。陈眉怀孕的过程对她实际上是一种拯救。她原来感觉我这样的人生不如死,但是她怀孕之后感觉到生命的可贵,我竟然也孕育了一个孩子,而且这个孩子是在我残破的外表、残破的肢体之内孕育出来的,他应该是我的生命的一种延续,让她认识到了即便是我这样残破的生命的存在也是有价值的,因为我为人类繁衍的河流增添了一条涓涓细流。

严锋: 这个情感逻辑很强大。

莫言: 所以她要活下去,为了孩子也要活下去。为了这个生命她忍受了所有的痛苦,结果这个孩子生下来后被人抱走,而且骗她,说是个死胎,等等。那么最后导致了她的精神错乱和疯狂。所以我想蝌蚪这个带着赎罪愿望的行为,结果还是造成了一场更大的罪过。你以为你做了很多的好事就可以赎罪吗?你做了很多的好事,可能会给良心带来一些安慰,是一种自我安慰,但是你这种做好事、做善事,并不能够解决你原来伤害过的罪行,并不能让事实不存在,只能是精神安慰。所以姑姑说,就是要熬着,死也不能解脱,你死了,你的罪还是存在。所以最好的赎罪方式就是像熬中药这样地熬下去,一直熬到你生命终结。

严锋: 我觉得这是你非常深刻的方面。一方面指出了赎罪的非常迫切的、强烈的必要，另外一方面又向人们展示赎罪的极度的困难，甚至是不可能。那我觉得您这个比基督教的那种赎罪，其实是更真实，就是说，从来就没有什么救世主，因为人赎罪还是要靠自己，但是自己在赎罪的时候，他本身又可能会陷入新的罪当中去。我觉得这样地展现赎罪过程，不要说中国文学当中没有，可能在世界文学当中，你在这方面的思考，都是很深的。不是一说赎罪马上就放下屠刀立地成佛，不是这样简单的事情。

莫言：这个我想一般读者也未必能够理解我的这种意思，包括很多著名的批评家，他们可能也会对我这些想法不屑一顾，甚至觉得我非常肤浅地在搬弄西方的观念。而我的这种人的所谓的“罪”，实际上跟宗教意义上的“罪”不是一回事。跟“原罪”完全不是一回事。

严锋：跟赎罪相关的另外一个主题就是怜悯、宽恕。但是在您这个小说当中，怜悯和宽恕也不是那种肤浅的、廉价的怜悯。

莫言：所谓的怜悯的根本意义我觉得就是一种对生命的珍视。这是最大的怜悯。怜悯并不是说，你看到一个叫花子，你施舍给他两个铜板，这是一种怜悯。这是一种很简单的、表面化的东西。真正的怜悯就像姑姑那个样，当看到王胆在船上开始分娩了，这时她上船去帮助她把孩子接生下来。这是一种伟大的怜悯。

严锋：您这一段我觉得会留下来，文学中这样的瞬间越来越少了，非常感人。

莫言：我觉得这一节是符合姑姑这个人的情感逻辑的。她是应该做得出来的。因为她本质上是一个妇科医生。她在执行计划生育政策的时候是国家的一个工具，但她的底线就是说没出“锅门”，它就不是个孩子，就是块肉；生出母腹，就是个生命，我们就要爱。这也是当时我们国家的一种底线。当然这非常地残酷。姑姑这个怜悯我觉得是一种大的悲悯,大的怜悯。这是对生命的一种珍惜和珍视。这样一个行为和姑姑的很多行为形成了一个巨大的悖论。她把很多生命扼杀掉了,但是到了这样一个分界线的时候她又把这个生命拯救了。

严锋: 我觉得您有一个我非常佩服的能力,就是能够写最不可思议的场景,最怪诞的,非常异乎寻常的,但其实您又是中国作家当中最具有逻辑力量的,背后的线脚都丝丝入扣。能够把这两个结合起来的,我想很少有其他的作家能做到。

莫言: 怪诞应该建立在现实的坚实的基座上,怪诞才有力量。如果一个作家对现实生活缺少真正的理解,怪诞也是很难成立的,变成胡闹了。只有对生活真正了解,对人的本质有所把握的作家,他写的怪诞才是令人信服的,才会产生艺术力量。否则那种怪诞就像乡下流传的快板书里讲的一样,它也很荒诞,但是你听了以后没有任何艺术力量。我经常在家里听我爷爷以前教我说快板,什么"一个老汉八十五,放起屁来与雷鼓,一屁打到了太行山,两屁推平了莱州府"。这够怪诞、够夸张的是吧?但它没有艺术力量。

严锋: 我刚才听下来感觉就是,拯救啊,包括怜悯,其实都是很困难的事情,实际上是很令人绝望的。宗教离我们也很远。在这个意义上,您觉得文学是不是通向拯救的一种手段?

莫言: 不管别人相信不相信,我信文学有这种功能。我知道了这一切是绝望的,那我才有可能在绝望当中寻找希望。我认识到了一切是绝望的,才有可能义无反顾地去做好事,尽量地在短暂的时间里面让自已和他人欢乐、幸福。既然这么短暂你干嘛因为一些肤浅的目的给别人制造痛苦也给自己制造痛苦?文学我想就是这样,告诉人们这个世界的绝望，但是让大家也明白，我们在绝望当中也有希望。

严锋：那我想起西方那个文学理论家叫希利斯·米勒，他有一个看法，说文学是一种魔法，文学有一种起死回生的力量，所以文学是非常神奇的一种东西。从这个角度上讲，您的小说也是充满了魔法，充满奇幻的色彩，从《透明的红萝卜》、《酒国》、《生死疲劳》，一直到今天。

莫言：真正的奇幻文学应该是现实主义的一种扩展。包括我的《透明的红萝卜》，如果它没有坚实的现实主义的基础的话，它那些灵异的东西就没有力量。因为有了这种苦难的底色，有了这种“文革”的时代的强大的冰冷的背景，它显得更加有力量。它仿佛在石头缝里边。我们如果说“文革”期间的社会环境是一种冰冷的岩石的话，那么这里面的奇幻的细节仿佛就是岩石缝隙里面开出来的小小的花朵。如果是肥沃的大地上长着一片花反而没有意思了。

严锋：有一些批评家认为您的作品生命力极度旺盛，恣肆汪洋，想象无边，但也有玉石俱下的情况，呈现出曲线式的、波浪式的走势。

莫言：当然他们说的是有道理的。作家不可能每一篇都跃上一个高峰。比如《食草家族》本来也不是一个完整长篇，是中短篇拼起来的，其中有一些联系，但结构就不是一长篇的结构。像《红树林》，这也是个命题作文，不是从我心里边长出来的小说，是为完成任务，硬挤压出来的。

严锋：如果从曲线或波浪式发展的角度来看，现在的《蛙》在一个什么样的位置上？

莫言：从波峰的角度，《红高粱》我自己并不认为是个高峰，而是一个起点。《红高粱》的线索是一个历史叙事或者说是宏大叙事的线索。这个线索到了《丰乳肥臀》是一个高点。另外的一些试验的小说，《十三步》是一个起点，《酒国》是一个峰值。那么，在这两条线索合拢、慢慢向前汇成一条河流的时候，《生死疲劳》是一个峰值。这里面既有宏大叙事，也有超现实的东西。

严锋：《蛙》呢？

莫言：《蛙》就是一个孤独的山峰。

严锋：对文学未来的走势如何看？是走阴还是走阳？

莫言：阴阳并举，才能构成和谐的曲调。

走向狂欢：与余华谈《兄弟》

《兄弟》之风格剧变

严锋：想代表余华的读者问一个问题：1980 年代的余华风格很鲜明，是先锋和实验；1990 年代，以《活着》为代表的三部长篇小说风格有了变化，是纯净节制的现实主义的叙事；新世纪的《兄弟》又是另一番天地，它与 1980 年代、1990 年代的余华小说是怎样一种关系，处于余华哪个传统的延长线上？

余华：延续对一个作家毋庸置疑是非常重要的。今天的世界上，作家分为两种：风格化的，非风格化的。玛格丽特·杜拉斯就是一个风格化的作家，她的作品篇幅不长，叙述方式变化不大，改变的只是视角、题材，或者遇到 50 岁的男人，或者遇到 20 岁的女人……就是那些改变。非风格化的作家，作品的容量往往很大，很难用一种风格框定。我认为《兄弟》以后的我就是这样的作家，我还有一种预感，接下去，我的叙述风格可能还会变。我的风格的延续和改变，看起来是阶段性的，其实是不同的题材产生了不同的叙述。现在，技术对我来说，已经不是写作上的障碍了，问题是能否讲完。2003 年年底我们在芝加哥的时候，你说，希望我写出 20 世纪 80 年代、90 年代两种风格的综合体。80 年代对我很重要，那时候我的能力是将叙述变得若即若离。到了《活着》和《许三观卖血记》，我的叙述是直接进入。到了《兄弟》，叙述的强度增加了。

今天这种叙述风格和我写随笔有关系，要感谢汪晖，他让我写了六年的随笔，我因此重读了 19 世纪的小说，重新发现了 19 世纪巨无霸作家的心理描写。心理描写曾经是我写作初期的第一个难题。心理状态分为两类：一是平静的，容易写，可是不值得写；还有一类是激荡的，无法写，却应该写。威廉·福克纳是我的老师，他教了我一招。他有一个短篇《沃许》，写一个穷白人杀富白人（情节我就不说了，好的短篇小说复述时往往和长篇一样复杂）。杀人以后的心理状态，让我看得目瞪口呆——因为福克纳根本没有心理描写，只有凶手眼睛看到的一切，仿佛心脏停止跳动了，只有眼睛还睁着……我还重读了《罪与罚》、《红与黑》。看《罪与罚》，陀思妥耶夫斯基吓了我一跳，他写拉斯科尔尼科夫杀那个老太婆之后，很多页，心惊肉跳，细节刻画无比精确，几乎没有什么漏掉的，那里面就是没有什么心理描写，就是只有动作、焦虑——紧张的动作。还有于连，第一次用腿在桌子底下试探伯爵夫人，当着她丈夫的面——这勾引是一场战争啊，把一场勾引写成战争，只有19世纪的作家这么牛！我重读，这样的时候，没有写"想"，一句"想"也没有，都是一招一式的。于是我明白了，所谓心理描写是知识分子虚构出来的。

80年代，我刚写小说的时候，迷恋的是川端康成，学习他刻画细部的丰富性。在他那儿，情节不重要，重要的是丰富的细部。有了如何刻画细部的底子，以后我写什么，无论是风格粗犷的还是细腻的叙述细部都不会丢了。卡夫卡是在川端康成之后的，他解放了我的创作力。

90年代是我的转型期，写了三个长篇：《在细雨中呼喊》、《活着》、《许三观卖血记》。长篇小说的人物开始发出自己的声音，走出自己的人生道路。包括《兄弟》在内，四部长篇小说，没有一部的二分之一以后在原来的构思当中的，二分之一以后，每一个人都有了他自己的人生，和开始时的构思没有关系。写《许三观卖血记》的时候，有几句话，许三观很难说，结果，他说出来的，比我想的好得多！《兄弟》的强度叙述是大部分19世纪小说的传统。大部分20世纪小说都寻找了一个自己的角度，这样做很容易捍卫叙述的完美。

严锋：这样，语调有一致性、纯洁性。

余华：《兄弟》用的是 19 世纪小说那样的正面叙述，什么也不能回避，它也就不能那么纯洁了。我在《兄弟》下部里，用了大量的流行语，生活上的，政治上的。比如用毛主席诗词，我用“比山高比水深”来形容爱。《兄弟》下部，我正面写这个时代、这个时代的特征，人物、语言要有那种时代感。流行语的好处是可以立刻进入时代特征，坏处是陈词滥调，没有作者自己的语调，流行语用得少，能像一颗老鼠屎，坏了一锅粥！我开始不习惯，后来胆子大了，狠劲了用，修改的时候拼命地强化——

严锋(大笑)：窃钩者诛，窃国者侯，流行语之类的东西大量地运用，就不是老鼠屎了，是风格。

余华：对！我在鲁迅文学院的时候，看过一个贝尔托鲁齐的电影，他让一个人物说废话，说了半个小时的废话。都知道，电影里说一句废话，那是败笔，可说半个小时的废话呢，那就是震撼，风格！风格就是胆子大。

严锋：写作中的所有的经验教训都是作者自己的。《兄弟》下部的写作，你有什么教训吗？

余华：有的时候叙述语言太精美了，为了语言能牺牲活生生的东西。我感觉大的小说，叙述只能是粗糙的。精细的语言适合篇幅小的东西。《许三观卖血记》的语言是收的，《兄弟》的语言是放的。在《兄弟》之前，我已经写作一部很大的长篇小说，已经有 20 多万字，后来写不下去，是叙述出现了问题。我觉得是那部放下的长篇小说的语言过于精细了。《兄弟》原来的构想篇幅是 10 万字，现在完成是 51 万字！

严锋:《兄弟》的语言是狂欢的、喧嚣的,你会不会因此失去你先前的拥护者,那些喜欢余华节制的优美的风格、纯净的语言的人?还有你以前的人物和世界具有抽象、间接和寓言的色彩,那种特殊的诗意的余华风格,能否与《兄弟》中带着大量现实流行语的狂欢的语言结合?

余华:失去原先的读者?肯定有,已经有了。这和生活一样,没有学会放弃,就很难得到。当然,也不可能是完全的放弃。《兄弟》下部中,两种语调交替出现。一种是喧闹的语言,进口日本垃圾西装那一段就是,还有一种是宁静的语言。就像《罪与罚》,那里面,也有抒情优美的成分。我又得说到19世纪的伟大的小说了,它们都是复调小说。喧闹与宁静,19世纪的"巨无霸"们将它们放在了一起!《兄弟》也是这样,一部分读者会不习惯,但是我坚信,失去的同时,会得到新读者。我不害怕这种失去,我的写作历程本身就是被批评的历程。1980年代,我写《18岁出门远行》,那时候,全国只有三家文学杂志接受我,权威的批评家们都不承认我,他们说这不是文学,甚至不是小说!只有现代派批评家们喜欢我,我当时的风格正中他们的下怀。等到1990年代,我写《活着》和《许三观卖血记》,一直支持我的先锋派批评家说我是"背叛先锋,向传统妥协,向世俗低头",甚至就因为"《活着》是好的小说,但不是先锋小说"。我的回应是:没有一个作家会为一个流派写作!

严锋:历史上的伟大的作品也往往都有累赘的、生硬的、粗砺的、夸张的、复杂的成分……

与以前的小说相比,《兄弟》放肆啊,简直是肆无忌惮,藐视一切常规。我认为,你在这放肆中努力尝试一些东西,你追求的东西,强度叙述,细节铺陈,这让我想到卡尔维诺在《未来千年文学备忘录》中提到的繁复。是否文字的繁复是用来应对现实世界的复杂性,余华新的文体应对的是现实的复调性？那种不协调的，众语喧哗的现实？你看莎士比亚，他也有很多粗鄙的臭烘烘的东西。

余华：我写《兄弟》，可以说有恃无恐，反正怎么写都会有批评和赞扬，先锋派至今拒绝《许三观卖血记》，但这不重要，一本书能让所有人接受，那只有“文革”中的《毛主席语录》。《荷马史诗》里，写进攻特洛伊的希腊部队，海上的部队有多少人，陆地上的部队是怎样编队的，完全的数字记录，我看他写，他写了二十多页！那就是一种数字的伟大力量了。我胆子越大，叙述越放肆，放肆写的时候，新的作品就出来了。

严锋：你一向胆子很大啊，像《许三观卖血记》的语言，简单到极点，又翻来覆去重复，一唱三叹接近歌谣体，就已经有点放肆了，当然那还是一种纯洁透明并仍然带着节制的放肆。没有点实力，根本不敢那么写。

余华：1980 年代，我拔牙的时候，刚刚写作，就理直气壮了。到了 1990 年代，换了一条路，刚开始写长篇的时候，小心了一点，后来又放开了。现在到了《兄弟》——这是非常大胆、非常危险的一步。

与真实相比，小说的荒诞是小巫见大巫

严锋：《兄弟》里有余华 1980 年代、1990 年代两种风格结合的东西，比如 1990 年代面对现实的正面描写；而在李兰七年不洗头的情节里，余华 1980 年代的象征与寓言手法，幽灵般复活了。《兄弟》里那种极度的细节描写里，其实有超现实的东西。

余华：1980 年代我的人物是符号性的，意象是寓言性的，在《兄弟》里，我现实地写了那个日本垃圾西装——结果效果是寓言的。

严锋：日本垃圾西装那段，寓言了一个时代，一个文坛，好像不光是在写社会时尚的历史，也是在写我们的文学史。

余华：有年轻的记者问我，你写 1980 年代，为什么不写喇叭裤、小裤管？他那是看了《孔雀》、《青红》之类的东西。喇叭裤那些是 1970 年代末的，垃圾西装才是属于 1980 年代的，那个时代开始在物质上崇洋媚外。就在我拔牙的小镇上，裁缝不做中山装了，都改做西装了，日本的垃圾西装涌进来，口袋里还有日本姓氏，叙述出来，结果是抽象的、荒诞的。还有“处美人大赛”，当然现实中没有这样的比赛，但是我见过很多“醉美人大赛”之类奇形怪状的选美，现实就是那么超现实！虚构作品中对现实的叙述，不能像新闻报道那样点点滴滴，要有凝聚力，荒诞和超现实的叙述永远是小说重要的成分！马尔克斯在《百年孤独》里写俏姑娘飞上天，有一句话他写不出来，卡住了，后来看到女佣在后院晾床单，风非常大，床单往上飘扬，他就让俏姑娘坐着床单飞上了天——他给荒诞的情节寻找到了现实的理由。中国古代的《搜神记》，更加了不起，写神仙们上天下地，说下雨下来，刮风上天，几天没有风，一群神仙就干着急，上不了天了！荒诞的故事得有现实的道具，这是中外文学的重要传统。再说说莎士比亚，他写一个含冤眼盲的大臣收到平反的诏书，大臣说：即使上面的每一个字都是太阳，我也看不见了！——这么夸张，这么情绪激昂。夸张的语言就是能达到现实的语言不能达到的力度。

严锋：我要说说《兄弟》开头那两章，上部里的李光头偷窥厕所，饱受争议。原因是新读者认为不可能，李光头不值得这么做；老读者认为过于琐细和无聊。我要为这两章辩护，以那个时代当事人的身份。偷窥，在那个时代，是一个重大的事件，严肃的命题，是一个不可回避的主题。它绝不是无聊，它是普遍的真实，指向极度的匮乏、压抑和辛酸，里面有很深刻的悲剧。这种臭烘烘的偷窥，如果只有我们这代人才能理解的话，这是历史的断裂。在《兄弟》下半部里，那种带着工具的、变态的偷窥，是属于另一个性泛滥时代的现实。我用偷窥打通了两个时代。用偷窥找到了理解我们历史的切入点。偷窥是典型的中国文化主题，是丧失了参与感、真实感的表征，是大规模的压抑和不在场感的意象，其实偷窥的主题今天又以一种变奏的形态大规模出现。与上半部相对应，《兄弟》下部里又大量描写了今天借助各种新工具实现的新偷窥。读起来感觉很超现实，毋宁说，我们这个时代最大的现实就是超现实。

余华：对！你说到点子上了！北岛多年后回到北京，他父亲对他说，这里和你离开的时候不一样了，现在除了骗子是真的，其他都是假的。现实远比我的小说让人难以置信。我写《兄弟》，是想尽量离生活近一点，我集中描写了现实。汪晖告诉我，“文革”时只有一个阶级，却天天搞阶级斗争；到了现在，有阶级了，却没人搞阶级斗争了！与现实的荒诞相比，小说的荒诞真是小巫见大巫，写到后来我发现了，现实给了我超现实，通过超现实，我又回到了现实。

严锋：我小时候的农村，那个厕所比你《兄弟》里的还要夸张，露天里一个大缸，上面有个草棚，不但漏风，而且走光。李光头“三鲜面”的原型啊！我们那时候没有互联网下载三级片，只好去读《赤脚医生手册》的相关章节。

余华：两个时代，从匮乏到泛滥，都荒诞，都超现实。

时代的阅读趣味改变了

严锋：有人认为《兄弟》有通俗文学的味道了……

余华：1980 年代，在鲁迅文学院，马原坐在莫言的床上问我：“你为什么要把很好看的故事写得不好看?”我那时候其实就很会写故事。说到雅俗,我反对两种观点:1. 小说吸引人就是通俗,拒人于千里之外就是纯文学;2. 你要是连个故事都写不好,你就根本不会写小说。这都不对。我们该如何正确地面对世俗的东西?说巴赫吧,巴赫当年只作为一个管风琴演奏者被承认,他的音乐作品被所有的宫廷音乐家看作是最世俗的,但是今天,当年那些宫廷音乐已经消失了,巴赫的音乐成了神圣的声音。

严锋: 你对雅俗之分持开放的态度,我比你还要激进,我认为两者必然合流,新一代的通俗文学代表着文学的未来。当然,文学上真正成功的典范还没有出现。比如意大利的艾科,写《玫瑰之名》的,他想要融合雅俗,但可读性还是有问题。

在文学的其他姊妹艺术中倒是有相当成功的范例。你看过美国电视剧《迷失》(Lost)吗?那里面不得了,惊悚、神秘、恐怖、宗教、哲学、心理学、科幻,什么都有,已经到了雅俗不分的境界,我对美国的某些电视连续剧有特殊的迷恋和敬意,比好莱坞强多了。我认为这种雅俗不分是未来发展的方向。

我对通俗文学的关注,还有一个原因,就是道德的担当,现在只出现在俗文学中,纯文学在回避这些东西——这些鲜明的道德理想。

我在《兄弟》中,在你的小说中,看到了久违的东西,英雄——我始终热爱英雄,我认为塑造英雄是文学的责任,国家需要英雄,阅读需要神话。美国文化始终在塑造英雄,这是有文化学、人类学意义的,关键是文学的英雄应该是什么样的英雄?要真实,要真正能够站得起来,我觉得你的宋凡平就是立得起来的英雄。

李光头也是一个英雄,一个变种的、畸形的、怪胎的当代英雄,像弗兰肯斯坦,那个科学怪人。李光头是生命意志的象征,是你《活着》小说主题的变奏和扩展。

余华: 有些读者看了我的《兄弟》上部,就断言,说宋钢是宋凡平的翻版,他们怎么会知道?那时候我已经写《兄弟》下部了,宋钢和宋凡平不一样,他只是胆子大了一回,就走向了死亡。

严锋:可以从家族谱系的角度来看待人物关系。宋钢和李光头都是宋凡平的继承者,身上都有宋凡平的血脉,宋钢继承的是善和承受,李光头继承的是力量、气势和敢作敢为。

余华:李光头是我最喜爱的人物,有人说李光头就是我,不是的,李光头比我丰富得多。有人说我写宋凡平是"假大空",因为没有这样好的人。我说,我写的只是宋凡平死之前的两个月,他在这两个月就是完美的。

严锋:我还是希望你能写宋凡平这样的英雄,别人写英雄可能会"假大空",可是你余华可以写得不假也不空。说到"假大空",还能有比武侠小说更过分的吗?《天龙八部》中的乔峰,金光闪闪,完美无缺,别人来写肯定就完蛋了,可是出自金庸之手,没有人觉得那是"假大空"。关键是谁来写。

余华:我写小说的原则是,如果我自己都无动于衷,这小说就完了。作家完成了作品,就是读者了,只有投入才能忘我。张艺谋拍了我的《活着》,有人就说我是给张艺谋写小说,这不对。还有人问,张艺谋会不会拍《兄弟》?这我不知道,但小说不可能像他们想的那样为电影而写的。

严锋:文学将来的发展方向就是通俗文学。雅俗之分,本来就是社会分工的产物,是社会发展阶段的产物。荷马史诗是通俗文学,《红楼梦》是通俗文学,莎士比亚的剧本是演给老百姓看的,它里面的下流话无所不在,光是专门解释这些下流话的辞典就有两大部。

余华：克林顿在白宫问马尔克斯：你认为最伟大的小说是什么？你猜他说什么？《基督山伯爵》！他这个人在文坛已经点石成金了，他敢这么说。我儿子十岁，我让他读大仲马，他看了《三个火枪手》，说："爸爸，原来有比《哈利·波特》更好看的小说。"文学"趋俗"，这是一个时代的走向，是阅读的要求。我因为要给《读书》写随笔，1997年以后重读了卡夫卡，结果我发现《城堡》开头看不下去了，直到K遇到了女友，那才看得一泻千里！1980年代的时候，我看《城堡》，可是津津有味啊。是我的趣味改变了吗？我认为我的趣味是明朗化了，以前学术书看不下去，现在我能很好地阅读，我并没有失去阅读的耐心。我认为，20世纪文学要感谢前辈作家，他们培养了一大批有阅读耐心的读者，法国的新小说家们挥霍了祖辈留下来的遗产，坐吃山空了。在中国，这种对读者阅读耐心的挥霍，在一代人身上就显形了：崔永元对我说，1980年代读文学杂志，前面两页全是风景描写，他也读得下去，现在只要两行不吸引人，就撂下了。是时代的趣味改变了。

严锋：《基督山伯爵》也是我的最爱，去年又从头到尾看了一遍。上课的时候我给学生讲里面的神话结构、人类原型、死亡和新生的象征，越讲越觉得这部所谓的通俗小说不得了。

余华：文学是有充分的丰富性的。任何伟大的小说都不是空中楼阁，空中楼阁的小说是没有生命力的。我以为，各种民族文化的交接点上的东西，最厉害，中国文化杂交最厉害的时代是魏晋。西方从地域上来看就是中东欧地区。那儿的巴尔托克是一个唯一不用12音阶作曲的人，他只用4个音阶，是民歌的状态，他说，中东欧这个地方没有所谓的本民族的民歌，匈牙利的民歌传到罗马尼亚，过了50年，又作为罗马尼亚民歌传回了匈牙利。

乐感缺失的时代,历史感和时间感也被挤掉

严锋:如果用音乐比喻,你1980年代的写作,是勋伯格式的先锋派实验主义,1990年代,是素朴的民谣体,到了《兄弟》,变成了柏辽兹式的喧闹、放肆和芜杂。我把人分成两种:空间的,比如画家和雕塑家;时间的,比如音乐家和诗人、小说家。这种划分能否用到你身上?

余华:1980年代,我倾向空间型,比如《世事如烟》,我开玩笑说,只有犹太人才写得出来;1990年代,我的小说空间小了,时间明显了,是时间型的;《兄弟》则兼而有之:用正面描写的方式写了几十年的历史。我认为时间型和空间型,是题材的问题。《尤利西斯》是典型的时间小说,狄更斯的《荒凉山庄》是空间型的,《静静的顿河》两者兼而有之。这是作品叙事的特征,哪个高哪个低,不看这个,完全看作品本身的质量。

严锋:我是色盲,这可能是我偏爱时间小说的原因,我对旋律和节奏很敏感,一下子就能记住。

其实就是音乐也可以分为时间型和空间型的。时间型的音乐,优雅节制,旋律鲜明,如门德尔松。空间型的音乐,如柏辽兹,浓墨重彩,大肆渲染,大吵大嚷,比较夸张。

我前面说你的《活着》、《许三观卖血记》像民谣,但也有门德尔松式的优雅和节制,到了《兄弟》,在时间性的叙述之外,那种强度叙述里面加入了各种各样空间性的因素,旁逸斜出的怪诞的、繁复的、枝蔓的东西出来了。

余华:门德尔松是没有发育好的乖小孩,莫扎特也是小孩子,他是坏孩子,而柏辽兹是干过很多坏事的青年。我写《许三观卖血记》

的时候，风格单纯，里面的脏话都那么单纯，到了《兄弟》，里面的脏话说得比脏话还脏。

严锋：我对余华的特殊期待，是从音乐的角度的认同。我一直觉得空间化是现代人的大病症，视觉性的东西一统天下，生活也被一块块分割，被空间化，没有了历史感、时间感。所以文学的危机也是时间的危机。但奇怪的是，同样是时间性的音乐却依然兴旺。

也许文学应该离音乐再近一点，真正伟大的小说家，都是若隐若现的音乐家，萧伯纳的乐评就有五大卷。

中国文学与音乐本来结合很紧的，但自宋代以后，词与曲分离了，就有去乐化的倾向，一直到近现代，这个问题好像更加严重，像鲁迅就不喜欢音乐。到了80年代，北京作家集体补音乐课，据说阿城当时是主要推动者？

余华(笑)：阿城什么都喜欢。我听音乐是速成的，是朱伟带出来的，但我进入得很快。我不是色盲，可是对绘画始终入不了门，上次去巴黎，卢浮宫就绕过去了，我让老婆孩子自己去看，卢浮宫太大了，累！

严锋：在当代中国作家里，你的音乐感是非常突出的。像《兄弟》，空间化得很厉害了，但音乐的节奏还是很强烈，这需要一双音乐的耳朵来体会。比如对宋凡平死亡的渲染，铺陈得很厉害，令人窒息，但当中穿插的几声轻轻的“你会有好报的！”，节奏感把握得很好，绝对是一种音乐性的感觉，这种不断穿插的声音也许可以视为时间对空间的干预，时间对空间的拯救，或者说是融合时间和空间的努力。

余华：霍桑的《红字》就是这样，神甫经历了那么久的压抑、痛苦，小说的调子一步一步往上推，到了死亡的那个点上，极其宁静。

叙述有了不起的神秘，只有创造和阅读的时候才能感觉，解释起来永远不到位。音乐里有简单的元素,小说不一样,《战争与和平》,你能说清它的结构吗? 基本上音乐作品,再大也就三小时,听了三遍就能回想出它的叙事过程。

我1990年代的那三个长篇,如此简单,就是从音乐偷了师。

这几年不听音乐了,写了《兄弟》。《兄弟》下部用了三章写兄弟两个人的生活,其实跟音乐是一样的,有一种高潮效果。肖斯塔科维奇的《列宁格勒交响曲》,侵略者的脚步那一段——就是鬼子进村那段音乐,非常宏大,推向了高潮,然后用一个抒情小段结束——沉重地推出,轻松地结束。

当一个作者倾其所有,将作品推上去,难的不是怎么推上去,而是怎么结束。

巴赫的《马太受难曲》,那是个清唱剧,那么大的作品,两个多小时,旋律最多只有两首歌,独唱、对唱、合唱,不停地变化,太了不起了,是一种震撼。

瓦格纳的音乐非常宏大,要演七天七夜。梵高迷恋瓦格纳,他说,我知道应该怎样画画了,从瓦格纳的音乐中,我听到了空前的宁静,色彩的宁静也应该是最轰轰烈烈、最巨大的。

梵高是疯子,瓦格纳也是疯子,所以从轰轰烈烈的音乐中听出了空前的宁静。

陀思妥耶夫斯基的作品读完了以后,也都是宁静的,是建立在巨大的轰轰烈烈上的宁静。

《兄弟》之争议:“人类忍受不了太多的真实”

余华: 我更看重普通读者对《兄弟》的反应,他们没有偏见。一些女性读者厌恶李光头这个人物,那是从她们自己的角度去看的。只有当小说中的一切成为历史,人们才会心平气和——认识到“那是与我无关的”,就进入更加公正的阅读态度了。最可怕的阅读是群体性的,互相施加不好的影响,个体化的阅读会好很多。我估计《兄弟》

下部出来,某些正人君子可能会站出来。那些不接受《兄弟》偷窥情节的人,让我想起艾略特的诗:“鸟说,人类不能忍受太多真实!”记住,是鸟说!而作家总是在犯经验主义的错误,总是高估公众对真实的忍受程度。马尔克斯最近一篇小说,可能是他最后一篇小说,叫做《我的嫖娼生涯》,讲一个男人和五百多个妓女的故事,其中有个情节,有人问这个男人为什么不结婚,男人回答,妓女们没有给我时间!小说发表以后,西方社会一片批评之声,马尔克斯说,如果这篇小说在20年前写成,我自己也要批评它,可是现在,比我小说中肮脏得多的事情每天都在发生,他们为什么不接受?这是马尔克斯遭到的!

有一种说法:同时代的人理解不了你,艺术最终的决定权在时间手里。今天情况已经改变了。卡夫卡在今天不会被埋没,今天人们的阅读趣味和眼光,我认为比过去好。受教育的人多了,能接受不同作品的人多了。作品打破了空间的限制,传播极其迅速,好的作品一旦被发现,就能流传。

还有人说我是作家明星化,他们是忘记了文学史。狄更斯写《老古玩店》,利物浦比伦敦连载得晚,结果狄更斯去利物浦,几万个人在码头等他,就为了问一句:小奈尔死了没有?几万人!今天的摇滚明星要有几百个人接机,就是社会新闻了。今天在拉美,动不动还有上万个人来听诗歌朗诵,他们太喜欢诗歌了,买不起诗集,就听朗诵。马尔克斯住在墨西哥,因为在他的家乡哥伦比亚,有4 000美元以上的财产就会成为被绑架的对象,他不敢回去。但哥伦比亚真是文学的好地方。马尔克斯写《百年孤独》,写了两年,妻子积了一大叠账单,不知道小说能不能卖掉几千册,能不能还债。结果初版就卖掉了100万册,而哥伦比亚的人口是1 000万!就是那样一本俏姑娘飞上天的小说,哥伦比亚的司机却对马尔克斯说,没看过这么真实的小说!美国的书店天天有朗诵会,这是作家对出版社的义务,一般只来几个人;但是印度作家来朗诵,四百多个印度裔美国人,高低贵贱不同,都在书店前排队,一人买一本等签名。所以印度最近有了不起的文学。这些地方的阅读是生气勃勃的。中国的阅读需要拉回这样的读者。

新媒体中的文学：关于网络超文本与交互性的对话

宋炳辉： 严锋，你是我们朋友中最早使用电脑、最早接触互联网的一位了。对电脑和互联网的特性要比我们有更早更深切的体验。早在1997年，你就写过关于互联网的专著。你的许多思考，比如对网络空间给人性和人的生存状态带来的新的可能，以及伴随而来的风险和代价等，直到今天还是相当精彩的，你的许多推测也被互联网发展所证实。今天，互联网又经过了空前的发展和普及，已经成为一种重要的社会交往方式和日常生活的一部分，网迷和网虫也已大量出现。在人们更多地享受网络便利的同时，网络引发的问题也日渐显露，传统的人际交往方式受到了重大冲击，人们领教了网络病毒的厉害，网络犯罪更是屡见于报端。在网络空间中，人际关系比从前更亲近了，同时也更脆弱、更无赖了。我们今天的话题，就从网络与人性开始吧。

网络是扩展了人性，还是扼杀了人性？

严锋： 网络到底是扩展了人性，还是在某种程度上扼杀了人性，这个问题很有意思。我觉得，无论是用悲观的还是乐观的态度来看，都是非常不完整的。

网络是一个复杂多面的现象，绝对不能用一种特性去概括它，它体现出非常奇妙的混杂情形。有一种观点认为，网络是高科技的结晶，它由集成电路、线路、金属等组成，带着科技产品的所有冷冰冰的色彩，甚至在某种程度上扼杀了人性，其中似乎很难有人文关怀的因素。这是我们这些长期受到人文学科的熏陶的人对科技惯有的一种本能的警惕,这也是人文学者对互联网所采取的十分正当的态度。但网络一开始打动我的恰恰是它人性的一面。记得在1995年刚刚接触网络时,有一件事深深地打动了我:北京大学一位女生得了一种怪病,濒临生命的边缘,国内医疗界对此束手无策,同学们便在全国各大网站发布消息,向多方求救,最后总算找到了医生救助,女孩得救了。当时我想,互联网可以一下子鼓动那么多人的集体性关怀!这也不止是一种手段问题,而是人类又有了一条实现人文关怀的途径,它体现了人性的一个新的生长点。

宋炳辉:这是网络有利的一面。但同时也应看到,伴随网络而来的是许多令人堪忧的现象,比如网络色情。从许多统计数字来看,不管是中国还是外国,浏览、沉迷于色情网站的人数居高不下,更有许多未成年人耽于其间,并引发了许多社会问题乃至社会犯罪。更普遍的情况是大量网民对聊天室的沉溺等。这除了在社会功用的角度显示了网络的负作用外,从人性的角度看,网络技术和网络空间是否使人性的另外一面也更便利、更无所顾忌地显现出来了呢?

严锋:对。网络就是具有这两种特性:它一方面是人类文明的最高级的形式,但同时又像太极一样,包含了人类对原初状态的某种回归,它失去了文明进化所带来的一些含情脉脉的面纱,这种面纱来自哈贝马斯所说的人类交往行为,它长期以来形成了一种监督规范,而网络则具有切断这种交往行为的另一面,在切断交往行为的过程中,它就形成了人之行为的蜕形的一面,这可以看作人性的倒退,是一种反文明的、逃避文明的趋向,是网络时代令人感到震惊的一面。这当然不能用线性的历史观加以解释,它就像太极一般你中有我、我中有你,在高级阶段再现一种低级形态。但是网络毕竟大大地加强了社会联系,这就是它自相矛盾的地方。

宋炳辉:互联网具有切断人际交往的特性,你的这一观点与众不同，也很有启发性。一般都只看到网络一个侧面，即大大促进了人际交往的可能，认为它真正体现了地球村的特性。你能具体说明一下这种切断交往的性质吗？

严锋：我想，即使在人际交往得到促进的同时，网络也体现了它极其脆弱的一面。比如在BBS上的交往，在你们的谈论最热火朝天的时候，其中一个人完全可以啪嗒一下切断连接，而且可以用许多借口来搪塞，比如我断线了、死机了等，甚至干脆连搪塞的理由也不用找，这在面对面的人际交往中是不可想象的。网络交流为这种突然切断交往的行为提供了种种借口，这恰恰是网络的远距离、不在场交往方式所带来的。所以，在讨论网络特性时，"不在场"这个概念显得特别重要。网络往往掩盖了这种不在场的特点，给人虚拟在场的感觉。其实，不在场在网络时代的交往中起着很大的作用，人性的邪恶为什么在网络中又有新的体现，就与不在场有关。

宋炳辉：如果围绕"不在场"这个概念，将网络交往与传统的人际交往方式相比较，可以引出很多问题。比如说，在传统交往方式中，交往的信息是多渠道地交流的。人与人面对面地交谈，相互间的信息交流不仅依靠语言，还可以用表情、神态、动作等来表达你的情感意愿。但在现有的网络空间中，即使加上声音、图像甚至气味的模仿，主要还是依靠文字进行交谈，这与面对面交往相比就是一种比较单一、比较脆弱的交往方式。另外，由于网络交往的非在场性质，可能对人类长期形成的一些交往规范带来冲击，并在某种意义上使网络交往参与者的行为更指向自我、指向内心，而不是指向交往的对方。

严锋：记得电影《列宁在1918》中有这样一个镜头：契卡头目捷尔任斯基在盘问一个打进契卡的特务时，厉声说道：看着我的眼睛！这就是一个典型的在场交往模式，从中可见人的眼睛或者其他身体语言在交往过程中的重要性。如果换在网上进行交谈审问,你就不可能发现对方的说谎行为。因此,人的身体性不是可以简单跨越的东西。当然,网络将来的发展现在还难以具体预料,我设想的终极性互联网络是,连人的肉身也被它吞没了。

宋炳辉: 这又会是一种怎样可怕的情景呢?

严锋: 我想它就像科幻电影《黑客帝国》所描述的那样,连人的肉体也消失了,那时,把人的大脑与互联网络相连接,人的所有感情、意志、欲望、感觉都与网络连成一体,你就会带着你的肉体进入网络。在那样的情景中,什么事都是可能的了,这是人类的天堂,也是人类的地狱。我觉得上网和练气功有点相像,它是一个逐渐失去自我的过程,最厉害的就是那些邪教功法了,它类似于灵魂出窍。其实很多人已经在体会整个人进入网络的生存情景了,就是那些网虫们。

宋炳辉: 不过,与气功相比,网络对人的吞噬是以实实在在的技术为前提的,它不纯粹是某种意念的东西,因此也就更难以通过人的意识、意志去抵制它。如果未来像你所想象的那样,不禁使人担忧:人类在网络科技发展的过程中,到底有多大的能力来抵御这种被吞没的命运呢?

严锋: 现在上网的人越来越多,时间也越来越长了。人们对网络先是有一种物质上的依赖,然后又会产生一种精神上的依赖。慢慢地网络就会变成你的"师傅"(李洪志式的)、你的心理医生,或者类似于母亲一样的角色。你可以向它毫无保留地倾诉,而不必担心招致厌烦,因为网上那么多人当中总会有人与你交流。国外就有人将网络比作一种人类的子宫、母体。这样的程度越来越深了,我们到底有没有能力控制这个过程呢?或者说,我们有没有必要控制这样一个过程呢?这都是一个问题。

我个人的感觉是，我的大脑、思维习惯和思维能力正在慢慢起变化，记忆力在下降(很多东西不需要记了，网络就是我的记忆)，说白了，我的大脑在退化！这无论如何不是一件好事。人在网络中越来越丧失自我、丧失主体性，人把自己交给了网络，它替我们思考和安排一切，人的肌体在萎缩，大脑也在萎缩，最后会不会变成机器的奴隶?!

宋炳辉：这似乎就是歌德笔下的浮士德博士与魔鬼签约情景的再现，人从这种约定中获得许多承诺，但也付出了昂贵的代价。既然网络是人所创造的，我们能不能抵抗这种命运呢？

严锋：用“抵抗”这个词，也许不一定合适，何况网络本身就有许多有益的、积极的成分，有许多人文精神的生长点。或者可以换一种说法：在网络化进程中，人应该怎样维护主体性？

宋炳辉：也许这在很大程度上还得交给时间与历史回答。也许人类在投身网络的过程中会生长出一种抵抗机制，它类似于人体的病毒抗体。在与网络的不断搏斗中，会逐渐形成一种合理的人机(人网)交往的规范方式。

严锋：在这个意义上，甚至像电脑病毒这样一种存在，本身就是对人类的一种警示，一种当头棒喝。我在这些越来越多的病毒给人类造成的麻烦和损害背后，看到了一种象征性的警示作用，它让你看到网络的虚幻性，意识到现实与虚幻的界限。

宋炳辉：就像海洛因、大麻，还有种种天灾给人类的警示一样。在毒品面前，人类自文艺复兴以来不断滋长的自我赞美、自我崇拜得到了一种警醒，它从反面告诉我们，人的肉身限制是难以超越的，人的意志力是有限度的。

严锋：刚开始玩游戏时，我曾非常兴奋，因为我从中发现了许多文学性的因素，一些高质量的游戏确实向文学借鉴了许多因素，比如人物、故事、情节、场景等，有的干脆是文学名著改编的，像《三国演义》等。当然，作为从事文学工作的人，站在文学的角度，我也有一种危机感。以前与文学争夺读者的有电影电视，现在又出现了电脑和网络游戏，文学的危机似乎更严重了。但若从文化的角度看，这似乎就不那么可怕了。人类文化生生不息，有生必有死。网络作为文化的增长点，它也提供了新的艺术生长点。事实上，文学发展历史中一直存在着生生死死的现象，比如神话、史诗被其他文学类别替代。不过，这种艺术类别的兴衰更替，还是让人喜忧参半。另外，在游戏借鉴和靠拢文学、努力获得文学性的同时，文学似乎也在朝着游戏的方向发展。在这里我把游戏性理解为交互性。这种文学对交互性的靠拢在网络时代就可以看得更清楚一些。网络时代的文学，特别是网络文学，比如网上出现的一些合作小说，在阅读的同时可以不断改写，永远没有完成的时候，它的完成就是读者的阅读和创作过程，它就与游戏很相像。

本来，我对文学走向交互性这一现象是比较乐观的。若把交互性放在更大的文学史背景上看，文学其实一直在朝交互性方向发展，但由于以往的文学一直是一种印刷技术产品，一旦作品制作完成便固定下来，这是个一次性的创造过程，其阅读也是线性的，这就大大限制了交互性的发展。但在文学发展的过程中，读者一直是很活跃的，他总想超越这种被动的接受。20 世纪就出现了面向读者的文学运作过程，文学批评中也出现了读者反应批评、接受美学、阐释学等理论，文学的重心开始从作者向读者转移。因此，在文学史框架中，也存在着一个交互性逐渐活跃、苏醒的过程。特别是现代主义文学，它更多地是一种读者的创造，作者在文本中留下了很多空白的、游移不定的点，读者阅读本身也就成为一种游戏，罗兰·巴特的理论就是建立在这样一种框架基础上的。但将现代主义文学的阅读说成是游戏,是一种比喻说法,读者的创造是通过阅读时的想象实现的,是象征意义上的改写。但到了网络时代,这就不再是一种比喻了,而是真的参与改写了,这是非常令人吃惊的事。

宋炳辉:尽管以往的文学史存在着交互性不断发展的趋势,它看起来和网络的交互性是一个自然衔接的发展过程。但从纸面文学交互性的不断增加,到网络空间下交互性的突出显现之间,是否有一种界限、一个跨越被忽略了呢?因为传统的现代主义文本毕竟还有一个相对固定的构架,尽管空白越来越多,越来越模糊、游移。我有种直觉,在网络游戏构架和纸面文本的构架之间,似乎还是有一个界限。这个界限在哪里呢?我们应该怎样描述它呢?对它的描述是否有助于我们反过来去观照传统文学的特征呢?

严锋:你说的这个跨越,其实也并非特别巨大,其中还是有中介和过渡存在的。比如小说《隐形人和三个女人》(马克·萨波塔著,江伙生译,湖南人民出版社 1988 年),它虽是一个纸面文学文本,但没有页码,阅读时可以像洗扑克牌一样洗一遍,这样每次都可以获得不同的文本。这就是现代主义的想象性阅读和网络的互动性阅读(写作)之间的中介,它的一只脚站在现代主义的纸面文本时代,而另一只脚似乎已经踏进网络时代了。所以,我认为这不是两个完全不同的世界,之间还是有一种可比性,而且可以看到一种发展过程。

我曾写过一篇文章,想从文学的角度看游戏,又从游戏的角度看文学,通过这样的视点,来考察网络时代文学新的可能性。我觉得读者的解放有很多好处。以往作者像个暴君,它限定了读者的思维范围,现在读者终于能摆脱作者的专制,这是一种进步。但后来我的乐观主义倾向少了许多。我想,所谓的交互性、参与性、读者的能动性,如果太活跃了,文学就有可能解体。文本如果处于读者的不断改写过程中,就丧失了思维的一贯性。这就像围棋的车轮大战一样,其实人多的一方根本就谈不上什么一贯性。由此可见,交互性中其实包含了瓦解性的成分。

宋炳辉：这又使我们回到有关人机交往之本质的话题上。在原来以书写为中心的文化体制中，作者是整个文化体系的中心，尽管这个体制也鼓励读者参与，也给读者留下空白，但这种交往方式隐含着一个文化前提，即承认人与人是“不平等”的。或者说平等的观念只在人格的抽象意义上得以成立，而在历史的、现实的意义上，在人际关系的具体性和精神的丰富性、深刻性程度上，曹雪芹和常人之间确实存在着差别。这个前提尽管在不同的时代不断遭到反叛，但又都以同样的方式得以延续。以书写为中心的文化体制其实就默认了这样的前提，它一方面包含了文化的权力关系，也是历史上各种文化专制主义的土壤，但同时又是人类文化得以传承延续的前提。在此前提下，文本作者具有一种主体的一贯性，正是通过这种一贯性，主体的情感和思想得以系统而有条理地表达，并激发和引导读者沿着某种指向，对某些特定的思想观念、人生态度加以思考、体味，或者点拨、刺激读者进入某种境界。即使是在读者反应批评和接受美学的理论体系观照下，我们还是能够透过文本，看到作者主体的情感、意念和思想的表达。

但现在情况不是这样，最极端的表现在网络游戏中：我们无法透过游戏本身看到游戏制造者，游戏不过提供了一种框架，我们不知道游戏制造者想通过这个框架表达什么。在这一点上，作者和读者(玩家)之间的交往事实上是被阻隔了而不是加深了。当然，我绝不是呼吁回到文化专制时代，也不是想说明文化等级制度的合理性，我只是指出：现在对网络技术所包含的文化含义的解释中，被普遍渲染、反复灌输的是一种高度民主的表象、共同参与的表象，似乎网络之下，人与人之间已没有分别可言了。这倒再次显露了一个问题：在互联网状态下，我们怎么看待人的主体性，怎么认识人的精神差别性？

严锋：这可能就是网络隐含的可怕一面，好像人人可以参与，但其实是把所有的人都拉到一个平面上来，要削掉人的个性。

宋炳辉：另外，网络空间和传统的以书写为中心的文化体制相比，还有一个明显的区别。原来的书面文化是通过固定的文本体现文化创造，它有一个经典积累的过程。至今的文明历史表明，文化经典对人类发展是必不可少的，它是文化传承延续的必需，也是文化在时空历史中的交往所必需的。如像网络空间中显现的那样，交互性的发展使网络没有了固定的文本，文化和文学经典怎么显现？没有了文化经典，文化的传承和交往又怎么实现呢？这样，人际交往就不仅像刚才提到的那样，在空间意义上存在着阻隔，而且在历史延续的意义上也存在着阻隔。

严锋：印刷时代保证了书写活动至高无上的特权地位，这种特权地位实际上对人类文明的发展和积累作出了很大的贡献。在网络时代，书写好像成千上万倍地增加了，但实际上也包含了大量文化垃圾，它有很多种好听的名称：信息、数据库等。它会不会把真正有价值的书写淹没呢？这也是非常令人担忧的。我总感到，网络中的文字太难有一种精神性了，而且它又在那里不断地跳动，很难使人有一种持久的专注。网络上的文字只能是画面性的，它似乎只能停留在此时。但如果只能停留在此时的话，就不能形成一种历史，这就又回到交互性最可怕的也是我对它存有最大怀疑的一点上，那就是它的反历史性，而历史绝对是人类赖以生存的至关重要的东西。因此，当交互性铺天盖地而来的时候，也就是历史遭遇最重大危机的时刻。

与此相关，我本以为网络游戏中会产生伟大的艺术，既然电影中产生了伟大艺术，为什么网络游戏中不能产生呢？它看起来似乎比电影更有潜力，它有电影中的一切，还比电影多了一个重要因素，即观众(读者)的参与。但后来我又推翻了这种想法，因为游戏中只有此刻,没有从容的思考,只能面对不断提供的选择,本能地发生交互性行为,而这种交互性不是发生在精神、历史、理性和逻辑的层面上,更不能在精致的情感、想象层面上进行。即使是较为成熟的游戏,也很难产生历史性,何况它还包含了很多无聊的重复和尝试和机械性的动作,很难想象它会成为一种经典。因此我认为,现在到了一个比任何时候都应该思考历史性的重大时刻了。

宋炳辉:对网络的交互性特征,是否还可以从另一个角度来分析。如果说网络游戏充分显示了交互性,我就不妨以此为例。假如有一群人去玩一个高级的网络游戏,其中或许有人玩得特别精彩,他在与游戏和网络的交往中显示了出色的才华,甚至交往行为本身就是艺术了。但我们仍可追问:这样的过程有没有记录?怎样被记录?如果它无法记录,或事实上没有记录,或被认为没有必要记录,那么,别人就无法重复地关注这一份才华,即使他本人也无法完全重复这一过程。这样,人际间通过较高程度的精神产品进行交往进而形成文化的历史积累就失去了可能。而经典文本的意义本来就在于可供重复地关注,在被重复关注中形成人际交往,形成文化的积累。再比如,据说榕树下网站现在已积累了大约140万个文本,其中肯定会有相对优秀的东西。但现在没有人能通读它,也无法对它进行筛选或者归类,而这个数目还在不断增大,这种情况在网络中有着一定的普遍性。这样的话,这个庞大的文库事实上无法被有效地利用。

严锋:因此也就等于不存在。不过,它至少也有这样一个好处:其中有那么多文学青年,原来都是投稿无门,现在有了网络空间,他们的作品一下子都发表了。

宋炳辉:陈村也是在这个意义上肯定网络的意义。他说网络空间至少为那些在艺术上处于异端的文本提供了"出身"的机会。他以先锋作家出道的艰难为例,说明即使是像余华、王安忆这样的优秀作家，也是在不断被鼓励中成长成熟起来的，而原来严格的审稿制度，很可能使更多本来富于才华的人退出了文学之路。

严锋： 但话又说回来，传统文学体制下那种严酷的审稿退稿机制也有其好处，如果没有这种机制，每人从一开始就能毫无障碍地发表任何作品，那么也就没有余华和王安忆、陈村了。网络技术现在正尝试无纸印刷，假如有一天地球上造纸原材料真的枯绝了，人将不得不用无纸方式进行交往，这情景现在还无法设想，但那时不得不如此。而现在回头看看纸面印刷的文化体制，它隐含了绝对的不平等。人类的出版机制就是不平等的机器，它在历史上生产了包括书报检查制度、文化专制主义等让人切齿痛恨的东西。人们尽管对其多有不满，但现在回头去看，这些可怕的、严酷的不平等，其实可能正是人类文明赖以存在的基石。等到我们幸福地进入每人每天都有一部作品发表、所有的文学青年都不再存在、人人都是作家的时代，就像1957年大跃进诗歌运动一样，文学恐怕也就没有了。这种情况是不是完全没有可能呢？伟大的经典没有了，大量存在的都是搞笑的短章，所有“发表”的东西都类似一种日常的宣泄，文学的格局变了，它不是对文学经典的争相阅读，而是你读你的，我读我的，或者干脆是我读“我的”。数量越来越多，但质量越来越低，而网络空间大量充斥的是影像，那时，虽然人类文明依然存在，但这是不是我们所希望的呢？

宋炳辉： 如果从写作角度说，老话所说的孤独、苦难可以成就诗人。这其实说明了一个事实，即高质量的写作都是经过长时间的能量积累和艺术思想的涵养，在隔绝幽闭中缜密精确地表达出来的。假如人的情感和思想每天都可以轻易释放，也就不可能积累很多很高的能量，不可能创作出高质量的作品来。

严锋： 那样一种精英主义的消失和大规模民主时代的到来，本来是我们一直渴望的,我们渴望各种意义上的民主。但当它就要到来时,我们却突然发觉自己对这样的时代充满了敌意。这真具有强烈的反讽意味,让人不知是悲是喜!

宋炳辉:如果抽象地来讨论,这里其实还涉及事物的界限问题,而网络正在不断地模糊许多事物的界限。和传统的文化传播空间相比,网络空间打破了许多过去一直比较明显的界限,比如文本的界限被打破了,出现了超文本;作家与读者的界限被打破了,文学与非文学的界限也很可能被打破,甚至现实与非现实的界限也没有了……

严锋:其实界限是非常重要的,我甚至对“越界”这个词充满了恐惧。比如我们的专业是比较文学,这个学科从诞生起就以越界为使命。20世纪似乎是一个越界的世纪,人们都不安其位,都渴望突破到另外一个领域中去,出现了许多跨行业、交叉学科等。全球化就是地球界限的打破,是人类越界行为的一个终极象征。但现在我们真有必要重新思考越界的问题,我们是不是要守住某种界限?追求无限是人类的本能,网络给人提供了这种幻想,好像人类追求无限的时代就要到来了。以前由于条件的限制,我们不得不生活在种种界限之中,后来我们有了汽车、飞机,还有了宇宙飞船,现在又有了互联网,人类越界的心理欲望再一次膨胀起来,并达到新的境界。在网络空间中,人可以有无限的活动空间,无限的身份,就像孙悟空一样。与生存现实相比,人可以同时出现在许多空间中,可以跨越遥远的物理距离。超文本也是这样。本来我们生活在历史中,现在在网络空间中,时间没有了,人就像脱缰的野马到处乱窜。这种行为的背后就有追求无限的欲望支配着。说得更明白一点,人就想做上帝,只有上帝才是无限的。上帝的阅读是以超文本的方式进行的,而不是线性的,这是很可怕的事。网上人格的太多的变动,其实已经近似于一种精神分裂,一种人格谵妄。

宋炳辉：现在我们来谈谈网络文学。我也读过一些被称为"网络原创文学"的文本，比如榕树下网站组织的两次"网络原创文学奖"的一些获奖作品。但没有特别令人兴奋的东西。相对而言，一些短篇随笔倒比较自然灵动，较长篇幅的作品给人的感觉也是片段好于整体。

严锋：到现在为止，我还没有看到什么算得上经典的网络文学作品。大多是一些以个人私密性经历为素材的作品，有私小说的味道，村上春树的东西可能比较容易成为网络文学的圣经。总之缺乏一种总体的把握，没有很好的叙事结构。卢卡契曾推崇托尔斯泰叙述的总体性，批判自然主义的零散化，而零散化的叙述正与资本主义有着同构关系。这种倾向在网络时代得到了延续。网络文本本来就是为自我的文学，并不以此为稻粱谋，写作的意义因而发生了变化，都是即兴的、灵感式的写作。这是否与中国古代某种写作态度有着联系呢？中国古代的笔记还有《世说新语》这样的东西，也都不考虑总体性，都是一鳞半爪的东西，这也与非职业化的性灵式写作态度有关。网络写作是否体现了某种新文人传统呢？从这个意义上说，它似乎有某种解放的特征，这是否会成为文化和文学的新的增长点呢？至少是对商业化写作的一种抵制。所以，网络状态下的写作是一把双刃剑：它不可能产生像巴尔扎克、托尔斯泰、曹雪芹这样的大家的宏大规模的经典；同时却可以产生更加自由灵动的微小作品，不受商业化出版机制的约束。

宋炳辉：不过，我想更多的可能是一些有些意思的文本与商业化机制的结合。比如痞子蔡的《第一次的亲密接触》在成名后很快转入传统出版渠道并改编成电影，还有像类似于《大话西游》格调的《悟空传》、《唐僧传》等。

严锋：其实，《大话西游》已经成为网络时代的经典了，它不断地被模仿、改写、续作，这就是经典化的特征。有趣的是《大话西游》本身是对传统经典文本的模仿戏拟，因此很有一蟹不如一蟹的意思。这种文本是一种寄生虫，它没有自己的本体，而是寄生在传统经典上，依赖于篡改，没有原创性。再说文学的交互性。其实现在文坛上还有一种交互性表现，这就是那种更近似于表演性的写作。作家有意与读者发生一种新的沟通，在读者成为上帝的年代，写作成为一种表演，比如像卫慧这一类的被称为“身体写作”的那种方式，写作本身已经成为一种游戏，读者则成为看客、观众，小说似乎在走向视觉的领域，努力地获得表演性、视觉性、游戏性。这应该是这个时代的文学受到影视、网络游戏和多媒体挤压的结果，这种挤压迫使一些作家去迎合时代，采取一种新的写作策略。

宋炳辉：这种挤压的另一个结果是，它还会影响到文学对语言的敏感及其潜能的发掘。传统书面文本的书写注重对语言文字的细密推敲，在抽象的语言文字中尽可能浓缩可供想象的意味，而网络文本写作发展的趋势，对书面文学的这些基本特性形成越来越明显的挑战和威胁。从阅读角度看，书面文本是严格按照线性的方式并借助于抽象的文字符号进行的，但网络阅读却越来越难以专注于文字，越来越借助于图像了，这是一个很严重的变化。不同时代的文学对语言潜力的挖掘是衡量一个时代文学成就的一个指标，这是长期以来形成的一种文化价值标准。现在的情景是，尽管文学通过语言(抽象的文字)来表达意念和想象的功能还无法被现有的“网络语言”(网络图像和平面化语言)所替代，但在整个文化空间中却受到了越来越强烈的挤压，这是一个很严峻的局面。

严锋：是的，这就是文学在图像化时代受到挤压的后果。但在我个人看来，作为语言艺术的文学应该强调严谨的写作。在图像和游戏的时代，文字越来越变成图片的说明，成为图像的奴隶，文学语言性的流失在这个时代变得特别严峻。虽然语言不可能消失，人类不会回到用手势交流的时代,但语言很可能会褪去神圣的外衣,它的功能可能仅仅退化成表意。这对文学而言,对我们这一代人而言,无异于一个噩梦。语言的神性丧失了,文学的诗性丧失了,美文丧失了,人对语言的敏感也会丧失。语言中包含的微妙之处将不再被重视,不再被发掘。但有意思的是,这种流失还不是在网络时代开始的,语言的凋零可能就是整个现代性的标志。

宋炳辉: 这么说,网络时代只是提供了一个现代性的加速度,使这种退化更加迅捷了。

严锋: 对。海德格尔说过,语言是存在的家园,如果这个家园变成了只负载意义的公共汽车,变成了工具,这是多么可怕、多么令人沮丧的情景!我在想,电脑的键盘写作与美文在本质上是否有一种对立?本来毛笔书写本身就是一种艺术,那就是书法,后来用钢笔书写,就已经有了退化,而键盘的敲击已经不顾及文字的框架结构,这是否离语言本身越来越远了呢?

宋炳辉: 我在想,在人类的交往、表达的历史进程中,是否存在着一种轮回?早期人类还没有文字,只能通过身体来表达意义,后来随着文明的进展,创造了抽象化的文字符号,而人类对文字较专注的时候,恰好是对图像的获取和观看频率较低的时候。就对人体的观看而言,传统文明体制下服装对身体的包裹以及人体图画的稀有是很大的限制;后来电影电视的发展使图像交流变得便捷了,网络的产生和普及使这种便利达到极致。是不是所谓读图时代的到来,才使人类对文字失去了持久专注的兴趣?

严锋: 网络时代,人的精神越来越趋于涣散,注意力被铺天盖地的网络信息所打散。过去,人的注意力可以长时间凝聚在一个点上,可以在这一点上发掘可能性,甚至可以通过一个字去穿透整个宇宙。

而在电脑网络上,人的目光变得涣散,视焦不断地变化(超文本给人带来的后果就是使人不断地变换视觉焦点),过多的刺激使人的心志也耗散了,麻木了,无法形成一个注意中心,这可能是交互性和超文本最令人恐惧的一面。

因此,在网络日渐普及的今天,我们是否应该重新强调历史感,强调线性阅读?在以互联网为标志的现代通讯技术一路高歌猛进的时候,我们是不是应该提出一种新的保守主义对之加以遏制,或者至少应该保持一份警惕呢?

作家的第二口气：关于王安忆的对话

刘志荣： 在王安忆这一代作家中，她是一个典型的创作生命力不断、不断地有新的东西出来的作家。这就好像一部好的小说有它的推动叙事发展的动力一样，我们能不能找找这个动力在哪里？这个问题很重要，因为有好多作家在写出最初的作品之后难以为继，最初的优秀之点很可惜没有发展壮大。鉴于此，我们也许确实有必要讨论一下，在最初的创作冲动过去之后作家的"第二口气"在哪里的问题。

严锋： 我刚才也在想，对于好多作家，我们都可以找到一个标记或者用一句话去概括这个作家，比如张承志就可以用哲合忍耶、金牧场这样的关键词把他区分出来，像史铁生、王朔、孙甘露甚至余华，都可以说有一个写作的重心，作家基本上都是围绕着这个东西在转。我刚才在想，王安忆有没有这个重心？一开始，我怎么想也想不出这么一个东西，觉得王安忆无论主题呀、人物呀都有相当的多样性、零散性，但是后来我想如果我们换一个思路，不是用像描述王朔的"痞子小说"、史铁生的生命意识这样的思路，而是追问在王安忆的小说中，什么是最打动我们的，这也可以构成一个思考她的中心。她这么长时间一直抓住我们，难道她是用各种不同的方式、零散的方式抓住我们的吗？我觉得这是不可能的，她可能有一种一以贯之的东西抓住我们。而且你仔细想想看，王安忆的小说中确实是有一种东西，你可能无以名之，但你能感觉到有一种"王安忆性"（笑）……包括语言、人物的形象等各种方面，这可能是真的有一种大气的标志，她有一个核心,但是始终让你对这个核心难以言表,新时期以来没有其他任何一个作家给我这个印象。

刘志荣:其他作家的重心是有形的,王安忆的重心似乎是无形的……但是关于这个“王安忆性”,你能不能再描述一下?

严锋:我沿着这个思路讲下去,我们甚至可以讲,在根本上,这个“王安忆性”是王安忆的诗性、诗意,我不知道你在读王安忆的小说时是不是有这个感觉?我现在想想她最打动我的,实际上是一种诗意,但是诗意这个东西本身就不是一个具体的东西……这个是王安忆的诗,不是顾城的诗,也不是北岛的诗,也不是张承志的那种,我觉得王安忆有一种诗歌的情怀,这个可能最明显地体现在《长恨歌》上,我们从最粗浅的对应开始,《长恨歌》原来那个原型,就是诗啊。如果沿着诗歌的这个角度来看小说《长恨歌》的话,可能对之会有新的理解。我对文学有一个基本的信念,我觉得最伟大的文学都有一种强烈的诗性,但是用这个标准来看的话,我们很多文学是不合格的,所以我们从王安忆的身上发现这种诗性,这无论如何是一种宽慰。

刘志荣:感觉如果说有诗性的话,这可能最明显地体现在《姊妹们》这样的写乡村的作品中,还有像《纪实与虚构》、《忧伤的年代》中写的她的寂寞的童年,那种感觉非常真切,那种氛围她能够重新召唤出来,让背景完全不同的人都能感觉到心气相通……这种东西是不是就是诗性?

严锋:你说的以《姊妹们》为代表的这些乡村小说中的诗意我完全同意。《姊妹们》这样的作品,它不能用一般的小说的创作法则来看,实际上它是一个非常独特形态的小说,你如果用小说法则去评判它的话,很可能就会陷于困境,但是你转换一下视角,从诗的高度来看它的话,比如说,从节奏的角度来看它,你就会感觉无论是在语言上,还是在整体的结构上,它都具有一种非常自然流动的节奏,这种节奏有别于我们熟悉的小说的情节展开方式。

刘志荣: 这可能更接近于音乐,王安忆自己从事过一段时间音乐工作,她在谈写作的时候,也特别喜欢用音乐方面的例子,她在谈自己的小说观的时候,就举过《命运交响曲》的例子:一开始只有一个很简单的主题动机,最后却发展成一个庞大的音乐的宫殿……这种音乐的节奏、旋律、主题的展开方式,可能和王安忆的小说有很大的相似之处。像《纪实与虚构》,似乎有一种两个主题对位、最后合成一个圆形的感觉;像《长恨歌》其实也是一个主题慢慢发展而成一部庞大的小说——她成熟以后的小说似乎都是一个简单的主题慢慢发展展开的?

严锋: 你讲的这个可能就是王安忆构造她的世界的一种方式,像《命运交响曲》这个例子,很可能透露了她构筑她的这样一个世界的秘密,即所谓 motif(动机)——当然文学上也讲这个,但我们的文学中其实不太常用。

刘志荣: 我想这个最初的主题动机,不知道是不是你说的那种打动我们的诗意?

严锋: 但是在探讨王安忆小说的诗意的时候,我们可能也会遇到一个很大的问题,就是说,王安忆在 90 年代之后非常强调技术性,她刚好强调要抛掉自发性、经验性的写作,我们怎么理解这个?我觉得这应该成为我们今天探讨的一个核心。这里面是不是构成一种矛盾?

刘志荣: 我想最初的主题可能来自经验,但是王安忆的本领在于她能够让它发展成一个庞大的乐曲,在叙事的展开中,最初的主题的力量加强加深,曲尽变化。我不懂音乐,但我想这里可能和音乐一样,技术的力量就在于从最初 motif 发展成这个乐曲的过程之中?不过,我现在对她的这套小说观念感觉无法评判。这种观念可能能够建造一个世界,但也暗含了弊端,尤其是推到极致的话。她特别强调逻辑性,强调将最初的情境推到彻底,但是一开始的东西如果不好的话,你构成这么一个世界有什么意思?而且建构这么一个很孤立的世界的话,实际上又会促使我们面对一个很基本的文学问题——文学和现实的关系。如果仅仅是一个自成一体、和我们的现实处境相隔很远的世界的话,就我作为一个普通读者来说,我又何必要看你?看你能够打动我吗?我想有这么一个问题。当然王安忆的创作现在还没有这个缺点,因为她的母题基本上还都来自她的现实焦虑和精神追求,而且她实际上省略了对心灵元素、精神元素这种第一推动力的描述,因为她认为这是不可讲的,也是讲不清的,但这也就给不明就里的后来者留下了理解上的含混之处。

严锋: 她实际上是有矛盾的。这种矛盾可以有多种表达方式,在文学上我们经常把它表达为诗歌和散文、抒情和写实、理想和现实这样的一种矛盾,甚至是一种理性和非理性、科学和艺术的矛盾。我们讲她的矛盾的时候,实际上是从文学世界的二元对立的角度来看的,但是我在想:如果我们再转换一个角度,还是从音乐的角度来看,这个矛盾其实是非常容易理解的。音乐本身也可以说是高度理性的、高度科学的,音乐学院的学生要学数学,他们做和声的习题要经过严格的演算,像十二平均律,这些都是和科学有关的,像巴赫,我们说是音乐的极致,其实理性是巴赫的最大的特征,他的作品非常规则、匀整、对称,人类完美的理性法则、各种计算全部都在里面,但是这里面又包含了无比的激情,那种情感的力量是惊人的。王安忆是不是要达到这样一个境界?如果她把这个作为她的目标的话,我们真的要喜出望外了。

事实上她确实有这个能力达到这一点。她的很多细节,比如说她经常写一些很世俗的东西,比如说日常的物件,她可以写到细到左拉的那个程度。人的非常现世的、世俗的那种考虑(这是上海性的一面),王安忆对此有非常冷静的洞察。她在这一点上不是抱着浪漫主义的态度,这是王安忆作为一个上海人巨大的优势。当然这里又要讲到另外一个问题:王安忆既在上海又不在上海。这非常特殊,除了王安忆没有人能这样写上海人,外地人没法儿写上海,可是上海人也不能写。王安忆是上海人,又不是上海人,这也使她在写这些非常世俗的把戏、诡计的时候,能够达到一种非常生动的地步,而与此同时她又能够达到这样的一种穿透力和超越性,使这种东西本身就具有了一种诗意。

刘志荣:说到穿透力,她其实还能看到很世俗的算计后面基本的人性的考虑,非常基本的,比如说精明的算计背后作为人的困扰与哀伤,像最近的《富萍》中的奶奶、富萍,心理骚动的想法很多,表面上很琐碎,一般情况下一琐碎就不会有你说的那种诗意,一琐碎那种人生的哀恸的感觉马上就消失了,但在她这里,她们的这种喧嚣的琐碎的算计背后都有一个很实在的一以贯之的人的生存的考虑构成基调,没有这种基调,那种诗意就马上会消失。

严锋:像《香港的情与爱》,这是我非常喜欢的一部小说,非常的惊人,它的原型是《倾城之恋》,刚才讲的特点在张爱玲那里我觉得其实也有,但是在这方面王安忆可以说比张爱玲更进了一步,她把灵的那一面进一步地发挥了。《香港的情与爱》中的两个男女主人公,一开始都是从非常世俗的东西开始,里面的小把戏、小策略、诡计,都是一种琐细的个人的东西,但最后在诡计的运作过程当中,它一方面脱离了自己的轨道,另外一方面指向了你说的诡计背后更深的一种生命的冲动、无奈,也包括王安忆自己在里面体现的悲天悯人的情怀,这是她非常动人的一面。

刘志荣：是的，张爱玲灵的感悟的一面确实藏得比较深，常常只是灵光一闪，王安忆却是在这一方面非常着力，精神的音部是非常响的。

严锋：这其实在王安忆80年代的《逐鹿中街》、《鸠雀之战》里都已有些体现，实际上也是有一条线索的，就是说王安忆每一个时期的新的东西，都能在上一个时期发现一些影子。实际上在90年代，她的灵的这一面更加发展了，另一方面她冷静、克制、节制的那一面也在发展，就是说这两个方面她都在发展，我觉得这是她了不起的地方。

刘志荣：而且这也刚好是在她提出她的小说美学观的"四个不要"（"不要特殊环境特殊人物"、"不要材料太多"、"不要语言的风格化"、"不要独特性"）的时候。实际上这种小说观跟她在精神方面的追求、属于灵的一面是联系在一块的。她特别强调小说中的逻辑力量、技术力量、物质力量、叙事动机，而且也很强调故事展开的彻底性，这种撇开浮面的浅表的东西的小说理念，逼使她重视精神问题，也有利于将精神力量尽量展开、放大，这二者的联系也许是王安忆能够给我们20世纪中国文学的贡献，而且很明显，她的第二口气就是在这里。过去似乎所有的作家都不太强调小说的逻辑力量、技术力量、物质力量等，似乎更没有人有意识地把它和建构一个个人的心灵世界联系起来。茅盾这样的作家倒是很强调理性的作用，但是他是用它去承担社会责任去了，偏重于外部，他没有用技术手段去建造个人的心灵世界的意识。

严锋：王安忆说"不要独特性"，这个说得太棒了，这就是巴赫的特点。我感觉这也要从音乐的角度来理解。从文学的角度的话，这句话其实蛮难理解。虽然艾略特曾经说过诗是躲避个性的，但实际上艾略特这句话我们并不是很好理解。其实艾略特也是在一个具有丰富的音乐传统的文化中来说这句话的,而且艾略特本身的音乐修养也非常高。其实在巴赫那里,这是很自然的体现。巴赫某种意义上让我想起古典以前的音乐美学理想,这个往往也被看作是最高的音乐美学理想。比如说巴赫,他不追求个性到了这么一个地步,他可以去抄人家的东西,他可以把人家的东西拿过来改编一下就说是他的东西,那时候根本没有什么知识产权这样的东西,他还可以把自己的东西抄来抄去,我的这一段用到我的那一段里面,我的小提琴协奏曲改一改就成了钢琴协奏曲,那根本不是一种讲究个性的风格。其实在古典以前,基本上是这样。“个性”实际上是个浪漫主义的概念,是从浪漫主义兴起的,那么王安忆针对的是不是我们的浪漫主义传统在“五四”以后的恶性的、俗滥的过度膨胀?

但是王安忆的小说语言真的是没有个性的吗?王安忆的小说,把她的名字去掉,给人家一看就看得出来,新时期有多少作家可以达到这个地步?莫言当然可以,王朔可以,但其他就不见得那么容易分辨开来,甚至苏童和叶兆言、洪峰跟马原,都是很难区分的。但是王安忆我觉得她可以做到这一点,这实际上牵涉到理解她的一个重要方面,姑且称之为“无个性的个性”,躲避个性,但实际上她具有一种更加深厚的个性。

刘志荣:这其实也是要消除表面的、风格化的特点,抵达更深层面的精神方面的东西。也许在之后,人类要追求的精神方面的东西总是很相似的,无所谓独特性的?也许只有把最表面的能够标志特征的东西都给砍掉,然后才能充分发展她要建构的精神世界,正像陈思和老师说的“营造精神之塔”。营造精神之塔的起点,刚好就在于这种对表面的独特性不再强调,至于能够营造出什么样的精神之塔,能够发掘到什么样的精神深度,这就要看作家自己的精神力量了。

严锋:王安忆实际上很有风格、很有个性,但是这种风格、这种个性，就像我刚开始讲的，无以名状，强名之曰"音乐"（笑）……真的，这个也不是很牵强，我觉得她的语言当中，首先你可以感觉到一种节奏性，还有一种旋律感，这个节奏性怎么能够体现出来呢？最明显的是她有一些重复的、起伏跌宕的回旋的节奏，这个可以非常清晰地让读者体会到，真的能够感受到她的语言的"歌唱性"，不是那种浪漫主义的"歌唱"，而是一种更加深沉的、更加隐性的"歌唱"。

刘志荣：她引用《命运交响曲》的例子时说，在小说中不要这些风格化的东西，不要太多的元素，也可以用一种很简单朴素的语言和材料建构一个非常巨大的世界，像音乐一样，现代之前的伟大的音乐都建基于十二音阶……

严锋：她的意思能理解，就是用有限的元素，创造无限的世界。她这里用音乐作为样板，作为一种最原初的东西，这也很了不起，可以说在中国没有一个作家有这种认识。王安忆确实是用一种躲避个性的方法到达了一种真正的个性。这不可言说、不可名状，也就有了一种难言的美。我觉得这个恰恰就是王安忆的小说那么吸引人的一个原因。

刘志荣：这实际上也主要是在 90 年代达到的，在这之前的很多小说，感觉有了也好，没有也没什么大的遗憾，90 年代之后她的小说就不一样了。

严锋：但是这一方面我感觉也有问题，就是 90 年代之后，她的语言风格有一点定型了。这方面有没有进一步开拓、突破的可能？当然达到这个境界非常好，但是不是就停留在这一点，像浮士德说的"逗留一下吧，你是多么美……"？

刘志荣：我的担心倒不在语言方面，我有点担心在精神层面上王安忆是否还能再进一层？能不能探测到更深入丰富的人性层面？但无论如何，我们可以看出，王安忆从她的起点已经走得多么远。在最初的自发性的写作之后，她能够从经验性的写作上升到创造独立的文学世界的意识，在小说理念上作出深刻的调整并且已经取得了很有成就的实绩，这已经可以给以后的写作者很多启发了。

图书在版编目(CIP)数据

跨媒体的诗学/严锋著.—上海:复旦大学出版社,2013.9
(比较文学与世界文学学术文库/张辉,宋炳辉主编)
ISBN 978-7-309-09810-5

Ⅰ.跨…　Ⅱ.严…　Ⅲ.诗学-研究　Ⅳ.I052

中国版本图书馆 CIP 数据核字(2013)第 132165 号

跨媒体的诗学
严　锋　著
责任编辑/孙　晶　毛蒙莎

复旦大学出版社有限公司出版发行
上海市国权路 579 号　邮编:200433
网址:fupnet@fudanpress.com　http://www.fudanpress.com
门市零售:86-21-65642857　团体订购:86-21-65118853
外埠邮购:86-21-65109143
上海华业装潢印刷厂有限公司

开本 890×1240　1/32　印张 8.75　字数 224 千
2013 年 9 月第 1 版第 1 次印刷

ISBN 978-7-309-09810-5/I·770
定价:30.00 元
